滯留結界的無辜者

天地無限　著

課前預備——

吳P試講　結界速成班

同學們早，我是你們的「結界概論」講師吳可翰，歡迎來參加這堂試講課。哇，每次新學期的第一堂課，看到這樣人山人海的，連走道都坐人了，心中難免有點小小虛榮感啊。

站在授課立場呢，我也很希望跟每一位同學都能攜手走到最後，只是期中考過後總會陣亡一半……哈，這跟八字輕重、膽子大小還是用不用功無關好嘛，我問過那些離開的同學，大多是說啊，這門課想傳達的觀念與作風，給他們的人生衝擊實在太大了，比較像是理念不合那樣的吧。

當然啦，我也聽教務處那邊反映，有不少同學是鼓足勇氣來選這堂課，得三兩好友結伴好壯膽的；也有的同學是想來聽聽靈異故事，或是感覺這堂課很營養，學分很好拿是吧。

也因此呢，我每年都商請教務長，務必幫我在加退選截止前，先給各位來一場試講，至少要給大家搞清楚「結界」是什麼名堂。如果這節課結束後，你發現我講的這些太 Over 太刺激了，跟你原本的觀念、信仰、宗教等等的相互矛盾，甚至還顛覆人生觀或是八字不合什麼的，任何理由我都不介意，你隨時可以拿起手機來退選。

當然啦，不管你是抱著什麼心態來的，我唯一可以跟你保證的是，當你完修這門課，好好被衝擊一番後，除了兩學分外，你的人生觀也肯定跟之前大不相同了。

說到這裡大家都清楚哦。好，接下來我還要強調，比起我說你聽這種授課模式，我這人更喜歡邊做邊學，不都說，實踐是檢驗真理的唯一標準嘛。我相信，唯有通過親歷實境、親自操作，你學到的才是真本事，還更不容易打瞌睡是吧。

不過要注意的是，結界非常兇險，只要稍一疏忽就是生死關頭，我現在切換下一張PPT，大家務必把這十二點全部記下來，下一堂課我要抽考的。每一條我在日後講義中都會詳細講解，但現在這十二點的每一句、每一字，你要先牢牢記熟了：

一、當人的肉身死亡後，靈體會進入輪迴系統。有時出於強烈的執念，使得靈體不想離開人間，而選擇在不同次元空間內自我封閉以隔離輪迴系統，該場域通稱為「結界」。

二、輪迴系統／結界與人間處於不同次元，當前的科技能力尚無法讓人類以肉身形式進入輪迴系統，但已找出進入結界的方法。因此我們透過觀察結界，以推知更多輪迴系統的訊息。

三、結界內的靈體擁有絕對控制權，能得知環境中的任何動靜甚至人類的腦中想法。結界形成時日愈長、靈體的靈力也愈強大，並有可能發展出類似法術的特殊能力。

四、目前已知紫外線與部分道家法術，是能夠從人間直接影響結界與靈體的唯二物事。

五、承上述，利用紫外線的長時間照射，可以在結界中製造出一條不被靈體探知的「陽道」，供人類移動使用。

六、結界內酷寒、缺氧、可見度低，且因有強磁場故無法使用電子設備。進入前務必做好萬全準備。

七、自人間開啟結界通道的時間為十八分鐘，最長可延至二十分鐘，超出時限通道即崩塌。保險起見，每次進入作業時間都限定在十五分鐘。

八、承上述，因無法在結界內使用鐘錶，我們以三彩香作為計時工具，點燃後每五分鐘會依次轉換為藍、綠、紅三種煙色。

九、結界的範圍會隨著靈體的靈力增長，而逐漸向外擴張。向外擴張需有節點支撐。節點需用特殊裝置固定，該裝置與靈體生前的遺憾有關，統稱為「遺憾機關」。

十、要釋放靈體需先破壞結界，破壞結界必須先破壞各個節點，各節點又以遺憾機關固定，所以能否破解遺憾機關成了關鍵。必須從靈體生前經歷來尋找破解線索。

十一、靈體可透過靈力與結界磁場，幻化出記憶中的實體物事，統稱為「擬像化物品」。在人類眼中這些物品模樣往往是扭曲歪斜的，可透過埋有磁力線的手套與其互動。

十二、正常人類在進出結界後，有一定機率會出現第六感增強、幻視幻聽、鬼壓床、敏感體質等等的後遺症。

被嚇到了嗎？有沒有人感覺胸悶心痛什麼的？現在退選還來得及喔。沒關係，這節課開放用手機，大方拿出來滑吧。三、二、一……都決定留下哦？好，那麼接下來，我將帶領大家進入結界。

第一部

風暴前夕

二〇一七年七月二十八日星期五，尼莎颱風侵台前夕，天氣十分不穩定。中午過後，新北市上空已烏雲積壓、不見天日，大街上如同剛入夜般昏暗，來往車輛都點亮了大燈。整座城市籠罩在一片幽黯氛圍裡，點點黃暈光圈在其中來回流動，加上時不時颳過一陣狂風驟雨，讓每個人的心頭都莫名地沉重，彷彿有什麼大事即將爆發。

下午三點四十分，一一〇勤務中心接到一位新北市三重區陳胤竹先生的報案電話，他表示自己的女友在新北大道上的萊茵天廈社區裡失蹤了，希望警方能予以協助。三分鐘後，兩名騎摩托車的派出所警員與一組線上警網趕抵現場，先向等在社區門口的報案人與大樓總幹事了解狀況。

陳先生表示，女友蘇慧旻是保險經紀人。她跟2C座四〇二室的一位郭志賢先生約定今日下午兩點半，到對方家中討論投資型保單簽約事宜。因為是首次前往這位客戶家中，對他的背景不是很了解。出於安全起見，蘇慧旻特地請男友載她過來赴約。

原本預定半小時就能將公務處理完畢，但直至三點十分，陳先生都沒看見女友下樓。他先是傳送簡訊探詢、過五分鐘後再多次撥打對方的手機，卻始終無人接聽。

肯定是出了什麼事！他心中很確定。因為女友向來思慮周全、體貼他人，就算手邊事情再忙，也會設法使男友知道自己無恙，不讓他多加擔心。雖然一樓櫃臺處的總幹事得知後，當下便表示可以陪同上樓查看，但是陳先生十分謹慎，決定先報警求援。

而根據總幹事的說法，這個郭志賢向來是社區的頭痛人物，年紀約三十來歲，高中畢業後混過一陣子社會，之後靠父母的遺產維生，平日遊手好閒，偶爾酒後鬧事。兩年前娶了外籍新娘，安定一陣子，但不到半年把老婆打跑後又故態復萌。個性衝動乖戾，曾因音響音量過大、機械車位佔用等狀況跟鄰居有糾紛。上個月才因性侵同社區的少女而被判刑七年，正上訴中。

聽完對這號人物的描述，在場眾人的心中更是疑慮重重。三名警員立即陪同搭電梯到四樓。他們按了四〇二室的電鈴、邊拍著防盜鐵門邊喊著郭志賢名字，但始終無人來應門。

折騰了十分鐘左右，眾人實在沒辦法，只好一邊蒐證、一邊聯絡鎖匠來開門。直到四點半，鎖匠才順利打開防盜鐵門，接著兩名警員直接撞開內層木門，進入公寓查看。

雖然留守門邊的警員攔著陳胤竹，但他急切地探頭窺視，僅往客廳瞧上一眼登時有不祥預感：裡頭很凌亂，家具倒落一片，明顯是打鬥掙扎的痕跡。更怵目驚心的是，牆上、沙發與桌上出現幾處噴濺血跡，空氣中瀰漫濃重的血腥味。

兩名搜查警員見狀，各自掏出警槍警戒，小心翼翼地四處搜索。公寓是三房兩廳格局，主臥室跟客房的房門緊閉著，兩人在確認客廳、餐廳與廚房皆無人後，正準備進入主臥室時，忽然聽到客房傳來開窗的聲音，緊接著隱隱傳來一聲巨響，兩、三台汽車警報器隨之嗚嗚亂響。

警員肩上的無線電隨即響起：「拐洞么八、拐洞么八。有人從四樓掉下來。重複，有人從四樓墜樓。」

警員們一個箭步撞開反鎖的客房房門。對外窗已被拉開，防盜鐵窗也被扯下鎖頭向外推出，一條電纜繞過落地衣櫃往窗下延伸，但往下不到三公尺處就斷裂開了。

警員探頭窗外往下看，果然看到一名中年男子仰躺在人行道上，右小腿因骨折而以不正常的角度彎曲，他哼哼唧唧地痛苦呻吟，手上還緊抓著一條長電纜線。警員注意到，他的臉頸處有多處指甲抓出的血痕。

兩名警員隨即返回客廳，此時陳胤竹已不顧攔阻，衝進公寓內，呆呆地注視著主臥室門口。有兩道怵目驚心的濃重血痕，從客廳地板中央直直拖曳過去，消失在那道門後。

為了避免破壞現場，警員還是將陳胤竹擋在公寓外，接著推開臥室門。刺鼻的血腥氣味瞬間瀰漫整間公寓。臥室內的窗簾被拉上，一片幽暗，什麼也看不清。

較年輕的警員小心地跨過地板血跡，伸手往牆邊按下臥室主燈。當燈光大亮那刻，床上那殘忍恐怖的景象，讓他震驚不已、呆愣當場，直到另一位資深警員伸手拉他，他才反應過來，接著忽然快步衝出公寓外，扶著走廊上的牆壁不斷乾嘔著。

此時陳胤竹再也無法忍耐，趁著年輕警員衝出門的瞬間，一把將身旁警員推開，跑向臥室想親眼看個究竟。但當那慘絕人寰的畫面猛然映入他的眼簾時，一陣驚天動地的悲嚎聲響徹了整棟C座社區。接著陳胤竹便因換氣過度而當場昏厥。

當公寓大門被撞開、血腥味外溢整個樓層的瞬間，社區總幹事便知道要出大事了，隨即遠遠地躲到電梯口旁。之後的事態發展更讓他驚心動魄，使他下班後還特地跑趟宮廟收驚，即使隔天各家媒體照三餐報導此事，甚至還有他自己的受訪片段，但他還是不敢多看一眼。

但最可怕的事情並不是發生在命案的那一天。所以一個月後，這位總幹事仍嚇得離職了。他發高燒躺在床上將近半個月、又靜養至十月份，才總算回復到能去找下一個工作的身心狀態。

吳P的靈學講義（一）

人真的有靈魂嗎？

關於這個問題，我可以很肯定地告訴你，是的，人除了以肉身方式存在外，確實還有以類似電磁波存在的另一種形式。這種形式的俗稱很多，像是鬼、靈魂、幽靈等等，甚至道教還有「三魂七魄」這樣的說法。但根據我們目前掌握的資訊，我們會將人分為「肉身」跟「靈體」兩個層面。之後的行文一律以「靈體」為其統一名詞。

肉身跟靈體的關係，我們可以用手機來打個比方：肉身就像是手機的硬體，有著漂亮的外殼、高效率的頭腦（處理器）、提供動力的心臟（電池）等等。而靈體就像是自帶還原資料的操作系統，它具備協調身體各部位的使用介面（韌體）、各種知識與實作經驗的指令集（意識），還有僅限當代存取的資料庫（生前記憶）等等。

之所以用手機系統來打個比方，也是讓大家更容易明白，肉身、靈體可說是一體兩面，缺一不可。另外如果想要把不同的肉身、靈體進行脫離或交換，達到長生不老、靈魂附體、元神出竅之類的目的，那相當於把 Android 手機刷成 iOS 操作系統般地高難度，只有在非常特殊的條件下才有可能達成。

而當肉身死亡時，靈體會進入一個回收再利用的系統，當然這個系統也有很多俗稱如「陰間」、「地獄」、「黃泉」或「冥界」等等。至於這個系統是不是真的會根據靈體生前的善惡業進行判定，然後再輪迴至下一世？目前我們沒有事實佐證，所以無法回答。之後我們用「輪迴系統」來統一稱呼。

如果有個靈體在脫離肉身後，卻又不肯進入輪迴系統，那又會發生什麼事呢？我們有無可能試圖接觸這個游離在陰陽兩界的靈體，進而發掘更多關於輪迴系統的訊息？這就是我一世人投注全副心力的研究重點了。

她一直在原地哭泣

傍晚時分，那間因為厲鬼作祟而聞名全台的「萊茵天廈２Ｃ四〇二室」，傳來了一陣深沉淒切的阿美族民謠。雖然是無伴奏的清唱，但那略帶嘶啞的渾厚女嗓音充滿了感染力，各組音符字節彷彿都能超越語言的隔閡，直達每個靈魂的最深處。

可惜的是，現場只有三名聽眾能一飽耳福。因為這三年來，萊茵天廈的鬧鬼狀況愈演愈烈，2C座的三四五樓早已無人居住，而此社區的房價也蟬聯兩年的區域最低行情，甚至連鄰近兩、三間集合式住宅都受到波及。

如果只是因為四〇二室曾發生慘案，被害者化為厲鬼擾鄰，照理說頂多造成相鄰幾戶甚或上下樓層的麻煩，倒也不至於鬧得整個社區雞犬不寧。但問題或許是死者的怨氣太過深重，鬼祟狀況不安於內，每天約莫深夜十二點～五點這時段，四〇二室裡除了黑影晃動與窗戶自動開闔等異狀外，還會不定時地傳來搥牆聲與哭嚎聲，然後呈扇形排列的大樓建物又完美發揮了擴音功能，不但能遠傳至鄰近社區，還跟著引發嬰兒啼哭、眾犬狂吠等附帶效果。

之後萊茵天廈凌晨時分的「鬼哭」現象，上了好事者的臉書直播，因此聲名大噪，被列入台灣十大鬧鬼排行榜第三名。來自各地的無聊大學生更把這裡當試膽場所，樂此不疲，也因而四〇二室前時不時總有人摸黑來燒紙錢祭拜——並非是被害者的家屬，而是那些來試膽卻給嚇破膽的學生親人們，因為乩童或廟祝的吩咐，不得不前來祈求亡者的原諒。

當然這些後續的風風雨雨，惹得住戶們不太高興了：

「我們不是沒有同理心，我們都很心疼那個被害死的女孩子。可是冤有頭債有主啊，有什麼天大冤屈妳直接去找那個人嘛，不然妳在房間鬧鬧就算了，但為什麼偏偏三更半夜還要鬼吼鬼叫？別說小孩了，每天老是睡到一半就被鬼哭聲吵醒，我不嚇死都給累死了。」一位萊茵天廈的前住戶心有餘悸地這麼說。

請不要認為這些住戶太過冷血、缺乏同情心。不妨設身處地想想，換做是你，每晚在自家臥室熟睡入夢時，總不定時地被那陣比貓哭更尖銳、比嬰啼更刺耳的鬼嚎聲驚醒，餘音繞梁久久迴盪不去，逼著你回想先前那近在咫尺的恐怖血案，當時媒體上各種血腥畫面歷歷在目，這些困擾找警察或律師來處理都沒用……每個深夜都變得驚心動魄，就算你勉強忍耐下來了，但其他家人還能堅持多久呢？

那陣子有許多孩子遲到了。因為他們被迫塞進耳塞、用棉被蒙住頭，才能換得一夜好眠，但鬧鐘也常叫不醒他們。

飽受其擾的管委會，決定花八萬多元特地為四〇二室做隔音設備，結果完全沒發揮功能。於是他們只好回歸傳統路子，公開尋找各路道士高人試圖解決，但個個來看了後卻都大搖其頭：「這間怨念深重，不只一世的業報，要化解就難了。」之前趁某尊知名王爺遶境時，社區住戶恭請鑾轎繞道處理，但鑾轎到了大門卻不肯進去，廟祝答道：

「王爺的意思是，冤有頭債有主，各人造業各人擔。化解之道一是打掉大樓，原地日曬三年；其二是用強橫霸道的符法，讓靈體魂飛魄散，唯此法太傷陰德，施術者難免折福折壽。」

眾人一聽全傻眼了。打平建物曬日光三年？但這又不是透天厝，能夠說拆就拆。這集合式住宅區的房齡還不到二十年呢，C座的上百名住戶又怎麼可能同意？有的人甚至連銀行貸款都沒還完。要付出的代價如此巨大，估計區區管理費也是負擔不起的。

不過在一片喧囂紛擾中，有一間「別仙樓顧問有限公司」聞風而來，負責人自稱「吳P」，他自信滿滿地表示：「我們不是來除靈，而是讓靈體無憾無恨地離開。不作法事，不降妖抓鬼，只要弭平死者生前的遺憾，讓他們自願離去就行了。」

這套驅鬼理論聽上去很新穎，不像傳統術法般搞得殺氣騰騰，感覺對人或鬼都頗溫情。吳P也保證此法不會破壞建物、不搞超大排場，也不影響社區行情。最後在「不成功不收錢」的保證下，管委會同意姑且一試。如果成功的話，這家別仙樓也只收費一百五十萬元，再怎麼都比打平大樓讓住戶們在外流浪三年要划算多了。

於是沉寂了三年後，C座四〇二室外邊廊道上，再次匯集了人氣。

在一片草藥焚香的裊裊煙霧中，戴著傳統頭飾的原住民大媽「天后」，面對著四〇二室的門口，正聚精會神地吟唱如咒如詩的招魂歌謠。以她為中心，是戴著氧氣面罩與全套抗寒登山裝備的吳可翰「吳P」，與另外兩名同樣裝扮的女子，各自在天后的兩側與身後盤腿而坐。

四〇二室前方以扇形排列一組祭祀道具跟牲禮，而四〇二室的防盜鐵門已大開，第二層木門也掛上許多繩結編織的符咒、獸血圖文與招魂草等，比較突兀的還有如天線、揚聲器、放大器等電子器材，其中有個軍用指南針，垂直貼附在門口，指針朝北方上揚，緊貼著玻璃表面。

天后在持續吟唱約三分多鐘後，四樓廊道裡，被香燭火光照亮的光影突然大幅晃動了幾下，接著周遭氣溫明顯下降，在場的四人心中都有異樣感應，像是搭著下落的雲霄飛車，心臟忽然地一沉，渾身汗毛豎立。

吳P轉頭看向四〇二室的木門，獸血圖文隱約發出螢光、而軍用指南針開始亂轉，揚聲器則傳來沙沙聲響，十多秒後轉為緩慢規律的「咔答咔答」響聲。

天后朝他點了點頭。接著拿起一根以藍綠紅三色均分的三彩線香，插在門口的粗鹽杯裡，然後繼續地吟唱。

「走吧！」吳P站起身，向兩女招呼著，繞過門口祭祀物件，兩女緊跟在他身後。三人站定後，吳P示意兩女也打開腰間的壓縮空氣瓶控制開關。

他深吸口氣後，一把推開木門，迎面而來的彷彿是另一個世界的通道，如黑洞把所有光線都吸走，內裡只見一片虛無，在邊緣處泛起詭異的灰黑色光暈。公寓內外像是被一層如水波的透明薄膜隔離開，空氣不斷由外向內灌入，數秒後強勁地如帶起一陣狂風，逼得三人不得不舉步入內，將門給關上。

門內是一片腐朽、陳舊的光景。舉目所見，雖然還是那原本的四〇二室格局，但是亮眼的紅黃藍綠等顏色已被抽離，只剩下黑灰白褐等深沉基調配色，冰冷的絕望氣息蔓延四周。

空間裡瀰漫著灰色霧氣，牆面上則不斷冒出絲絲黑氣往下流淌，在地面上匯聚成一層深灰色濃霧，約有成人小腿高度。每走一步，灰霧就被翻攪出一片深黑色區塊。室內籠罩在一片朦朦朧朧中，很容易使人失去距離感。

當然，最讓人有感的還是那陣刺骨寒意。吳P之前探勘時曾帶上各種科學儀器來蒐集數據，除了確定在這裡會讓絕大多數的電子儀器都失靈外，另一收穫就是測出這裡的溫度大多介於零下三十度至六十度間，而且那些黑氣的主要成分是二氧化碳，也是為什麼他們得穿上一身聖母峰攻頂裝備的原因了。

這裡就是由怨靈或地縛靈所自我禁錮的空間。相對於現實世界，目前這樣的空間並沒有統一的命名，有人稱呼異次元、鬼界、陰域之類的，但都不夠精準。吳P目前還是稱為「結界」。以那道依附「門」的水波薄膜為分界，結界跟現實世界是上下顛倒的。儘管吳P早已做足心理準備，一踏進門就立刻半蹲身子並緊抓門框，但一陣彷如「往天空掉落」的怪異感覺，還是讓他感到一陣天旋地轉、暈眩噁心。後方一位女子更是咕咚一聲坐倒在地，攪起地面一陣黑氣。

這是吳P第十八次進入結界，但從來無法習慣這種錯亂的失重感。

身體恢復平衡後，他打亮一根螢光棒，用背膠貼在入口門板上。接著抬頭看向天花板，一縷藍色煙霧從天花板門縫緩緩流瀉進來，這抹藍是這空間裡的唯一亮眼顏色，也兼具倒數計時的功能。

「開工了，我們只有十五分鐘。」吳P吩咐道。

吳P的靈學講義（二）

因為「執念」所以無法離開

不只是台灣，在全世界各地，你都可以找到一籮筐跟建築物相關的鬼故事，當然，最常見的莫過於是一般民宅，也就是俗稱的「鬼屋」。時至今日，科技更發達，從電影、電視、網路等載體，還有更多由靈媒、占卜、通靈師、網友甚至監視器等第一手情報，讓我們能看見更多樣更具體的鬼屋事件。

除去一些嘩眾取寵的內容，你會發現，不管是什麼樣的國籍種族、文化背景、地理時空，大家所陳述的鬼屋故事，居然驚人地相似！那些作祟或伸冤的靈體，大多是自殺者，也有部分是他殺或意外，因為生前的怨念太過強大，導致自身被束縛在當地，無法進入輪迴系統。祂們能影響的範圍，往往侷限在某棟房子、某個電梯、某台車甚至某棵樹下。

為什麼祂們無法獲得自由？為什麼祂們只能影響一定範圍？要怎麼做才能幫到祂們？……題外話，其實先父也曾經以地縛靈的形態存在這世間，但後來的處理方式是場悲劇，在我們家人心中留下永遠的痛苦印記，這正是我投入靈學研究的初衷。

我發現，隨著時間流逝，靈體的靈力逐漸成長，慢慢地把所在空間轉變成一個非屬現實界與輪迴系統的「結界」，簡單來說就是靈體的地盤，雖然無法離開這範圍，但祂對於當中的事物有著極強大的操控能力。

根據目前的研究，結界跟現實界雖存在隔閡，但若在夜間或是陽光較弱的時段，兩邊世界有一定機率產生交集，這其實就是鬧鬼、托夢、靈動等事件的根本原由。

鬼從人而來，也正因貪嗔痴而生執念，因放不下執念所以被束縛在原地，進而為祟。現實世界中，如果要將鬼驅離原地，往往會透過談判、宗教、符法或巫術等手段進行驅趕。但若對方的執念太強大，有時施術者會遭到反擊，造成兩敗俱傷的下場。

想起我父親的遭遇，我心中充滿感慨。儘管時代一直在進步，但這些流傳千百年的驅鬼手段卻一點長進也沒有？不都說愛是人間最強大的力量？如果我們可以不再採用兩敗俱傷的手段，而是站在對方的角度來消除心中執念，讓祂能夠放下貪嗔痴，自願進入輪迴系統，這不就是人鬼之間最理想的雙贏局面嗎？

由愛出發，弭平執念、無憾無恨，這就是獨一無二的「吳式除靈」基本理論。

願世上每個被束縛的靈魂都能重獲自由。

最驚心動魄的打工

一進門就坐倒在地的女孩叫趙薇芝，某台北私大的哲學系研究生，她已在別仙樓當了大半年的兼職，因為母親的失智症愈發嚴重，她想攢一筆錢好日後請看護。恰好吳P也不希望老婆宋映貞——曾是吳P的學生，死心塌地相信吳氏除靈理論的奇葩女子——總跟著進入結界冒險，於是以生育計畫為由，讓趙薇芝參與現場見習，希望等她上手後再讓宋映貞退出。

進入結界工作的門檻很高，光是「不怕鬼」這點，就會讓大多數人打退堂鼓。再來根據吳P的研究，陽世人類即使有萬全裝備，盡可能不暴露在結界的特殊環境下，但對生理狀態仍有難以評估的影響。這部分無法明確量化，但風險約莫是穿著太空衣在向陽面的太空船外漫步、或是穿著防護衣去維修核反應爐的程度。

簡單來說，就是有很高機率會折壽或有其他副作用，但會因此少活多少天或多少年，誰也不知道。

在趙薇芝下定決心前，吳P已不只一次向她強調這件事，但依然無法阻止她。一來她需要更高的收入，再來是她其實不怎麼喜歡這個現實世界，她心中某個角落潛藏著一個灰暗的小怪物，偶爾會現身提醒她活著好累，這個世界總是絕望多希望少。滑著手機上的社群APP，充斥著讓人無力灰心的內容，她怎麼喜歡得起來？

但當她第一次踏足這陰森灰暗的異世界，仍不禁心生懼意。「這就是我們死後會來的地方嗎？」

吳P搖頭回道：「不是，這只是靈體在現實界裡構築的小圈子，跟所謂的陰間地府差遠了。」他抿抿嘴做了個鬼臉：「雖然我也沒看過陰間長啥樣，但我真心希望會比這裡好點，至少會多點顏色吧。」

儘管如此，眼前這超乎想像的畫面，甚至比起影視作品裡的地獄場景更驚人，帶給趙薇芝莫大的震撼。可惜因為保密協定，她可沒辦法在臉書或IG上跟別人分享。記得第一次踏入結界，她便下意識地想掏手機拍照，但下一刻才想起自己的手機擱在外頭的背包裡了。

「想打卡啊？別瞎忙了，在這裡沒辦法用電子產品。」吳P看穿她的意圖，擺手笑道。

第二次進來結界，趙薇芝仍抵擋不了那天翻地覆的感覺，失去平衡跌坐在地，身旁的宋映貞隨即拉她起身，一陣黑氣在兩人身邊蕩漾開來。等天旋地轉的感覺過去後，趙薇芝深吸一口氧氣，定下心神，凝視這個令人心悸的異次元空間，然後再次懷疑自己的決定。

萬一自己被孤單單地遺棄在這樣的地方，那應該就是天下最恐怖的事情了，沒有之一。

容不得她多想，走在前面的吳P打手勢向兩女示意：「祂」正在臥室裡。

趙薇芝不自禁地在陽道上走了幾步，朝臥室內側看去，當年血案就是發生在那兒的。資料照片上的血腥場景近在眼前，而當年的死者此刻正坐在床邊。

處於平常狀態下的靈體，除了少些鮮明顏色、多些透明感，以及身上有幾處血跡之外，看起來跟陽世人類其實區別不大。趙薇芝想起民間傳說，也特別確認過，即使祂處於微光下，光線仍直接穿透身軀，因此沒有影子落下。

蘇慧旻坐在床邊，看著腳邊發愣，偶爾蹙著眉頭按壓身上某個部位，彷彿還隱隱作痛。吳P曾說過，根據他長期觀察，在不被打擾的狀態下，結界裡靈體的每日行程都很固定，通常是換著地點在發呆，祂們也許是在思念著、悔恨著、痛苦著，往往一待就是數個小時以上，似乎感覺不到時間的流逝。當現實界的陽氣旺盛時，祂們就會進入休眠狀態。

但對這群來自現實界的不速之客來說，時間可是非常寶貴。氧氣管裡的嘶嘶聲，以及天花板上的三色煙絲，都在向眾人預示著，工作時間只剩下十四分又十秒了。

「映貞，客房；薇芝，沙發。動作快！」頭盔內傳來吳P的命令，展現出果決殺伐的氣魄，有別於平時慵懶隨和的好好先生。

畢竟這是個非常兇險的工作，稍有不慎很可能會讓整個團隊全軍覆沒，身為領導的他不能不專制強橫些。畢竟關於結界的相關探索，不可能取得官方或企業補助。若不是為了籌措研究資金，他也寧可少接點這種活兒。

命令一下，三人打亮螢光棒，迅速分頭動作。他們已經做過一個多月的案件調查以及沙盤推演，也訪談過蘇慧旻的親朋好友，掌握了她的性格、喜惡、遺憾等大小瑣事，也許比她的家人還更了解她。

趙薇芝往客廳中央走去，半小時前團隊燒化的物事出現在這裡。她挑了跟當時男友陳胤竹相關的照片與文件後，再循著陽道走向左手邊的沙發。

她負責的是沙發旁的「遺憾機關」。三年前，當蘇慧旻在此處遭受暴力脅迫時，她的隨身皮包遺落在沙發上，有一個貼有與陳胤竹合照的小化妝圓鏡，就掉落在旁邊地面上。沙發旁牆壁上有著滾滾黑流，不斷朝這兒流淌。

趙薇芝在靠近遺憾機關時遇到了障礙：那機關離陽道相隔兩步左右。於是她打開腰間的另一管小鋼瓶，裡頭是純二氧化碳氣體。趙薇芝拉開鋼瓶的噴管向前遞送，透明氣體滾滾噴發，一觸地霧便迅即轉為黑色。直到那片區域全變得黑霧繚繞，她才小心翼翼地移動腳步，走到那個機關旁。

這些手段都是為了避免驚擾靈體而設的。在結界裡，他們才是祂們眼中的「鬼」。如果不透過陽道或人造地霧的掩護手段，他們很有可能意外地暴露自己的身形，就像陽世間的人類冷不防地跟靈體打個照面似的，兩邊都會受到驚嚇。

當吳P團隊首次進入這個結界觀察時，他們知道蘇慧旻會在午夜時分坐在沙發旁，默默地看著這張照片直到天明。這照片被一個重力機關給緊嵌在地板裡，必須在照片上放置正確的「無憾物件」，才能解開這個機關。

這道機關的命題很具體，解答應該最簡單，這也是吳P放手讓趙薇芝處理的原因：當蘇慧旻意外離開人間、無法陪伴在男友身旁時，要告訴她什麼樣的消息，才能解開她心中的遺憾？

這個問題因人而異，「不肯放手」是最麻煩的答案，趙薇芝衷心希望自己別碰上。團隊準備了三樣物事，讓她進行測試。她彎低身子，把螢光棒放在照片旁，把手上的物件依次放上：

第一件是一封手寫信，是陳胤竹寫給蘇慧旻的思念情書，告訴她自己有多麼地想念她。但這封信放上片刻後都沒有動靜。

第二件是陳胤竹的一縷頭髮，意味著「生死相隨」之意。但這物事同樣沒有觸發機關。

第三件是一張照片，陳胤竹與新女友的合照，兩人身在薰衣草花海中，面對鏡頭笑得開懷。這張照片放上後，出現了戲劇性的變化。重力機關被觸發了，嵌在地板上的那張蘇慧旻與陳胤竹的合照浮出地板，綻放出微藍幽光，同時這一側的牆面不再冒出滾滾黑氣了。

「成功了！」趙薇芝興奮地低喊了聲。這是她第一次破解遺憾機關，而這件物事也是她根據蘇慧旻生前的善良性格所推敲出來的：她肯定不想看到男友因為思念自己而痛苦，她希望即使沒有自己的陪伴，他這輩子也能獲得幸福。

雖然順利解開生平第一件結界任務，但趙薇芝無法高興太久。她抬頭一看，三彩香的顏色已轉為淡藍帶綠，她連忙收拾手邊東西，循著陽道走向客房，去協助宋映貞。

客房裡的機關位於衣櫃上，是一個音控機制。雖然蘇慧旻生前並未踏足這個房間，但在此地結界化後，她每天還是會在這裡流連一至兩個小時，打開衣櫃發呆，但吳P等人看向衣櫃裡，只見一個如籃球大小、暗紅扭曲的不規則物體，類似手機上「像素化」遊戲中的一塊布料。

「她到底在看什麼？」在勘查時碰上這情況，趙薇芝不解地問道。

吳P沉吟道：「應該是擬像化物品，這樣看不出來是什麼東西。我們只能試著從現實中去找答案。」

「你的意思是去看看她現實中的衣櫃裡有什麼嗎？」趙薇芝問。

「當然不是。」吳P解釋道：「所謂的擬像化，是透過結界的力量，讓回憶中的物事具體呈現，但靈體沒有眼睛構造，跟我們的視覺概念不同，所以我們看不出所以然。通常用來擬像化的事物跟現實界會有相對應的位置、特性，但外觀絕對不同。」

看著趙薇芝不明所以的表情，吳P繼續解釋道：「比方衣櫃是用來收納東西的嘛，那很有可能是對應靈體生前的冰箱、抽屜甚至是個保險箱之類的物事。然後……這個是音控機關，我們得用特定音調頻率才能打開。」

之後無憾團隊經過一番調查，與陳胤竹討論過後，確認凶宅客房與當年他們租房的對應位置處，放的是「狗籠」。因此蘇慧旻掛念的，應該是她的紅貴賓寵物狗「琪琪」。在她過世後，琪琪由陳胤竹接手照顧，兩造談話當天牠還在旁邊活蹦亂跳著。

「琪琪會常吠嗎？」吳P不經意地問。

「不會。」陳胤竹搖頭道：「雖然這類小型狗都比較神經質，但琪琪倒是不會亂吠，頂多是聽到門鈴聲，牠才會意思意思吠個兩下。」

「除了叫名字之外，慧旻跟琪琪還會怎麼互動呢？」宋映貞問。

這奇怪問題讓陳胤竹偏頭思考片刻。「呃，之前朋友有送她一支狗笛，帶琪琪去外面放風時，要是牠玩得太瘋叫不回來，這時吹狗笛就會有效果。有時她也會拍手……這樣快速拍兩下來呼喚琪琪。」

趙薇芝注意到，在講述兩人一狗的愉快往事時，陳胤竹臉上綻露了難得的笑容。

向陳胤竹取得了那支狗笛後，吳P接著要求：「對了，如果你那邊有慧旻跟琪琪的照片，都盡量傳給我們吧。」

之後大概取得了十多張有琪琪的照片。吳P要求趙薇芝跟宋映貞好好將這些照片內容記在腦海裡，尤其是琪琪的外貌特徵等，這些在對付回憶機制時會派上用場。當時趙薇芝還不解其意，直到現在……。

當她走進客房時，宋映貞已經用狗笛解開了聲音機關，打開衣櫃門。兩人朝裡頭一看登時傻眼，裡頭散落著二三十片的圖像碎片。宋映貞伸手想拿起來看個仔細，但手指卻如劃過空氣般穿透了那些碎片。

果然是擬像化物體！兩人從斜背包各取出一只磁力手套，接著再伸手入內，這時那些碎片有了回應，會隨著磁力極性靠近或遠離，至少可以用撥動的方式來進行互動。

雖然趙薇芝對拼圖很拿手，但要在極有限的時間內，把這些不聽話的碎片撥弄成完整模樣，可就不是閒情逸致的活兒了。她大致端詳數秒，確定這不是任一張曾看過的照片後，兩人隨即展開分工，由宋映貞把有琪琪身影的碎片歸攏一起，趙薇芝則把剩餘碎片先拼出個輪廓。

雖然都名為「拼圖」，但跟現實世界版本最大的不同在於，結界裡的擬像物不是平面方形的模樣，而是不規則的類3D物體。雖然趙薇芝曾拿3D拼圖做過多次訓練，但操作起來還是有很大的難度。她滿頭大汗地好不容易拼出個輪廓來，耳邊卻響起了吳P的催促：「妳們好了嗎？速度再快點。」

「再三分鐘。」宋映貞回道。

趙薇芝詫異地看向她，她手邊的相似碎片明明還拼不到三成哩？但宋映貞只回給她一個苦笑，接著繼續埋頭作業。

抬頭看看，天花板那縷綠煙正逐漸轉淡，她不禁有些心慌。冷靜，冷靜！她在心中大喊著，勉強穩下心神後，她將外圍輪廓拼得差不多，立即轉向宋映貞幫忙拼出正確的琪琪圖樣。

兩人七手八腳地趕工，但應該超出了原本預計的三分鐘，天花板上的煙絲已轉為淡紅色。拼到剩最後一塊碎片時，宋映貞向吳P回報，並揮手示意讓趙薇芝先回到客廳的陽道上。

等到兩人做好準備，宋映貞把最後一塊碎片撥進對應位置，接著快步走回客廳。此時從客廳與主臥室的隔牆傳來一陣巨響，迴音繚繞不斷，同時彷如地震般，室內一陣天搖地動、光影亂閃。

儘管早已有心理準備，同時也蹲低身體、雙手緊貼牆面，但趙薇芝仍給這陣聲勢給嚇了一大跳。吳P已經提醒過她許多次，接下來會是整場無憾行動中最刺激驚險的部分，但只要謹記要點，就不會有任何危險……。

但為了避免意外，宋映貞還是及時站到她身旁，並緊握著她的手讓她安心。

客房衣櫃旁邊牆面上的黑霧停止傾洩。而此時在主臥室的靈體感覺到環境發生重大異變，憤怒地四處巡視。

當祂來到客廳時，趙薇芝按照行動要點，確保全身任一部位都處於陽道上，同時避開目光與其對應，並把呼吸頻率降到最低，當然這時更不能與同伴交談。只是她止不住心中的好奇，仍偷偷抬眼望去。

只見那籠罩靈體全身的黑氣變得更為濃厚鮮明，而祂的外貌也轉為如剛死亡那刻，渾身浴血且面目猙獰，跟影視小說裡描述的那種厲鬼形象非常相似。這是趙薇芝第一次看到祂們憤怒的模樣，不禁開始瑟瑟發抖起來，下意識地在心中默唸起「阿彌陀佛」……不！她立即壓下這念頭，在結界裡即使僅在腦袋裡想像真言讖語，那作用都如同大吼大叫般地刺激靈體。

一隻手覆上她的頭盔前方，將她的頭壓低轉開視線，然後她的右手被握得更緊了。趙薇芝之心中的恐懼感忽然消失無蹤，她也用力回握兩次表達謝意。

吳P並未理會兩女的狀況，只是醉心於研究最後一個機關。那是位於主臥室房門上的一個碩大同心轉盤鎖，也代表著死者這短暫人生中的最大遺憾、無憾團隊永遠的難題：

「為什麼遇到這種事的人會是我？」

吳P的靈學講義（三）

一扇人世與陰間的觀察窗

輪迴系統與現實世界處於不同次元（維度），兩邊有著不可逾越的鴻溝。但如果我們還是想要一窺輪迴系統的真貌，該怎麼做？其實我們可以由靈體在人世間所構築的結界來著手。這個由心靈力量而生的人間異世界，或許可以當作兩個次元間的一扇觀察窗。

雖說比起輪迴系統，要進入結界的難度降低非常多，但仍需要耗費超乎想像的資源。我曾計算過，即使是單間套房規模的結界，要從現實界跨越進去，至少需要十噸以上的電子材料與核三廠全力運轉二小時的電量，這種量級的電磁場才可以打開結界通道。

於是我退而求其次，試著從民間傳統的符文、靈能與鬼神之力的方向來尋找替代方案。我帶領研究生經過七年多、上百次的實驗後，發現透過牲禮祭祀與原住民的招魂歌謠，再以門做引子，就能夠讓人類暫時進入結界裡。

簡單比方，就是拿到一張二十分鐘的通行證，從結界與現實界的節點中進出。透過這麼點時間，我們得以反覆對那個未知世界做出更多觀察、研究與想像。

當然，「無憾行動」可以說是我們在研究結界多年後的副產品了。

直面那道無解難題

當那憤怒的靈體顯出死前兇相、散發懾人威壓，在屋內來回狂奔尋找可疑的巨響來源時，站在主臥室陽道上的吳P卻視若無睹，只癡迷地研究著門上的同心鎖機關。

宋映貞關照著趙薇芝，也時時看向吳P，眼光裡洋溢著滿滿柔情。儘管那尊嚇人的靈體發了狂似地在他身旁奔來繞去，但無憾團隊早已做了妥善的準備，因此她並不為他擔心。

難道你需要為陷身阿鼻地獄的佛祖、或是面對路西法的耶穌而擔心嗎？

吳P就是她的神──如神如父、如兄如夫。所以她對神的作為向來深信不疑。記得她對無憾行動曾有個難解問題：

「如果靈體的最大遺憾，是害死祂的兇手還悠哉地活在人世，那該怎麼辦？」

確實，眼看三年過去了，但殺害蘇慧旻的郭志賢，還在更二審的程序中掙扎著，試圖以精神障礙來脫罪。如果只有「以眼還眼」才能平撫怨靈，那這份公道要怎麼幫她討去？

吳P思考片刻，推了推眼鏡說：「如果靈體生前是被人殺害的，殺身之禍肯定是祂最大最難平息的遺憾。可是未必每個靈體的需求都想以命償命，或許也能接受其他彌補方式。」

他的意思是，可以根據事先的田調，摸清楚靈體生前的性格、宗教、生死觀等等，再策劃幾套能平怨的劇本來試試。當然，肯定也會有要求兇手到現場自殺謝罪才能消氣的狀況，但在碰上這種無解問題前，還是可以努力看看。

「別忘了，靈體無法離開結界，所以資訊落差也是我們的優勢之一。」吳P補充道。

被困守原地的靈體，連今夕是何夕都搞不清楚，又從何得知兇手的近況呢？言下之意，似乎是採用瞞騙手段也在所不惜了。但這能否生效？會有什麼副作用嗎？「值得研究。」吳P最終也只能擱下這句話。

畢竟對人類來說，目前對生死之界的探索，跟外太空一般少得可憐，依然存在著大片未知領域。既然想以此營生，也只有走一步算一步了。恐懼來自於無知，所以每一次出入結界總讓人繃緊神經、如履薄冰，稍一不慎可能會送命。但無論出現什麼計畫外的變故，宋映貞總是夷然無懼，因為吳P就在她的身旁。她盲目地、無條件地堅信著。

那靈體在屋內狂繞了七八圈後，並沒有發現異常，祂回到沙發旁盯著大門發愣。宋映貞知道，祂隱隱覺得屋內有哪裡不對勁，但又如陽世間的人類遭鬼遮眼般，看不出有什麼變化。這意味前兩次的遺憾機關破解得很成功，結界的邊境也逐漸內縮，限制靈體活動範圍，因此祂無法察知沙發旁的照片與擬像化寵物的異樣。眼下就只剩最後一個關卡，一定會成功的！

宋映貞正猶豫要不要趁這時移動去幫吳Ｐ一把時，趙薇芝抽回右手，輕推著她的左臂，示意她快過去，因為誰都能看出這位年輕人妻心中的急不可耐了。

宋映貞知道對方心意，回以微笑，隨即輕手輕腳地循著陽道，走到吳Ｐ後方，並接上兩人間的導音索。

這個同心圓鎖共有四圈，圈圈彼此連動，各圈上頭如同藏傳佛教的轉經輪般，密密麻麻地寫滿了數百個漢字。其實那都是靈體腦海裡反覆重組的字眼，隨著時日愈發增長，在擬像化後成為禁錮自己的心念牢籠。

當宋映貞看到是這種機關時，反而放下了心中大石。因為這表示靈體希望由內在找出一個自我解脫的說法，而不是非要「冤冤相報」的人血機關，非得用兇手一定量的鮮血才能開解。

不過這並不意味要解開這個轉盤機關很簡單。因為這沒有標準答案，一切以靈體當下的想法為準，只要拼出的答案接近就能獲得反饋，問題在於靈體的各階段想法都是不斷變動的。

走到吳Ｐ身後的她專注地觀察著。她的文字能力跟記憶力都非常出色，最適合應對這種機關。吳Ｐ已經試著轉動各圈幾次來觀察規律。轉盤的組字方式是由左而右的橫軸排列，由內而外來看，第一圈每轉動n格，第二、三、四圈就會跟著轉動n+2、n+3、n+4格；而若轉動第四圈n格，第一、二、三圈則會跟著轉動n-1、n-2、n-3格。

因為內外圈轉動格數不同，因此大多時候組合出來的詞語是無意義的。在記下各圈規律後，吳P隨即停手，開始仔細觀察。對付這種機關，有效率的作法，應該是先挑出可能的詞組，計算好轉動步驟，再來進行各圈的格數微調。而「計算」恰是吳P的強項。

「首先試試看『聽天由命』。」宋映貞輕聲說著，並一一指出各圈文字所在位置。他們先前勘查時曾強記下各圈的字眼，並列好各種組合。但眼前各圈上頭又比當時至少多出了近二十組字碼，偏偏最可能符合靈體當下想法的，就是在這些新增字碼中。

吳P看清各字位置，隨即在心中飛快計算各圈轉動格數：「第四圈17格、第二圈22格、第四圈逆9格、第三圈37格、第二圈逆62格、第一圈49格、第四圈17格……」他飛快撥動各圈格數，三十秒內便拼出正確的「聽天由命」四字。但稍等數秒卻毫無變化。

「不對，再來！」他打個手勢。

「在劫難逃。」

「不對。」

「命中注定。」

「不對。」

「飛來橫禍。」

「不對。」

「替他人死。」

「不對。」

……

……

儘管兩人默契良好、手速飛快，但仍抵擋不住時間的迅速流逝。牆上傾洩的黑霧時不時遮蔽視線，頂上的紅色煙線有轉淡的跡象。宋映貞心中愈發焦急。

「別慌，我們再試最後一次，不成功就撤。」吳P說道。

他的堅定語氣如定心丸般，讓宋映貞冷靜下來。她不再急著蒐羅字眼，而是先花了半分鐘，在心中設想最佳答案，然後又再花了半分鐘把各圈文字找出來：

——「因果業報」。

吳P這回花了四十多秒轉動出這四字。各字一到定位後，他似乎心中也無甚把握，立刻轉身拉著宋映貞往門邊走。但她這時忽地注意到，沙發旁的靈體愕然抬頭，彷彿心中有所感。她連忙轉頭看向主臥房門，那往下流瀉的陣陣黑氣竟然停了！

宋映貞立即止步，拉著吳P看向該處。他心中大喜，立即打出預備手勢，並從腰帶取下一顆震撼彈，拉開引線往客廳另一頭扔去。宋映貞忙拉下頭盔兩旁的隔音耳罩，轉身面向牆壁。

三秒後，室內一陣強光爆響，接著每個人都感覺到身邊有層遮罩被推開了，陰鬱沈重的氛圍一掃而空，同時舉目所見變得光鮮亮麗起來，屬於現實界的亮眼色彩回來了。

宋映貞抬眼望去，只看到廚房的天花板多了個直徑約半米的橢圓形開孔，當中水光瀲灩、邊緣處散逸著耀眼白光。在強光照映下，靈體身上的黑霧逐漸消散，接著祂彷彿受到感召般，四肢大張、面容平靜，緩緩朝那個方向飄去。

與此同時，瀰漫四周的黑色霧氣不斷被那橢圓孔洞迅速吸納進去。當那靈體飄到廚房時，室內的空氣已逐漸恢復正常。直到那靈體被完全吸納進去後，那個橢圓孔洞隨即消失，室內回復昏暗狀態。但每個人都感覺得出來，原本的結界不見了，這裡已經恢復到正常世界了。

「成功了？」連吳P自己也不敢置信地嘟囔著。

「成功了！」宋映貞燦爛地笑開了，這回換她來給他一個再明確不過的鼓勵。

兩人開懷大笑，欣喜地互相擁抱著。站在一旁首次參與無憾行動的趙薇芝，直到這時才確定大功告成，放心地跟著鼓掌喝采起來。

事後回想此情景，宋映貞總是心懷歉疚。或許是因為成功來得太突然，他們夫妻倆沉浸在興奮中，一時間有些疏忽了。

假如她當時多留點心，或許就會發現趙薇芝已有一腳不慎踏出陽道，進而及時提醒她來避免後續的悲劇了。

人類的念力有多驚人？

結界是由人類的念力形成。念力的威力有多大呢？或許你可以找一位朋友來做個實驗。喔，可不是什麼彎湯匙或隔空取物的江湖把戲。為了安全起見，建議你在床前或軟墊前來進行。

首先你面朝床墊，閉上雙眼同時雙手背在身後，接著讓你的好友站到後邊，在無預警狀態下將你用力往前推。當你倒在床墊上後先別亂動，讓好友從旁拍張照作為對照組。

接下來請站回床邊，保持閉眼稍息的姿勢，但這次要努力想像全身都被粗麻繩層層綁住、牢牢實實，你完全動彈不得，同樣請好友站往身後。維持這狀態三分鐘以上，好友再無預警地將你向前推。當你倒在床墊上時同樣側拍一張實驗照。

最後請你比對兩張照片有什麼差別？

是不是發現，當自我暗示全身被綁緊而倒向床上那瞬間，你並不會下意識地伸手擋在身前，而使得你的臉先撞上了床墊。

這就是意念的威力，它甚至超越了人類自我保護的本能。

在通常情況下，當靈體脫離肉身後，會由輪迴系統導引到另一次元。但此時若靈體因為各種怨念、思念、貪嗔癡念……等等而產生強大念力，就會拒絕輪迴系統的導引，在現實界形成一種自我束縛的意識牢籠，屏蔽了輪迴系統的入口。

除了有少部分是因為輪迴系統的要求，而使得靈體被束縛在原地。但大部分時候，結界的產生都是出於個體的自由選擇。

預期之外的結果

當宋映貞喊出「因果業報」的時候，吳P壓根兒不認為能成功。這是他第一次面對兇殺現場的無憾行動。前兩次成功的無憾經驗，一是自殺、一是意外，最後靈體透過與家人的和解或溝通而放下了。但兇殺命案肯定大不同，他對如何破解最後一個遺憾機關並沒有萬全對策。

不過要是連專研結界的他也不知道答案，那現實界中就更沒有人知道答案了。身處於稍一不慎就會致命的異次元結界裡，他認為隊員的安全是最重要的，而臨場時無所適從的指揮、低迷不振的士氣、超乎預期的結果，都會帶來嚴重威脅。

也因此當宋映貞問他那個「如果靈體希望以牙還牙」的無解難題時，他仍佯作底氣十足，表示做足功課、隨機應變足矣。但他心中早已決定，如果真找不出答案，那麼頂多就放棄撤回，無須堅持。

如果你身為眾人依賴的指揮官，那麼在他們面前，你必須永保自信從容、指揮若定的形象，唯有這樣才能讓他們安心，才能跟著你深入險境，相信你會帶領他們毫髮無傷地回家。

對於長年在學術界打滾的「蛋頭學者」來說，吳P其實沒有太多的領導統御經驗，這些觀念都是從管理書上學來的。他從小便博覽群書，小學三年級時就博得了「活體小百科」的綽號，他深信從書中能夠學得人類所有的知識與生活經驗。

當然，大千世界無奇不有，某個角落、某個時刻，總會出其不意地蹦出一個超過他知識儲備的問題，這時他會明智地保持沈默、虛心地觀察學習，就當作是給自己上一課的機會。如果他認為這是值得花些時間移植到大腦的課題，那麼接下來幾天，他會蒐羅大量的相關資料、書籍、文獻，廢寢忘食地鑽研精讀，直到自己也成了該領域的專家為止。

雖然他自詡喜愛悠遊知識海洋，當個吸收無止境的超級海綿，極度樂意廣納各種浩瀚知識，但總有些特殊的場合時分，他可不希望遇上這種「機會教育」。天知道，偏偏就是此時此地，他將被迫在最糟糕的地方、最狼狽的時機，要被狠狠上一課。

無憾小隊意外輕鬆地解開了最後一個同心鎖機關後，吳P發現，如之前兩場行動的成功收場般，結界的環境發生了同樣的反應：依附在建築物結構上的能量變得不穩定，開始產生向內塌縮的細微震動。

趁這時來場足夠激烈的強光與爆震，就能夠直接破壞整個結界了。但要怎麼製造出這種效果？這曾困擾過吳P好一陣子。考慮到能夠方便攜帶、非電子設計的裝置，他決定按照網路教程自製「震撼彈」。就是警方在攻堅前先丟進室內的那種非殺傷型手榴彈，爆開後會產生強光巨響，讓屋內的敵人暫時失去視覺、聽覺，失去抵抗能力。

但每個結界的規模都不同，到底要多大威力的強光音爆才能予以破壞？吳P經過多次實驗校正，調整了化學藥劑配方。目前用於三十坪公寓的款式約莫是大型保溫杯尺寸，威力是制式版的一倍半。用鋁合金打造的彈筒還能回收利用，可說是相當環保。為了避免出現啞彈情況，吳P行動時總會稍上兩枚。

當震撼彈炸開後，塌縮中的結界順利地被破壞，吳P又感受到那種無形的壓力忽地消失無蹤的輕鬆感。從異次元回復到現實界，新鮮空氣從門底、窗縫快速流入，帶起一陣強風，而那些破敗的牆面、家具也都回復了原貌。

出乎意料地大成功啊！本來已經快要中止行動，先把大家撤出去，誰知還有這麼戲劇性的圓滿結局。在結界中如果解謎失敗、下一回想再挑戰的話，那麼就得重頭再來過，各關卡通常也會變得更複雜難控，失敗率只會愈來愈高。

也因此無憾小組的每個人都如釋重負，笑得開懷。尤其吳P想起這次行動的酬勞，又能再支撐大半年的生活費與研究費用，算是放下心中大石了。他不禁想起「人為財死」這句老話，要不是生活所迫，如那嬌滴滴的小女生趙薇芝，有萬般不得已的理由，不然誰肯來這種鬼地方活受罪呢？話說回來，要是結界裡也能用上攝影機，這些第一手素材帶出去後該有多珍貴呀。

趁宋映貞等兩人進行最後收尾，吳P走去客廳回收震撼彈的彈筒。就在此時，異變突生！

客廳的天花板忽然開了個半公尺見方的橢圓形孔洞，如先前在廚房出現般散發出白色幽光。那瞬間，龐大的壓力再次籠罩全場，眾人心生警訊，伴隨著不祥預感。

「站上陽道！」吳P一愣，隨即大喊道。但這時他的導音索是跟宋映貞連在一起的，趙薇芝此時正站在大門邊整理二氧化碳鋼瓶，頭上還戴著隔音耳罩，根本沒聽到吳P的呼喊。

眼見情況緊急，吳P一把拉開頸邊的固定扣跟輸氣管，邊踩著陽道朝趙薇芝跑去，邊摘下頭盔朝她揮手大喊：「站回陽道、快站回陽道！」

可惜他仍然遲了一步。

周遭的氣氛再次變得壓抑、眼中景象的鮮豔顏色飛快被抽離，四周的黑色迷霧又再次從牆上緩緩流瀉下來。然後又是一陣天旋地轉的感覺。這回三人都沒準備，瞬間又被這種「往天空拋去」的怪異感給整得腳步踉蹌，紛紛坐倒在地。

有個如輕煙般的白色人形物體從白光洞口飄落，接著只聽到趙薇芝驚叫了一聲，突然整個人躺在地板上，隨即沒了聲息。

「還好嗎？」吳P在地上坐了幾秒，重新恢復平衡感後，朝宋映貞吼道。

她也正半坐起身，試著恢復平衡。她豎起大拇指表示自己沒事，回道：「先去看她。她剛剛叫了一聲。」

吳P一邊警戒四周靈體所在處，一邊快步走到趙薇芝身旁。她還平躺在地上無法起身，眼看地霧在地面上再次瀰漫開來，吳P拉著她靠在自己的膝蓋上。但她的身體變得軟綿綿的，似乎一點力氣都使不上，眼神也變得渙散，似乎意識不清。

此時因為空氣中的氧氣比例降低，吳P開始感到呼吸困難，他重新戴上頭盔，同時讓宋映貞趕到門邊會合。

「她怎麼啦？倒地撞到頭了？」宋映貞接上趙薇芝的導音索，試著呼喚幾次，她卻都沒有反應。吳P抬頭看，那個發光孔洞已經消失了，三彩香的計時煙束也早已中斷多時。他還來不及琢磨眼下到底是什麼情況，但肯定是之前沒碰過的突發事件。

這種時候，絕對是「走為上策」！他催促道：「先帶她出去吧，出去再幫她檢查。」兩人分站兩邊，將趙薇芝的雙手各搭在自己肩上，將她扶起朝門邊走。但一走到門邊兩人都傻眼了。

本該在那兒的門，居然不見了！

那道門看起來似是原本的模樣，貼在入口處的螢光棒也留在原位，但一摸上去卻是一片平坦，與旁邊的牆面嚴絲合縫。原先的大門變成了一堵牆壁，嚴嚴實實地堵死了他們的退路。

結界裡的基本參數

七年前，我第一次成功進入結界。

題外話：我很清楚記得日期，五月十九日，因為那是我生日過後的第四天。生日那晚八點多，我跟映貞在實驗室吃過晚餐，她才想起該幫我慶祝一下，於是匆匆去便利商店買塊小蛋糕，點上一根紅燭。當時我許下的唯一願望就是這輩子要成功進入結界，沒想到那麼快就實現了。

五月十九日那場實驗，是我第四十七次的嘗試。之前各種科技、非科技的手段都用過了，那次突然就這麼成功。當然一開始是沒有任何防護裝備或是預置陽道等概念，我很興奮地搶先踏進去，然後在被凍個半死、無法呼吸的狀態下，還跟裡頭的靈體猛然打了個照面，差點在裡頭送命，非常狼狽。

之後又再經過近百次的探勘，我們把結界當作是星球或深海等未知領域，做好萬全準備再展開探索，同時安排各種採樣、實驗，慢慢產出大量數據，為結界拼湊出部分樣貌。

注意！即使經過多年研究，但我們目前對結界的認識不會超過二十%。這邊來跟各位談談結界的基本構成。

除了道法與紫外線外，這個異次元空間，其實並不容易受到現實界的影響。大部分時候，裡頭的溫度、濕度、氣壓都保持恆定，但很容易隨著靈體的情緒與能力而有所改變。我們曾經進入一個有一百五十年歷史的結界（研究對象十一號），裡頭居然有微型天氣系統，一片冰天雪地的景象，氣溫達到零下七十二度。但這是很罕見的情況。

結界的空氣組成方面，大概是五十％的二氧化碳、四十％的氮氣、五％的氧氣，其餘的就是二氧化硫、氬氣與水氣等組合。生命體方面，不計入擬像化物體，目前還沒有動物、昆蟲的記錄，但在植物方面曾發現過苔蘚、小型蕨類；微生物方面曾發現霉菌、水熊蟲、輪蟲等高耐受力物種。

原有的建築物與大型家具結構會被保留，但因為次元轉換的緣故，結界裡維持現實物質的能量，來自於現實界的殘差熵（residual entropy），因此大多破敗陳舊，無法發揮正常功能。以沙發為例，只殘存部分骨架跟皮面，我們無法坐上去，沒有重量的靈體卻能如常使用。

把守門戶的天后

雖然必須以現實界的「門」作為往結界的通道，但是結界的入口未必也都以門對應。有時從現實界的門進入後，可能會出現在結界裡的廚房、臥室等預期之外的位置，而原本的大門則變得跟牆壁一樣平坦堅實，無法開關徒剩裝飾功能。

幸運的是，雙邊入口難免會有高低落差，但大都位於同一水平面上，所以無憾小隊不必擔心會有從高處墜下的風險。他們唯一需要留神的，就是記得入口的所在位置。那層如水波的透明薄膜只有從現實界的門後可見，自結界裡看去，也許只是一堵牆面、一個櫃子或一道窗戶。

這也是吳P一踏進結界後，就立刻用螢光棒標記入口的原因。畢竟每個人攜帶的壓縮空氣只能撐二十五分鐘左右，要是在結界裡迷路可不是開玩笑的。

所以整場無憾行動中，得有一個人來把守現實界的出入口。必須是一位值得信賴的人。

對於來自阿美族的拉拉・馬羅蘭（Rara Malolang）來說，她的日常處事風格也許不夠機靈、有點大而化之，懶得花精神講究太多原則細節的。但只有眼前這件工作，她一點點一絲絲都絕不敢馬虎，她甚至很願意先灌進一肚子的蠻牛、黑咖啡，就只為這二十分鐘左右的差事，從頭至尾保持全神貫注。

一來這是牽涉幾條人命的大事，二來這簡直是全世界最棒的工作了。耶穌基督啊，要是發工資給她的那個吳P真給困在裡頭出不來了，她肯定會哭得比宋映貞還要大聲。

哎哪，別說在平地了，就算是部落頭目的女兒，也不可能會有每個月只需幾天來幫忙擺攤、唱唱歌，就能拿到其他北漂族人死活打工大半年的酬勞了。而這一切，都來自於七年前五月十九日的那個好日子。

那天下午，她被臨時找來在一間透天厝的臥室門前，按照工作人員要求，在房門前擺滿一大堆牲禮素果，點上許多線香紅燭，旁邊還搞了一票監控用的電子器材。據說祭拜過程都是從網路上找來的古代部落祭祀儀式，一夥人又跪又唸又拜地搞了二十分鐘，拉拉也只有在小時候的 Paishen 豐年祭典上看過這種大陣仗。

祭拜告一段落後，她吟唱一首族裡人人都會的〈祖靈的呼喚〉，唱到第二遍時，監控電子儀器的人似乎就有了發現，接著吳P走過去開門確認，然後那群人像是發瘋一樣，手舞足蹈地喊著「成功了」、「這次成功了」，比中了大樂透頭獎還要高興。

拉拉也抬頭看進門內，她瞬間倒吸一口冷氣，因為她看到了另一個世界，那個長老們從小就告誡他們永遠不該踏入的世界。山神保佑！還好他們也不想要她真的進去，只要求在外頭幫忙顧好門就行了。

這些白浪真的知道自己在幹嘛嗎？抱著一條百步蛇睡覺都比踏入那個世界還安全呢。看在他們打賞她的一萬元份上，她還是好心地提醒他們兩句，當然這些平地人完全聽不進去。

進入結界後的隔週，吳P團隊在另一個結界的實驗又再次成功了，拉拉頓時成了團隊裡不可或缺的關鍵人物。吳P很激動地把她帶到實驗室裡，把自己的全新結界理論、未來的衍生應用、造福世人的展望等說得天花亂墜，試著對她曉以大義，讓她願意加入自己的團隊。

在那兩個多小時的「上課」過程中，她努力保持禮貌微笑，頻頻點頭裝出十分同意的模樣，但其實在開頭前幾句之後，她的精神已開始渙散；當吳P講到興起，抄起白板筆畫出各種示意圖時，她的心思早飄到了遠方。也許飄回家鄉的豐年祭吧，想起那一身已太過緊繃的傳統服飾、想起小米酒缸老是又放空了，想起天南地北的朋友們可以回來聚聚……。

「……所以呢？幫我們進入結界，一次一萬五千元，妳同意嗎？」吳P試探問道。

拉拉的思緒被拉回現實。猛地聽到這價碼，她還以為對方在跟她開玩笑，傻笑著不回應。

吳P看她這模樣，還以為她嫌少不肯同意，於是迂迴地說道：「妳有特殊的能力，能幫上我們的忙。但我想有類似能力的人，全台灣一定還很多。只是我們希望節省一下彼此的時間……二萬元，這酬勞我覺得很不錯了，妳可以嗎？」

拉拉請對方重述工作內容，她開始專心聽講。她抓出的重點是，每次只要幫忙擺好祭祀儀式用品，唱歌、守門、收尾，過程中如有必要時按照事先指示來應變，這樣忙個一小時就給新台幣二萬元。而完成一次無憾行動，平均至少要進出結界三次以上。

打從拉拉離開花蓮到台北打工，已經過了二十五年。國中肄業的她找不到什麼正規工作，從工地打掃、餐廳外場、路邊攤甚至臨時演員都做過，領過的最高工資也不過就一天一千五，絕大部分時候只有更低，她常得在下班後幫族人帶孩子才能勉強溫飽。

所以當拉拉聽到價碼時，簡直快哭出來了。眼前這個大好人居然願意給她這種好到讓人不敢相信的工作，就算附帶條件是從此得改口叫他「大頭目」，她也會二話不說當場點頭。

吳P慷慨地預付了三次實驗的工資，拉拉當晚就買了一大袋白酒回家，呼朋引伴一起來慶祝，大夥兒開心地唱歌跳舞，紛紛改叫她「公主」。不必靠血統，而是靠賺錢能力，在這個城市部落裡當起貨真價實的公主。

「什麼公主？公主也沒有賺得妳多。現在都要叫天后啦，妳看看妳的噸位，天后比較符合妳啦。」有人笑鬧道，其他人紛紛附和著。

「好，我這個花蓮來的新天后，要謝謝我的媽媽。」拉拉忽然心有所感，高舉酒杯帶著幾分醉意哭道：「她以前都愛跟我們說，她的媽媽的媽媽是sikawasay（巫師），我到今天才相信了。她的血統就是滿滿的愛，一直照看著來台北打工的我。」

族人們鼓掌歡呼著，幾名女族人上前抱了抱她，邊安慰邊低聲說：「妳的媽媽會安息在祖靈的懷抱。」也有被平地人欺侮過的族人不忘補上一句：「有這麼好的工作，天上掉山豬呢。白浪很會騙人，看好妳的工資，不要被打折揑。」

時至今日，拉拉也是無憾團隊裡，唯一堅持當日結清工資的隊員。

而當吳P一行人因為結界的莫名變動，導致出入口消失被困其中時，也正是拉拉發揮她真正「守門員」價值的時候了。

打從三人進入結界後，拉拉邊低聲吟唱著歌謠，邊注意不讓香燭熄滅，同時緊緊盯著四〇二室的大門。但當三彩香完全燒盡，又再過了三分鐘，他們仍然沒有出來。

拉拉緊盯電子錶，數著最後的三十秒……不能再等下去了。雖然通道至少可維持十八分鐘，但保險起見，吳P將一柱三彩香的時間設為十五分鐘整，確保隊員有足夠的撤出時間。萬一碰到突發狀況，第十九分鐘也許可以勉強拖延一下，但得面臨通道隨時關閉的風險。要是拖到第二十分鐘，那就沒得商量了，通道會完全關閉，至少得等上八小時後才能再試著重新開啟。

當然，要是有哪個倒楣人類過了時限後還留在結界裡，而隨身空氣瓶只能撐上二十五分鐘……下場會有多悲慘就無須討論了。

雖然眼下是拉拉第一次碰上這種緊急時刻，但她隨時隨地都已做好準備。她嘆了一口氣，點根菸銜在口中，然後站起身，顫顫巍巍地走去樓梯間拿滅火器。

提著近十公斤重物走上二十多公尺的路程，讓她喘氣喘個不停。想當年她的體力可厲害了呢，提個三十公斤的水桶爬上百公尺的山路，渾身不流一滴汗。儘管年近五十，但要不是腰圍粗了，然後跟都市人一樣有三高問題……「還有菸抽太多了，再抽會害死妳。」醫生也曾叮囑過。她實在恨死了這種體力活兒。

回到四〇二室門前，拉拉把滅火器擱一邊，然後彎腰去打開應急背包……唉哪，後腰又開始僵直拉疼了……她強忍不適，翻出一卷膠帶跟一個威士忌酒盒。她先把四〇二室門打開，撕下膠帶貼住鎖舌，再把門推回，取一段膠帶貼緊門邊，讓它保持虛掩狀態。這樣他們回來時可以直接把門撞開，不必去碰那個燒燙燙的門把。

準備就緒後，拉拉打開酒盒，拉起裡頭的酒瓶，瓶口處還紮了一個塑膠袋。她粗暴地用牙齒咬開袋口，露出裡頭帶著刺鼻氣味的破布頭。然後她深吸一口菸，菸頭燒燃得更亮了，接著她把菸頭靠近破布。數秒後，一股火苗竄出，塑膠袋頓時燒熔得剩下小片。

她退後幾步，覷準四〇二號的木門中央，用盡全力把汽油彈扔過去。隨著一聲爆響，閃著白焰的熊熊烈火飛快地襲捲木門，燒得劈啪作響，黑煙瀰漫長廊。

拉拉吃力地抬起滅火器，拉開保險栓，把噴管對準大門，面色凝重地站到另一側等待。結界通道的通行權限快過期了，她向聖靈、向祖靈、向山神祈禱，一定要讓每個人都平安出來。

吳P的靈學講義（六）

結界裡的擬像化物品

「擬像化物品」是僅存於結界裡的一種奇特現象。我們探索過七個結界，每個結界裡或多或少都出現這類物品，我認為也是靈體保持活躍的現象之一。

擬像化物品的類別，會隨著靈體的靈力增長、關係深淺而有所差異。絕大多數的物品徒具軀殼，並不具備（或僅有一兩項）原有功能，少數對靈體別有意義的物品會更加精緻，功能性更強，當然這功能也多是擬像化的結果。

舉個例子：比方擬像化的水果罐頭，打開後內容物也是擬像化出來的，靈體食用時，卻能體驗到豐富口感與飽足效果。因為靈體無須進食，所以我們可以合理推測，這樣的效果也是模擬出來的。

台灣本地有「魔神仔」傳說，被祂帶走的人常能飽食一頓豐盛大餐，但事後會發覺吃下肚的都是樹葉、昆蟲等穢物，兩者的原理其實是相同的。

一般來說，靈體的靈力愈高，擬像化物品也愈加複雜，最高等的應該是擬像化動植物甚至是人。我曾探索過一個有九十年歷史的結界，裡頭是靈體生前工作的雜貨店，貨架上的各種商品甚至顧客都栩栩如生。當然這些擬像化生物僅具備少許自我意識，精確來說比較像是內建固定程式碼的機器人，只會不斷重複同樣的對話或行為。

※補充說明：在蘇慧旻的案件裡，她的紅貴賓寵物狗「琪琪」只是處於狗籠裡的玩偶，並非真正意義上可與之互動的寵物。

目前擬像化物品的原理還不清楚，大致上可確定是由靈體的念力所成形，藉由結界的能量來運作。一般來說，會被擬像化的物品通常也跟靈體生前有著極深的羈絆。

此外我們確定的是，這類物品有著電磁特性，雖然人類無法直接觸摸，但可以透過埋有磁性線圈的手套來進行簡單互動。由於靈體的視覺與人眼構造並不同，因此擬像化物品的外觀常常看起來歪斜扭曲，甚至支離破碎。當我們試著把一些關鍵的擬像化物品，還原成正常的外貌時，它會逐漸消解並釋出能量，反過來影響結界本身的穩定性。

要注意的是，於結界成形時留在屋內的實物，以及之後在結界對應的現實界裡焚化的物品，在我們與靈體眼中不會有所差別，而且都能進行互動。但並非每種物質焚燒後都會在結界裡出現。根據目前的研究顯示，現實界裡常見的有機物大部分符合此條件。

兩個預期之外的變數

眼看著趙薇芝不省人事、離開結界的出口消失，然後壓縮空氣瓶的殘壓已降到50 BAR，警報器滴滴作響，宋映貞也出現了慌亂的表情。她伸手在門上與周圍亂摸，卻始終找不到出口，她焦急地看向吳P。

（冷靜，冷靜！）吳P在心中對自己大喊。忽然碰到這種前所未有的狀況，他自己都驚恐不已，但臨危不亂SOP的第一條，就是永遠不能讓部下察覺自己也同樣恐懼心慌。

「我一定可以帶領大家走出險境的，只要按部就班來，下達正確的指令就行！」他再次為自己打氣。接著回望宋映貞，給她一個自信滿滿的微笑，雖然難掩一絲苦澀意味。

「這沒什麼，我們按照備案來做就行了。」他邊說邊關閉各人的氣瓶警報器，然後打著手勢：「先讓薇芝靠牆休息一下，我們試著在附近找出口。」

兩人讓趙薇芝靠坐在原本的門邊，接著兩人分站左右，用觸碰的方式在鄰近牆面摸索出口。一路摸到客房牆邊時，吳P下意識地回頭看向主臥室，靈體似乎在床邊蜷縮著，但不知為何，祂的形體變得朦朧不清，只能勉強看出個人形。

「反正只要祂別趁這時出來作亂就好了。」吳P心想著。危機當前，他無暇去深思這次成敗不明的除憾行動，到底該怎麼向客戶交代。

他看了看錶，已經是進入結界的第十九分鐘了，通道隨時會關閉。他走到客廳中央，呼喚宋映貞站到他身後，兩人把剩餘的螢光棒全都打亮扔往各處牆邊，然後以背靠背的姿勢，前後各涵蓋一八〇度的視野，觀察重點是牆面上黑霧的流動狀況。

成功進入結界後的第三年，吳P小組開展了一項名為「現實界與結界的交互作用」實驗課題。他們意外發現，現實界裡的火焰，雖然不能像道法或長時間陽光曝曬般，直接影響結界空間，但超過攝氏一千度以上的高溫，會引起結界的些微氣流變化。

藉助這樣的特性，吳P擬定了「逃生門」緊急應變計畫，最重要的道具是加了鋁熱劑的汽油彈。接下來只要負責把守門戶的人，掐準時間按照SOP操作，那肯定能找到新的出口。

不過兩人瞪大眼睛仔細觀察數十秒，室內各牆面的黑霧依然是往下汩汩流瀉，看不出絲毫變化。

「天后會記得逃生門嗎？還是她根本沒注意時間？」宋映貞不安地問道。

「不會的，她一定會記得的。」吳P毫不遲疑地回道。他永遠忘不了，當天后聽到這工作有著豐厚酬勞、那雙眼睛登時大放光彩的瞬間，他就知道這個人會對這職務忠心耿耿，一定會按照SOP徹底執行。

又再過了十多秒後，宋映貞興奮地指向某處喊道：「看到了，在那裡！」

吳P聞聲轉頭看去。那是在主臥室旁的一段牆面，由於跟客廳延伸出的剪力牆有道轉折，所以不仔細觀察還真看不出來。那段牆面上的黑色霧氣，不是直直地往下流瀉，而是往四面八方飄散再下落，於是牆面上出現了一段近似長方形的無煙地帶。

吳P走回趙薇芝身旁，將她的右手搭在自己肩上，接著一馬當先往新的出口走去。宋映貞出手試著探了探，那牆面出現一圈水波紋路。

「跟著我。」吳P說道。同時心中暗暗祈禱天后會遵守SOP的各項細節，不然自己的右手免不了要來個二度燒燙傷了。他深吸一口氣，把空氣鋼瓶拿到身前，然後腳下加速，全力衝向牆面。

下個瞬間，吳P感覺到手上的鋼瓶碰到了門面，隨著他的體重壓上去，那道門立即向外被撞開，他總算放下心中大石。接著他感覺自己像是要往天空拋去，於是連忙半轉身體護住趙薇芝，後背朝向天空，果然下一秒鐘他的後背重重地摔落在地面，腦袋跟著一陣天旋地轉，他索性不急著起身，在地面上多躺幾秒。

緊接著「呼啦」一聲，宋映貞也從那道門衝了出來，被吳P的腳略略絆了一下，跟著也倒在他的身旁。兩人互望一眼，各自都出現死裡逃生的微笑。

下一瞬間，門內那道如水光泛動的波紋消失了，結界通道關閉。兩人不禁在心中暗呼「好險」！

歡迎回家，回到這個也許不太美好，但總是五光十色的現實界。吳P在心中喊道。身上這點疼痛已算不得什麼了。

天后正忙著用滅火器撲滅門板上的火焰，白色化學粉末不斷在長廊上飛揚著。下一刻映入他眼簾的，是社區總幹事跟保全員的臉。

「吳教授，你們……都還好吧？」總幹事問。

吳P半坐起身，答道：「沒事、沒事，都好。」

這層樓的防火警鈴仍在鈴鈴大響，總幹事讓保全先去關發報器，不安地看著趙薇芝：「這位真的沒事嗎？需不需要叫救護車？」

吳P看了眼趙薇芝，她已恢復意識，但雙眼茫然地看向四周，似乎還沒清醒。吳P伸手讓她坐了起來，幫她卸下頭盔，輕拍她的肩膀問：「薇芝、薇芝，妳還好吧？來，深呼吸兩次，全身上下有哪裡痛的？」

趙薇芝依言深呼吸後，花了幾秒動了動四肢，接著搖搖頭表示沒事，但眼中卻仍有深深的不安與驚懼。吳P以為是她第一次參與行動跟缺氧的緣故，於是讓宋映貞去醫療箱裡拿了支氧氣瓶讓她吸著。

「大家安全就好。只是，你們怎麼還在這裡放火呢？也太危險了吧。」總幹事嘀咕著。

「哎，純屬意外、純屬意外，我事先也不知道啊，真是抱歉。不過我們員工都訓練有素，有意外馬上處理，不會出事的。」

天后已把火焰撲滅了，正忙著找拖把來清理。總幹事看著給燻得一片焦黑的大門跟長廊天花板，臉色不是很好看。過了半晌，他低聲問道：「吳先生，那個……有請走吧？」

「要再觀察看看。」吳P老實說道。

「什麼？」

宋映貞忙從旁補充：「吳老師的意思是，原本的靈體已經請走了，但這幾天還是要觀察看看，會不會像之前一樣還有什麼異狀。」

吳P不以為然地瞪了她一眼。但總幹事倒是沒去深究「原本的靈體」是啥意思，聽到想要的答案後，臉色便稍稍放緩。「喔，你們還有所謂的保固期啊。好啦，那我們觀察一個禮拜看看，沒問題的話我把尾款打給你們，不過這走廊跟房門的復原嘛……也要從尾款裡面扣，可以吧？我再找人估價，了不起幾萬塊應該搞得定。」

吳P點頭同意了。總幹事等人離開後，他隨即招呼眾人收拾東西，也準備先撤離現場。今天發生的一籮筐意外狀況，等回去後再檢討吧！他沒注意到的是，清理完消防泡沫後歸隊的天后，看向趙薇芝的臉色突然變得很怪異。

第二部

「遺憾機關」也是結界支撐節點

在研究各結界時，我發現結界有個共同特色：裡頭至少存在一個以上的支撐節點，讓結界能夠依附在原本的建物結構上。如果破壞裡頭的全部節點，就能讓結界結構失去平衡，這時再施以強光、音爆就能讓結界失效，靈體重歸輪迴系統。

這些節點都跟靈體生前的執念息息相關，也許是一本書、一張照片、一個擬像化物品等。目前我們還沒找出是什麼原因，這些節點上頭都會有個閉鎖機關來作為保護。我們目前將這些節點暫時命名為「遺憾機關」。大部分時候，我們只要打開閉鎖機關，把節點處的物品移開，就可以破壞該節點了。

值得注意的是閉鎖機關，這通常是擬像化的「鎖」，但每個靈體對鎖的概念可說是五花八門，像是曾有銀行工作經驗的靈體，就會喜歡轉盤鎖、密碼鎖；喜歡古董或古代靈體愛用有鑰匙的掛鎖、扣鎖、魯班鎖；科研人員或嗜讀科幻小說的人，就多用些平衡鎖、拼圖鎖或九宮鎖等新奇玩意兒。

這些擬像化出來的鎖是無法進行物理破壞的，我們通常得綜合靈體生前的喜好、習慣、想法等，來尋找出最可能的解鎖方式。萬不得已的時候，我們也會算準靈體到達該節點的時間，預置好陽道來就近觀察，但此法太過兇險，還沒實際上場應用過。

解除遺憾機關然後破除結界，這是目前唯一可以在不傷害彼此的情況下，和平釋放靈體的方式。當然還有廣為人知的驅魔、除靈、淨化、趕鬼等等手段，外行人看來或許是殊途同歸，但我認為，「不傷害彼此」應該是我們的最高行事原則。

謹小慎微的破綻

打從眾人把出勤裝備打包好、一同坐進別仙樓公司休旅車的那一刻起，宋映貞就感到周遭的氣氛非常地不對勁。其他人好像剛跟誰大吵過一架似地，表情都顯得格外緊繃。

她首先看向駕駛座的吳P。他陰晴不定的臉色，洩露了他心中的氣惱與懊悔。依她對他十年來的相知相惜，她很清楚他氣惱的是沒把本該簡單的任務俐落完成；懊悔的是自己知識儲備不足，碰到意外狀況卻處理不當，險些讓隊員們全折在裡頭。

停等紅綠燈的時候，吳P嘆了口氣，右手握拳忿忿地搥了下自己的大腿——這是開車上路後，他第二次下意識地這般懲罰自己了。如果不是車內有人，他肯定是遵循更自虐的老習慣，用額頭去猛撞方向盤上緣，因為宋映貞已經不只一次看過他額上的瘀青了。她伸手打開車內的廣播，轉到古典樂頻道，一邊憐惜地輕拍他的臂膀：

「哪，現在先專心開車吧，有什麼想法，回去開檢討會再全部說出來。」

吳P愣了一下，他這才驚覺自己的心事全都毫無保留地外洩了，同時感到右大腿直發疼。他忍不住搓揉痛處，回以一個苦笑，表情也不再那麼糾結了。

宋映貞略鬆了口氣，心中暗道「暫時擺平一個。」接著她目光上揚，從後照鏡看向坐在她身後的趙薇芝。

趙薇芝的狀況有些特別。直到現在，她似乎仍全身乏力，一副病懨懨懶得說話的模樣，但真要問她卻只是一股勁兒地直說「沒事」。撤離萊茵天廈社區時，她也如來時般幫忙拎了幾樣輕裝備上車，關車門時的力道忽地大得嚇人，連她自己都猛鞠躬道歉。

宋映貞回味這些彼此衝突的細節。不只這些，仔細想想總有些奇怪的地方……對趙薇芝說話時，她總不自在地閃躲著自己的目光，好像變得突然怕生起來。在踏入萊茵天廈前她可是落落大方、好奇心破表的俏皮女孩兒呀！

現在仔細觀察起來，她有些姿態也顯得不大協調。比方經過剛才的折騰後，她渾身流汗發熱，於是隨手紮了個馬尾，但那襲馬尾卻綁得亂七八糟，不忍卒睹。此外，她現在的坐姿跟先前的淑女風範也大相徑庭，雙腿大開一副大馬金刀的模樣，頻頻看著窗外風景……到底是出了什麼問題呢？

「薇芝，都還好吧？」宋映貞隨口問道。但趙薇芝卻恍若未聞，於是她又再高聲問了一次。這回趙薇芝意識到有人在對自己說話，慌張地連聲答著「很好、很好。」

正當宋映貞思索著是不是趙薇芝因為進入結界，所以精神狀態受到影響——民間有時稱為「中煞」的狀況時，她的手機突然響起簡訊聲。她低頭一看，居然是後座的天后傳來的。

——不要看我假裝沒事。問問小朋友她家住哪？

宋映貞還是忍不住抬眼看了一下天后。來時路上，她跟趙薇芝在車上還有說有笑的，但現在兩人卻分據後車座位最兩端，天后整個人臉色蒼白、額上冒冷汗，龐大身軀緊緊靠向車門。

「天后，妳是不是又暈車啦，氣色這麼差。」宋映貞的語氣顯得有幾分刻意。

「是啊，我們住山裡面的平常都走路，一坐車就不舒服啦。」天后的語氣有些虛弱：「教授哦，等等前面哦，看到有檳榔攤就停停，我坐一下、補充能量，再自己回去啦。」

吳P感覺奇怪，正要詢問幾句時，宋映貞卻有意無意地暗暗拍了幾下他的大腿。接著又朝趙薇芝問：「薇芝，等一下妳也是要在行天宮那邊下車嗎？」

這回連吳P也聽出問題所在了。趙薇芝上次是在光華商場一帶下車的，她說今年起跟男朋友衛懷租了間小套房，正在一塊兒甜蜜同居。他看了一眼後照鏡的趙薇芝，只見得她神色凝重、半瞇著眼，似乎在斟酌著怎麼回答。

「因為妳上次說妳住在行天宮旁邊巷子裡嘛，應該還沒搬家吧？」宋映貞故作輕鬆地問道。

「……啊，不好意思，教授，能不能在前面停一下車，我肚子好痛。」正當眾人在等待趙薇芝的回答時，她卻臉色蒼白、一副痛斷腸模樣，猛拍著前座椅背求救道。

「好，前面有便利商店，妳去借一下廁所。」吳P指著前方路段說。但同時他也看見宋映貞跟天后朝他猛使眼色，似乎不希望他放趙薇芝下車。於是他又補了句：「這便利商店就只有一個門出入，我們就在前面等妳，慢慢來沒關係。」

原本這話他是說給宋映貞跟天后聽的。不必擔心趙薇芝有什麼問題，他們就等在門口，不管她的肚痛是真是假，讓她下車去處理，反正他們開車、她只靠兩條腿，是能跑去哪兒呢？只是趙薇芝突然不喊痛了，臉上也多了幾分警戒神色。天后一看她的神情，就知道狀況不妙，似乎預見狀況會變得更糟。

又再過了一個紅綠燈後，吳P將車停到路邊。誰知車一停妥，趙薇芝就飛快推開車門，衝到人行道上一輛正要騎上大路的摩托車旁，上頭那位穿著套裝的女職員驚詫地看著她，趙薇芝一手上托對方右臂、另一手猛推對方的右腰，像是變魔術般，下一秒那位女職員已四腳朝天地躺平在人行道上，趙薇芝卻穩穩地坐上摩托車了。

她一把催動油門，但似乎用力過猛，摩托車衝上大馬路擦撞一輛小客車後傾倒，她不顧駕駛抗議，隨即扶起摩托車並掉轉車頭，朝旁邊的小巷揚長而去。女職員爬起身，在後頭徒勞無功地邊尖叫邊追車。

推人、奪車、逃離現場，這般驚人身手，完全不像是一個就讀新聞研究所的女學生能辦得到的呀！偏偏她就能幹得這麼行雲流水、一氣呵成。

看著這突如其來的狀況，休旅車上的眾人全都傻眼了。「該不會是……」吳P雙眼瞪大失聲叫道，但這推測太可怕，他不敢再往下說。

「快追！」車內的兩個女人不約而同地高喊著。

吳P不敢再胡思亂想，隨即重踩油門往前方急馳，打算搶在下一條小巷攔下那輛摩托車。

吳P的靈學講義（八）

關於人生的遺憾

回顧你至今的人生，存在著多少遺憾呢？

在試圖幫他人弭平心中遺憾之前，我們就必須先深入了解遺憾的成因。對大部分人來說，心中那份最大遺憾，通常並不是單一原因造就的，當中存在著多種層次因素。

舉個例子來說，研究對象四號的人生遺憾之一，就是與交往五年多的女友分手，眼睜睜地看著她與別的男人共結連理。雖然這遺憾成因看似單一，但細究後發現並非如此。他把女友離開的原因，歸咎到自己的長相、性格、職業甚至家世。

所以除了思念那份得不到的愛外，四號的大部分時間，總不斷地試圖尋找解答：「如果我家更有錢，她是不是就不會離開我了？」、「假如我高個十公分她會更愛我」、「大概是我表現得不夠積極進取才輸給那個男的」……等等，然後這些自問句又勾出了更多過往的遺憾：

「那些勢利的國中同學欺負我家窮就霸凌我」、「當初就是因為身高不夠害我不能念警校」、「我對本科就沒興趣是要如何對未來積極進取？」……。

回歸到我一開始提到的遺憾的多種層次。絕大多數時候，大大小小、形形色色的各種遺憾並非獨立事件，而是彼此間互有牽連。並不是因為你做錯了什麼事，所以導致這樣的遺憾。大多數時候，是符合你個性的傾向，讓你的選擇與行事偏向某一方，導致顧此失彼；又或者太過患得患失，總覺得另一個選擇會更好。無論何時回頭一看，只剩下滿滿的遺憾。

源自於某種性格特質、命運或際遇，塑造出自我毀滅的選擇傾向——與其稱為人格缺陷，我想稱為「遺憾本源」更厚道些——圍繞著本源衍生出更多的遺憾，日積月累後終於製造出人生中最無法挽救、最為慘痛的最大遺憾。如果我們一開始只著眼在怎麼去解決這最大遺憾，那顯然就落入了見樹不見林的迷思中。

這種環環相扣的層次特質，也在結界內造就數量不一的遺憾機關。當我們研究靈體生前的活動時，如果不能撥開這些表層迷霧，就永遠無法找出遺憾本源，真正弭平對方的最大遺憾。

在研究對象四號的結界裡，我們看到了十二組遺憾機關。總的來說，遺憾機關愈多、通常難度也愈低，愈好破解。但在四號的例子中，我們最終並未成功。因為我們追索到四號的遺憾本源，就是「自卑」。於是他寧可選擇躲在遠離陰陽兩界的角落裡，獨自度過千百年的重複日子，也不肯讓自己那易碎的靈體被釋放出來。

徬徨無助的脫口秀

「捍衛地獄梗，胸懷神回覆！親愛的朋友早安，歡迎來到玩轉大稻埕之衛懷～Talk秀。羅姓男子是八仙塵爆事件的受害人，當年他全身近百分之六十大面積灼傷，所幸在各界關懷與資源下康復了。可惜這故事沒能迎來正能量的結局，羅姓男子前天因為賭博與蓄意傷人罪被警方逮捕了……哎，在這裡我想跟這位姓羅的朋友說，生命中歷經這種磨難浩劫的人，不是應該要比同齡人更『早熟』懂事點嗎？」

「繼混元門太極拳大師被業餘拳擊手在三十秒內KO後，大師的大弟子復仇心切，隔天立即向該拳擊手下挑戰書，誓言為師門討回公道。昨日下午雙方開戰九秒後，大弟子被一拳擊中下巴當場躺平……哎，我能說什麼呢？好歹大弟子還懂得尊師重道，至少被KO的成績不敢超越師父。但這位拳擊手先生，你也別得意太早，師徒聯手的內力不可小覷，百年內必然會讓你暴斃身亡。」

「IG上有網友說，男女雙方交往時，如果真的很寵對方，才不會拿出來說嘴。老把這事掛在嘴上說的人，通常都不怎麼寵對方。不曉得這樣的說法大家同意嗎？衛懷不予置評，只在這邊提醒大家，會把怎麼寵你、什麼時候寵你這種事拿出來說嘴的人，平常可都是有～在～算～的！哎，仔細想想是不是讓人有點怕怕的呢？」

「現在人手一支手機，國內外大小事都能更快速地推送到大家眼前，但問題是裡頭也充斥了各式各樣的假消息，你以為的勁爆新聞或獨家內幕，也許是網軍試圖操弄你選擇的手段。哎，不知道大家是不是跟衛懷一樣，真的很懷念，新聞裡你唯一需要懷疑的，就只有天氣預報的那個年代。」

——

下午四點半，衛懷離開行銷公司，搭上往忠孝新生的捷運。他戴上藍牙耳機，用手機播放方才在錄音間預錄的影片，品質跟內容都不錯，有幾個段子把自己又給逗笑了。

今天是他固定前往行銷公司預錄下週三檔節目的日子。他平常在兩點前就可以離開，今天是為了開會討論海外平台授權問題，才拖到這麼晚回家。

會後企劃人員通知他一個好消息：這個月光是YouTube的廣告收入就有三萬多元，之後再加上各平台收益，跟公司拆帳後能放入口袋的錢，應該會有兩萬三千多元，差不多是台灣的最低工資水平了。

對「衛懷脫口秀」這個成立不到四個月的嬰兒級頻道來說，有這樣的成績堪稱十分出色，至少他的爸媽不會再一直嘮叨著要他去找個正經工作了。靠著這樣的收入，已經證明能在台北養活自己——當然只是餓不死的程度，至於想吃大餐、買房子什麼的就太癡心妄想了。

他念的是廣告傳播學系，剛畢業時也想跟其他學長姐一樣，到行銷公關圈子裡一展長才。偏偏當年景氣不佳，收了幾家指標性企業，年底還碰上全球級瘟疫，各大小公司裁員都來不及了，哪有餘裕招收新人。最終班上只有兩個人靠著父母關係才能學以致用，剩下的也只有做電商、啃老或讀研究所三個選項。只有衛懷的際遇比較不一樣……。

「你挺有才的啊。我面試過兩三百人了，就只有你敢在這種場合下搞笑，我看你可以去當 YouTuber 了，絕對大紅大紫。」忘記是第八次還是第九次面試，那家公關公司的面試官不知是鼓勵或嘲諷地，對他這般說著。但偏偏衛懷把這話當真了，因這憑空而來的建議，他從此踏進了「時事脫口秀 YouTuber」這個之前連作夢都沒想過的行業。

不消說，一開始踏入這陌生領域，衛懷也是忐忑不安，每天花在寫腳本、錄影、檢討的時間，絕不下於正規上班族。而他對網友的反應更是患得患失，三不五時拿起手機就猛盯著每支影片下方的評論區內容，更沒忘了與網友交流互動一番，每天的工作時間堪比7-11。

現在這個全新事業好不容易露出點曙光，他下意識就想同步跟趙薇芝分享這好消息。只是他早先在會議室時就敲了 LINE 訊息給她，但直到此刻都過了快一個小時，彼端仍沒出現「已讀」標示。

衛懷心中很在意這件事，關於男人的收入……畢竟今年初他們決定從各自家中搬出同居時，已經說好要平均負擔房租。但他顯然高估自己的生財能力，大半年過去了，每個月一萬五千元的房租泰半由趙薇芝支付，但自從她家發生變故，這筆錢成了壓垮他們關係的最後一根稻草，這兩個月趙薇芝一直想搬回家中節省開銷，兩人為此吵過好幾次架，最近的一次就在今天早上……。

好吧，至少從下個月起，他能開始負擔一半的房租了，也算是改善彼此關係的第一步吧！只是再往遠處想，他又不禁自嘲道，到底是哪來的自信心呢？誰知道這脫口秀收入是不是能穩定增長，讓自己每個月都能保有這份最低工資呢？

回到兩人的租屋處將近五點半了，趙薇芝還沒到家。平常她週一到週五的打工日，大概這時候就回來了，而且工作時似乎並不忙，都有時間用手機聊 LINE，今天明顯有些反常。

他走到冰箱前想拿飲料，隨即看見冰箱門上貼了張新的便利貼，上頭寫著「下午要跑現場晚點回來」字樣。如果照上次跑現場的時間估算，等她回到家大概也要七點後了，他打算等她回來再一起出門吃晚餐，也是設法讓她消消氣、兩人大和解的好機會吧！

因為趙薇芝已經跑過兩次現場了。每次跑完現場回到家後，她的神情總是格外雀躍，問她原因，是這麼回答的：「因為跑現場的獎金很不錯呀，而且還能確實感覺幫助到別人了。」

「妳到底是跑什麼現場的？是工地現場、活動現場還是案發現場呢？」衛懷打趣道。

「……我們都把客戶家叫現場。哎，你管這麼多幹嘛？先想想晚餐要吃什麼啦。」

衛懷繼續試探問道：「去客戶家幹嘛？幫忙打掃還是除蟲？喔，是不是類似日本那種給客戶道歉的公司？」

「哎，衛先生，你為什麼要知道這麼多？等那邊缺人了，我再把業務內容跟你說，看你要不要一起來打工好嗎？」趙薇芝不耐煩地回道。

他平常就能明顯感覺到，趙薇芝非常不願多談打工方面的事，簡直成了一種忌諱，所以直到如今他仍不清楚她到底打的是什麼工，只約略記得那家公司有個裝神弄鬼的名字。

在兩性關係中暫時身為吃人嘴軟的一方，他其實也不太好意思深究這件事，只是有時會覺得這份工作的酬勞高得嚇人，讓他感到有些不安，懷疑是不是什麼非法行業。

「嗯，這半年大概跑了三次現場，看來今天得問個清楚才行。」他自言自語道。

他躺在沙發上，抄起平板電腦，隨手瀏覽國內外的即時新聞，看到有梗的就複製貼進筆記本，打算利用零碎時間整理一些節目素材。但或許是今天開會太過疲累，功課作不到十分鐘，他就感到眼皮沉重、意識渙散，連自己也沒察覺地迅速進入夢鄉了。

然後，他又夢見關於隧道的那個惡夢。在夢中，他又陷入那打從兒提時代以來最深沉的恐懼，被幽靈般的黑影纏身直到快喘不過氣……忽然間，一陣刺耳鈴聲解救了他，將他冷不防地提拎回現實世界。

只是現實裡也陷入一片黑暗，看來趙薇芝還沒回到家。衛懷拉長手臂從茶几上拿起手機，來電的是一串陌生號碼。他也看了下螢幕顯示的時間，已經快八點。

在按下接聽鍵前，他心中莫名地滋生出一種不祥預感：接起這通電話，他的人生或許會大不相同了。他吸了口氣，按鍵接通：

「你是衛懷先生吧。趙薇芝回家了嗎？」

彼端聽來是陌生中年男子的聲音，衛懷狐疑道：「沒有。你是哪位？」

「你這兩天別出門，她一到家，你就想盡辦法把她留在家裡，別再讓她外出，然後盡快打手機給我！」對方以命令口吻急切地說。

看來這傢伙肯定沒受過什麼表達訓練啊，衛懷心想。一整個說得沒頭沒腦的。「這……我完全聽不懂你在說什麼。可不可以好好從頭解釋一下啊？麻煩您好歹先自我介紹一下吧。」

對方突然大吼：「給我聽清楚，她回家前你別出門，一定要把她留在家裡，你要是辦不到，就報警說她要去殺人了，讓警察來留住她！」

然後電話就突然掛斷了。衛懷試圖再回撥幾次，卻都聽到「您撥打的號碼沒有回應」機械語音。然後他再撥給趙薇芝，沒想到也同樣進入「無回應」狀態。

平日看來人畜無害的趙薇芝居然要去殺人了？她打算殺誰又是為了什麼？然後這個陌生中年男人又跑來警告他？他跟趙薇芝又是什麼關係？就算要來警告卻不能好好說明清楚，反而更讓人搞不清狀況了……還是現在的詐騙集團又有什麼新花招呢？

從夢中被驚醒的衛懷，腦袋其實還正迷糊著，這通莫名其妙的電話瞬間把他的不安情緒推升到最高點。他轉頭看向顯得冷清的黑暗室內，一時間千頭萬緒的，一種徬徨無助的感覺在心中油然而生。

吳P的工作日誌（一）

不好意思，各位同學，接下來靈學講義要暫停幾期。我想聽過之前的講義內容後，大家對於結界應該有些基礎概念了。之後我想穿插一些現場實作的經驗談，這樣或許有助於各位，能更具體深入地了解這個新興研究領域。我想先談談，在這個工作中，什麼是你該放在首位考量的最大風險。

如大家所想的，讓人類直接進入結界作業，是個極度高風險的行為，隨便有個閃失很可能就會被留在那個次元，無法回到現實界這邊來……還好在你被餓死、嚇死之前，你很快就會因為缺乏氧氣而窒息死亡了（笑）。

不過我得老實告訴各位，讓人心中壓力最大的不是死亡，而是死亡之後，你會往哪裡去的問題。如果你之前有認真上課，那麼應該還記得，輪迴系統的出入口被結界給屏蔽了吧？現在問題來了，在結界裡意外死亡的人類，當他們的靈體脫離肉身後，是否能超脫結界規則而進入輪迴系統呢？

目前這部分無法實驗觀測，尚無定論。但我認為有很高的機率，新的靈體將會被迫留下，與創造這個結界的靈體共存，直到這個處於陽世、陰間之中的兩不管地帶消亡。

但那也許是數年、數十年甚至數百年之後的事了。

死後或許不得安寧。這就是踏入這圈子前，你必須銘記在心的最大風險。所以說，如果有人能研究出不必親身進入結界，就能解開遺憾機關的方法，比方能夠遙控操作或放個機器人進去之類的，我無任歡迎。

下一期我們來談談當我第一次進入結界，就差點因公殉職的恐怖經驗。

一夕陣亡的小確幸

趙薇芝悠悠醒轉過來，眼神茫然地凝視著這黑暗的房間，一時無法理解自己到底身在何處。映入眼簾的環境、物事都十分陌生，她不確定自己是不是還在做夢。腦子裡一片渾沌，近期的記憶散落成不規則片段，不知從何拾起。

她深吸口氣，緩緩地半坐起身。接著下意識地探手門邊尋找電燈開關，她很快便找到了，但來回撥動幾次，依然不見燈光。

總是感覺哪裡怪怪的，但一時間又說不上來……。

趙薇芝不安地觀察四周，這間臥室一片幽暗、過份深沉，即使仔細聆聽，連一絲背景雜音都聽不見。她摸了摸身下這張偏硬的彈簧床，再看向陌生的天花板。

除了陌生外，還有種說不出的奇怪，似乎她的存在跟這個世界格格不入。

腦海裡的某個片段提醒了她。她似乎是跟其他人一起進來的，一些她信賴的人。但現在他們都去哪兒了呢？

難道自己還在夢裡嗎？她定下心來，活動一下四肢，對著各處又捏又拍，順帶檢查有無受傷，不過一切都正常，這讓她稍稍放下心來。

不對，剛剛的動作，還是讓她覺得怪怪的……。

床對邊的牆上掛了個石英鐘。她走近一看，那指針還在向前走。原本擔心自己在這裡待得太久，該早點回家了，但是出乎她意料地，掛鐘卻顯示現在還不到五點？不對，她仔細盯著錶面，發現秒針雖然仍滑動著，但頻率明顯比經驗中的「一秒」還要快上好幾拍……難不成她現在人不在地球嗎？

這個自嘲念頭卻像是黑夜中的一道閃電，瞬間點亮她的心底。原本不願多聯想的各種假設，忽然間在眼前排山倒海而來，逼迫得她無法呼吸：

秒針走得不規律，因為時間在這裡沒有意義。

這裡明明沒有一絲光亮，但她卻還是看得很清楚，所有物事的圖像都清晰出現在腦海裡。她身上的登山服應該是橘色的，但現在看來卻像是灰暗的深褐色。

這裡一點背景雜音都沒有。一點窗外該有的汽機車噪聲、路人交談、呼呼風聲、鳥叫蛙鳴甚至隔鄰的電視機聲等，完全都沒有，一片死寂沒有生機。

她剛剛深呼吸了幾次，但卻什麼味道也聞不到。

此外，她沒有飢餓感、沒有冷熱感，甚至剛剛拍捏自己也沒有痛覺。走起路不花力氣，她只要一傾身便能輕鬆地往前移動。

儘管感到壓力重重，但屏住呼吸這麼久了，卻一點都沒有窒息的感覺。因為那都不是必要的。對靈體來說，這些人類的維生手段，在這個次元內都顯得太多餘。

這個事實像是一記重鎚，把她腦海裡散佚的記憶片段給鍛接在一塊兒了。幾個小時前的事情她全清楚地想起來。她是跟吳P、宋映貞兩人進入結界的，無憾行動也成功了，但不知為何，在最後突然發生某種變故，自己也昏迷過去。

現在這個地方，不就是當年發生慘案的地方嗎？她還記得上個月為更了解靈體生前活動，而特別研究的案件報告。一位叫做蘇慧旻的年輕小姐，在萊茵天廈2C四〇二室被名叫郭志賢的住戶給殘忍姦殺了。那手法前所未見，慘絕人寰。蘇慧旻當時手腳被綁在床上，開膛剖肚，頭顱也被割下放在床頭。

落網的郭志賢被問起犯案動機時，滿臉不在乎地表示：「這條爛命也活夠了，反正要被你們抓去關。可是進牢前，我要先嚐嚐世界最爽性愛才甘願。」、「什麼最爽性愛你們不知道哦？沒見識啦。就是快射出來的時候，把女人的頭砍掉啊，聽說全身肌肉都會繃到最緊，這樣爽到不行耶。」

看到這段令人毛骨悚然的筆錄內容，趙薇芝跟當初偵訊他的刑警一樣，身上起了雞皮疙瘩還頻頻乾嘔……現在的她，就在當年的血案現場。她看向自己剛剛躺的那張彈簧床，也就是那張承載殘忍兇案的床，心中滿是恐懼，腦海裡也不斷閃現資料照片的畫面。

詭異的事情發生了。原本只是有些陳舊發黑的床墊，下一瞬間突然變得一片狼藉，床面染上了大片血跡，上頭還有大量的人類臟器與膠狀物質，床上同時散發出黑色的霧氣。

說也奇怪，趙薇芝心中的恐懼忽地消散了，然後她覺得自己變得更有精神，活力充沛。但畢竟這是那恐怖變態的犯案現場，她仍心有餘悸，下意識地想遠離這裡。她轉身往門外走，但當她自以為走到外頭的客廳時，卻發現自己又從門外踏回臥室內。

「這是怎麼了……？」

她看著同一個房間，十分驚訝。為什麼明明踏出了房門，卻還是留在原本的房間？這完全超乎了日常經驗法則，她心中無法接受。她再試著以前進、退後的方式「離開」主臥室兩次，但結果依然不變，她又經由同一道門「回到」主臥室兩次。彷彿當她一踏出房間外，就有一隻看不見的大手，把主臥室快速地轉了個向再擺放回她眼前，讓她永遠無法逃離。

她試著在門內外快跑衝刺，看能不能用速度突破這種奇怪限制。但她跑得愈快，被「強制轉向」的感覺就更加猛烈，害得她腦袋直發暈，不得不放棄。

休息片刻後，她謹慎地先探出上半身到門外觀察，下半身仍留在門內。但當她看到門外仍是同一個房間，一低頭又看見自己的雙腿時，她赫然發現自己被「束縛」在這裡了。

無窮無盡的哀傷頓時淹沒了她。她全身乏力坐倒在地板上，地面黑霧甚至不起一絲翻攪。

她雙手摀著臉，絕望地尖叫起來。那聲音不斷在室內迴響著。

她現在總算願意正視這個事實。她一個人孤單地被遺棄在這個恐怖的結界裡了！

無憾小隊的職涯危機

吳P開車向來循規蹈矩，即使在凌晨時分四方無車的偏鄉公路上，他也寧可堅守交通規則，乖乖地停等長達九十秒的紅燈，不願為了省卻時間、油料或來自同車乘客的嘲諷，擅自為原則增添點彈性。

一來是喜愛遵守SOP的學者性格、二來是年紀大了雙眼視物有些重影，三來則是認為做人該「死得其所」，可以為做學問累死、為公義戰死、為所愛的人替死……對吳P來說，死出一個重於泰山的格局是最理想的，而死在馬路上的車禍？那是最輕於鴻毛的一種死法。

所以當吳P生平第一次展開飛車追逐時，不到十秒鐘他便後悔了，隨便換人來開應該更能成事吧？在違停一堆汽機車的三公尺窄巷內，重踩油門到六十公里時，已經大幅超越吳P心中的安全底線了，他絲毫不敢眨眼，惶恐的眼神緊盯著前方路口，深怕猛地衝出一個撿皮球的孩子或推著嬰兒車的婦人。這些不安情緒屢屢逼使他下意識地鬆開油門。

「再開快點！」、「這樣追不到啦！」神奇的是，車內兩個女人異口同聲高喊著加速，簡直不要命了！不過他倒是略懂這兩個女人的真實想法，想攔截趙薇芝的念頭甚至比他還急。

宋映貞心想的是，如果追丟了趙薇芝，那麼之後的事態可能會往最糟糕的方向發展。先別談什麼別仙樓還是無憾團隊了，就連吳P的研究事業都將不保。

天后心想的應該單純多了。她不想失去這份薪資豐厚的工作，就這麼簡單。

至於吳P自己呢？他不敢多想，只把注意力全放到眼前路況上。因為如果真的如三人所猜測的那樣，那麼這後果非常嚴重，有人的性命受到威脅，自己一生懸命的信念恐將化為泡影。但真要這樣想下去肯定沒完沒了，先把人給截住再說吧！

「唉，這樣追不到啦。」宋映貞焦急地挨過身子，用力按響方向盤喇叭：「你油門再用力踩，不要管兩邊會不會有人跑出來。」

眼看宋映貞甚至伸腳要來幫忙踩油門了，這可把吳P嚇出一身冷汗。「不要、不要這樣……前面是大街了，往哪邊轉？」

「左邊！」兩個女人不約而同地拍腿大喊。憑這種龜速，難不成還想趕在摩托車前面嗎？現在只求趙薇芝不會故意掉頭往三重方向跑。

休旅車毫無減速地衝出巷口，但大街上的洶湧車流仍逼得吳P猛踩煞車，車胎在柏油路上畫出一道半圓痕跡後，繼續往台北方向開去。只是加速跑了兩分多鐘，宋映貞跟天后也各自查看兩邊車輛，連人行道、騎樓都不放過，但完全都沒看到趙薇芝的影子。

「沒看到人，她會不會往反方向跑？」天后說道。

眼看迎面而來的是個長秒數紅燈，宋映貞大喊：「迴轉、快迴轉！」

「拜託一下，這雙黃線耶。」吳P抗議道。但眼看宋映貞的手又不安分地伸過來，似乎硬要把方向盤向左切，吳P不得不妥協。

「快停路邊，我來開。」宋映貞猛拍著他的手臂，催著他先下車，自己則直接從助手座爬到駕駛位，迫不及待地掛上D檔。

吳P苦著臉照辦。他小跑步繞過車頭，坐上助手座。看著老婆一臉殺氣騰騰的模樣，想來要不是考慮追到趙薇芝後還需要人手制伏，她恐怕早把吳P給踢下去，自己全速追車了。

「都綁上安全帶了吧？」宋映貞問。

「呀呼，吳夫人要玩命關頭囉。」天后拍手攪和，一邊嘿嘿笑著，並拉過安全帶繫上。吳P則是一坐進座位就飛快地繫緊就緒了。

宋映貞微調一下座位跟後照鏡，接著二話不說，油門直接踩到底，時速猛地拉上八十公里，朝三重方向疾駛。吳P跟天后兩人被強大慣性力道給釘緊在椅背上，雙眼仍不敢放鬆地緊盯著路上車輛。

雖然還不到下班尖峰時刻，但民權東路上的車流仍頗密集，只見這黑色休旅車靈巧地變換車道，在車陣中左衝右突、有縫便鑽，切方向盤的力道之猛，讓吳P也跟著被左搖右甩，再次嚇出一身冷汗。聽著有別於以往的引擎怒吼聲，老實說，他還不知道自家公司的老車其實還挺夠力的。

「方向燈，變道要打方向燈啊！」吳P忍不住出聲提醒，但看這休旅車不到數秒就切個車道，惹得其他車輛頻按喇叭示警，使得吳P的提醒顯得太蒼白無力。但宋映貞顧及老公顏面，索性打了警示燈，讓兩邊方向燈都亮起來總成了吧。

「放心，我知道映貞很愛玩賽車遊戲，沒事就在手機上面跑兩圈，經驗豐富啦。」這麼霸道地在大街上穿梭馳騁，天后還挺樂在其中的，語氣中似乎對吳P平日太過溫吞的駕駛風格也有些不滿。

等等，玩手機遊戲跟實際在馬路上飆車能類比嗎？吳P搖了搖頭。這是現實界耶，車跟人要是撞壞了，那可不是按下「RePlay」鍵就能了事。但身處這風口浪尖上，吳P怕打擊士氣，於是決定閉口不言。也許盡可能讓自己的表情顯得不要那麼慌張害怕，會是對團隊成員的最佳「信賴」吧。

休旅車搶過了一個正由黃轉紅的紅綠燈，再提速衝過三十公尺的大街口，險些迎面撞上正起步的數輛摩托車，急煞停的騎士們猛爆粗口。後方正好停等兩名巡邏的機車員警，見狀後隨即鳴笛追了上來。這下子吳P頓感全身乏力。

「靠邊停吧，有警察……」吳P還來不及提醒，宋映貞已指著前方喊了出來：「在那邊！」

車上另兩人定睛看去，不禁暗讚宋映貞眼尖，前方三十公尺果然就是趙薇芝搶來的摩托車，由於她沒戴安全帽，所以在摩托車車流中頗為顯眼。看樣子她是打算朝外堤防騎去，停等的紅燈正轉綠，她催動油門起步。

宋映貞猛按喇叭，從內側車道急切跨過兩個車道，逼退後方摩托車流。儘管趙薇芝騎得飛快，但休旅車還是超越她，穿越十字路口後約五十公尺，成功把休旅車頭猛地橫插到機車前方。

趙薇芝一時間煞車不及，「碰」地一聲巨響，高速撞上休旅車的後保險桿，人也跟著摔飛到人行道上。天后清楚看到，觸及地面前，趙薇芝一個俐落的受身動作，護著頭在地面側翻兩圈，目視頂多手肘、膝蓋有些擦傷，應該沒有大礙。

天后打開車門，跨過那台車頭被撞爛的機車，趁著趙薇芝正要起身時，一把抓住她的手臂。不料這小女子的力氣很大，而且似乎懂得柔道手法，身體一側一帶，居然用上巧勁把噸位不小的天后給推到一旁，她踉蹌幾步勉強站穩。

吳P與宋映貞兩人也已下車，試圖左右包抄抓住趙薇芝，不料這時她放開喉嚨大喊：

「綁架啊，非禮啊，快來救命啊！」

雖然這邊的人行道上沒有其他行人，但這淒厲的求救聲也引得大路上的駕駛紛紛側目，感覺似乎有幾個人想下來英雄救美了。為了避免不必要的麻煩，吳P忙朝宋映貞一使眼色，兩人的默契十足，宋映貞忙出聲道：

「不要喊了，我們是來幫妳的。我們知道妳的狀況，先商量一下……」

當吳P打算趁趙薇芝被引開注意力、要撲身上前時，只聽到身後有人高喊：「警察！你們不要動，把手舉高，再動就開槍！」

那威嚇的語氣顯然是玩真的。吳P轉頭一看，兩名制服警員已掏出手槍，對準他們大吼著。三人沒奈何，只好依言照辦，接著抱頭蹲下等著上銬，然後警員要求趙薇芝向他們走去。

離開吳P三人的包圍圈前，趙薇芝還偷偷轉頭給他們一個詭異微笑，那笑意中帶著陰毒、狂妄與憤恨的火焰，讓三人心中不寒而慄。

「小姐沒受傷吧？要叫救護車嗎？」警員問。

「不了，我休息一下就沒事。」趙薇芝走到靠近馬路的變電箱旁，坐在水泥基座上，帶著一副悲戚受辱的神情回道。

另一名警員接口道：「小姐不用擔心。等一下跟我們回局裡，把事情弄清楚。看刑事民事要不要提告，車子要怎麼賠的都來釐清，一定會幫妳討回公道。」

接著一名警員呼叫警網支援，另一位則走過去將三人一一上銬，邊以嘲諷的語氣說：「很敢嘛，光天化日的，在大馬路上直接攔車打人，當警察塑膠做的哦？你們交通法規至少就犯了四條，接下來綁架罪還是強制罪，看檢察官怎麼認定，你們可以保持緘默……」

宋映貞打斷道：「警察先生，真實的情況不是你們表面看到的那樣。那女孩有問題，我們是打算請她好好解釋清楚……」

「什麼問題？妳不覺得你們這群凶神惡煞的問題比較大嗎？」警員已將三人上銬，收起手槍說。

吳P靈機一動，說：「你們去查一下那輛機車車牌，她也是剛搶來，拿不出證件的。」

那名警員聞言後，狐疑地轉頭看向後方。此時另一名員警正走到大馬路旁，檢查那輛別仙樓的休旅車，看到後車廂堆滿了各種器材，又是攻頂裝備又是祭拜用具的，不禁嘖嘖稱奇，沒怎麼留神趙薇芝。

而原本病懨懨地坐在變電箱旁的趙薇芝，顯然很留神吳P這邊的談話內容，而且早覷準逃跑路線。因此，當吳P一提到「搶」這個關鍵字時，她忽地一躍而起，快步往對街方向衝去。

「她跑了，快追！」緊盯著她動向的三人齊聲大叫，但當離她最近的警員驚覺有狀況時，趙薇芝已經衝過了馬路中段。她腳下不停，一口氣穿越六線車道，千驚萬險地在車流中穿梭，不到半分鐘便成功抵達對邊。

路邊那名警員本想上車追趕，但趙薇芝為了避開追兵，並不沿街邊奔跑，而是直接衝入旁邊的大型國宅公寓裡。目睹的警員不禁嘆氣，這下子就算自己花一分鐘騎車追到對邊，但要封鎖並搜查整棟大樓，可就不是一兩名弟兄能搞定的事了。

這兩名警員也是頭一遭在犯案現場碰到受害者開溜的狀況。負責銬人的資深警員對另一名警員問：「再打混啊，小姐的證件登記了沒？」

「沒有，學長。」那名警員灰溜溜地說。

這下子連吳P等人也不禁搖頭了。

「算了，先把他們通通帶回去做筆錄再說。」資深警員擺手說道。

遠處，另一輛警車的警笛聲響起，正往這裡奔馳而來。

吳P的工作日誌（二）

五月十九日的那場實驗突然成功了，通往結界的門就這麼開啟，我們都有些措手不及。

當時看著那發著幽光、泛著水波紋的入口，現場一片寂靜，沒人知道下一步該怎麼做。

一開始是有人提議用繩子綁一支手機放進去錄影，先看看裡頭的狀況再說。當時一位研究生照這方式做，當他把手機一放進入口後，那手機是往上飄去的，他得用力緊拉著才能保持平穩。三分鐘後我們收回手機，試圖察看錄製的內容，結果完全無法開機，手機故障了。之後送修發現，裡頭電路板上的電子零件，七成以上因為受磁都損壞了。

這徒勞無功的測試，讓我更心癢難耐，畢竟我等這一刻已經等了十五年之久了，再也不肯多等上一秒。於是我不管旁人勸阻，執意要進入結界看個究竟。其他人說服我在腰上綁個救生索後，也才勉強同意了。

雖然事後反省，這麼做太過唐突，不是嚴謹的研究方式，我做了最壞示範。但在那個當下，若要隨便找個人進去而發生意外，反而會危及整個研究團隊。所以思來想去，最佳的人選還是只有我自己。

當時我戰戰兢兢地踏入結界，剛跨過去就頭暈腦脹地摔了一跤。接下來深入骨髓的寒冷、氧氣含量極低的空氣產生致命危機，還好我有潛水經驗，控制呼吸的效率比常人好些，於是我打算快速瀏覽結界空間，看到靈體後就立刻離開。

結界之於靈體，就像是蜘蛛之於蜘蛛網的關係，當我一踏進結界，就立刻引起靈體的注意，這也才有了之後預置陽道的概念。當我從地上正要起身時，就看到眼前多了一雙漂浮在半空中的男人的赤腳。

這個靈體是在十六年前燒炭自殺而死的。由於靈力已成長到一定程度，因此輪廓很清楚，也能感應得到我這個不速之客。跟他猛地一打照面，即使結界裡會看不到某些鮮豔顏色，但他通體皮膚呈現奇異的粉紅色，直到如今我還是歷歷在目。

接下來的發展，跟大家想的不一樣。沒有什麼你追我躲還是人鬼對決的戲劇化橋段，因為低溫與缺氧已將我的體能逼到極限，再加上靈體的威壓，當下我就是心中一凜、腦袋一片空白，心臟像是被鐵鎚重重敲了一下，然後就暈倒了。直到約定的一分鐘後，結界外的團隊死命地把我拉出去，進行五分鐘的急救，我的意識才恢復過來。

這就是我第一次進入結界的冒險經驗，挺狼狽的。想笑的同學不必客氣，畢竟事實就是這樣。

身為世上第一位進入結界的活體人類，我也獲贈了一個紀念品：嚴重過敏。不知是否吸進太多結界氣體的影響，現在每當春秋季節變換的時候，我就會從早到晚不停地咳嗽、流鼻水，一整個死去活來的，根本沒法子講課或做研究，之後我幾乎把每年的年假都浪費在這段時間上了。

這個紀念品還挺難讓人消受的。

全面顛覆的人生觀

打從接到那通「一定要把趙薇芝留在家」的詭異電話後，衛懷認為他的女友鐵定是出事了。雖然從對方的說詞聽來，應該不是什麼血光之災或行動受限的極端狀態，但仍可能是不小的麻煩。不然她怎會到現在連 LINE 訊息都不回、電話也不接呢？這讓衛懷十分不解。

雖然浮現在他腦海的第一個念頭，就是打回趙薇芝的老家問問，但下一秒他隨即又否定了這個想法。在情況更明朗前，他不想讓她遠在彰化的家人白擔心一場，到頭來一點忙也幫不上，反而徒費口舌。他很清楚那種無能為力的焦灼感。

他先透過 LINE 詢問了趙薇芝的幾個朋友，用若無其事的口吻探聽她們是否知道她的下落，但得到的多是否定答案。有幾個出於關心或好奇想進一步詢問的，但衛懷都煩躁地隨口打發掉，只求她們一有消息就立刻通報。

接下來他又抱著僥倖的心情，朝幾個店家、老同學與二線朋友等，打了幾通可能性更低的電話，自然全是徒勞無功。眼看都快十點半了，卻絲毫進展也沒有，他焦急地在房間內踱起方步，隨手拿了包洋芋片果腹。

而正當他撕開包裝袋時，上頭的世界地圖圖樣頓時讓他來了靈感：打從趙薇芝開始在外打工後，他們便常相約在外頭吃晚餐。為了更清楚地指明碰頭地點，兩人在彼此手機的谷歌地圖APP上安裝了聯絡人小工具，雙方可以分享各自的即時位置。

一想及此，衛懷不禁暗罵自己愚蠢，明明這功能還用得挺頻繁的，居然沒及早想起，白白浪費大把時間，只能推說是關心則亂吧！他一邊祈禱趙薇芝的手機沒關機，一邊掏出自己的手機點開了谷歌地圖。

很幸運地，趙薇芝的手機還開著。根據地圖顯示的所在位置，目前是在廣州街跟昆明街路口附近，衛懷趕忙著裝準備出門。在這幾分鐘內，趙薇芝的頭像都在附近短距離徘徊，應該是在那裡停留一段時間了。

衛懷拿著錢包、手機衝出公寓，攔了輛計程車，便向司機交代往那路口走。那司機聽清路名後，帶著曖昧的表情往後照鏡上朝他瞥了眼，下車找零錢時還似笑非笑地喊了聲：「少年仔，今晚愉快喔！」

雖然衛懷感到幾分異樣，不過也沒怎麼放在心上，畢竟找到趙薇芝才是眼前最要緊的任務。下車後重新定位，然後依循地圖上的標示，過個紅綠燈後循著廣州街往康定路方向走。

騎樓處有很多擺古玩地攤與零食小吃的，行人年紀都偏大。比較惹人注目的是濃妝豔抹的鶯鶯燕燕，不斷朝著路過的男性行人拋去媚眼，有幾個甚至直接擋住衛懷的去路問：「帥哥，要嗎？」、「來鬆一下吧！」、「來玩啦，算你便宜。」

衛懷不耐地掙脫她們，快步地繞到馬路上前行。他現在明白計程車司機那副邪門表情的真意，不過他沒時間去計較這些無聊瑣事了。往前走了一百公尺左右，他的定位點跟趙薇芝頭像的距離，已縮短至同一個畫面中了，而趙薇芝也正從前方九十二巷移動出來。

衛懷大喜過望，加快腳步向前走。三分鐘後，他就在前方巷口旁的騎樓處，看到了那再熟悉不過的身影。什麼嘛，原來人就好好的啊，大概是在忙什麼事忘記時間了吧？衛懷心中那塊大石落下，總算鬆了口氣。他原本想著應該唸她幾句的，但既然是虛驚一場，只要她安然無恙，那什麼都不需太計較了。

但當他走到距她十步之遙時，小別重逢的感動笑容，在他的臉上驀然消失無蹤了。代之而起的，是他無法置信的震驚表情。

「大哥，要不要開心一下，我功夫很好哦。」趙薇芝臉上帶著嫵媚笑容，朝行經的一位五十多歲男人搭訕著。

沒有誤會、沒有冤枉，衛懷清清楚楚地聽見，一字一句都是從趙薇芝口中說出來的。他感覺自己全身血液凝結、無法呼吸，呆立原地動彈不得，一時間不知該怎麼辦才好。

中年男子看來似乎頗感興趣。畢竟在這條街上，再找不到第二個如她一般年輕美麗的阻街女郎了。他臉上浮現猥褻笑容，試圖再殺點價。

也許眼前這位不是趙薇芝，而是某個撿到手機、長得極像的女子？但她早上出門明明就是穿著同一套衣服，只是領口被拉得特別低些……也許她正在打工，比方錄影、演戲還是臥底什麼的？可是無論怎麼看這些情節設定都太過逼真哪……衛懷挖空心思，想找個好理由來解釋眼前的所見所聞，但終告白費力氣。

他心中一陣氣苦，渾身顫抖。為什麼自己不長眼，會愛上這種女人？他強迫自己扭頭就走，想遠離這不可思議的情境，但猛一回頭卻看見趙薇芝正笑吟吟地牽起中年男子的手，轉身一起走回窄巷內。他的理智瞬間斷線了！

他快步衝上前，氣沖沖地一把推開中年男子，怒瞪著趙薇芝。雖然她因這突發狀況愣了數秒，但隨即滿面堆笑道：「……哎唷，您怎麼這樣心急啊？等半小時好嗎？不然這樣，兩千五讓您先來？」

衛懷再次被震驚了。同居大半年的女友竟然不認識自己了？不，難道是她的隨機應變嗎？

但那天真坦蕩的眼神又不似作偽。趙薇芝一副魅惑情挑、急於成交的姿態，完全沒有一點難堪愧疚之意，當真是認不出自己了。

「賤貨，賤女人，不要臉的東西！」衛懷氣憤地飆罵著。

趙薇芝的臉色一變，瞪著他罵道：「你罵誰啊，輪得到你來管嗎？」

衛懷恨恨地打了她一巴掌，喝道：「跟我回家！」接著拉住她的手往來時方向走。

趙薇芝眼中的殺機一閃而過。衛懷也注意到，原本她的態度是抗拒的，極力想把手給抽回去，但忽然間卻軟化了，任由他拉著自己向前走。

這女人果然就是在演戲！衛懷恨恨地想著。

他本想在路邊叫車回家，有什麼事回去再吵，省得家醜外揚。但他實在咽不下這口氣了，走到天橋下方人少處，脾氣就爆發開來了：

「妳到底為什麼要這樣作賤自己？為什麼？」他以顫抖的語音質問著。

「為什麼？因為缺錢啊。」她瞪大眼睛，理所當然地回道。

這回答讓衛懷大傻眼。喘了幾口粗氣、重新組織語言後，他大聲嘶吼：「……缺錢？然後妳就當這是打工嘛，操這種賤業？妳很缺錢嗎？那可以跟我說啊！」

誰知趙薇芝不護不辯，像是老於此道般，還真的伸出手，理直氣壯地說：「那好，我現在缺錢，錢拿來啊！」

衛懷為之氣結，不知道該說什麼才好。眼前這女人，根本不是他之前認識的那個氣質女神，反倒還比較像是地痞無賴。他一時間不知該怎麼應對，舉起手打算再打她一巴掌，但最終還是沒敢出手，只能忿忿地大吼一聲。

先前那一巴掌，已是兩人相識以來第一次的暴力對待，因為他作夢也沒想過趙薇芝會墮落至此、自己還得活生生目睹這種事，完全不知道該說些什麼或做些什麼才好。

「……妳這樣做……妳對得起妳的家人嗎？對得起我嗎？……回家，回家說！」衛懷突然悲從中來，哽咽得說不出話，索性扭過頭去，不再面對趙薇芝那副不以為意還帶幾分譏誚的表情。

他伸手攔了輛計程車，一把將趙薇芝推進後座，自己則坐進助手座，不肯多看她一眼，深怕自己的情緒會再度失控。

用負能量拓展界限

自己被孤單單地遺棄在這裡有多久了？

蜷縮在主臥室角落的趙薇芝，第三十三次在心中浮現這樣的念頭。接著就像之前的三十二次一樣，這念頭讓她心中感到陣陣酸楚，悲苦得不能自己，淚水不斷地流下雙頰，反覆懊悔著自己所做的每個選擇。

然後，那個斷首血案的恐怖場景，又在她的眼前重現了。這次她靠得更近、看見更多的細節。而那場景不再是一片狼藉的案發後靜態畫面，而是往前快轉到蘇慧旻死亡前的數十秒，像是立體電影般播映著那慘絕人寰的屠戮過程。

趙薇芝化身為血案的旁觀者，現場就在她觸手可及之處。她看著四肢成大字形被綁在床上的蘇慧旻，不斷地哭喊哀求著，但瘋狂擺動下半身的郭志賢正在興頭上，他一邊開心地喘著粗氣、一邊用切肉刀抵住蘇慧旻的喉嚨，估算著將刀插入的最佳時機……。

於是她從加害者、被害者處，感受到更猛烈的邪惡歡愉、無助瀕死兩種極端情緒。這兩種情緒反覆衝擊著、折磨著她，猶如一株在延時攝影中快速發芽茁壯開花的藤蔓，在她的體內層層纏繞，積累出恐懼與絕望的果實。

果實如吹氣球般飛快豐碩，幾乎快脹破她的微小心靈，最終逼得她不得不放聲尖叫來釋放壓力。然後，隨著那把屠刀切入蘇慧旻的喉嚨，溫熱的鮮血四濺，喉嚨傳出令人揪心的咕嚕聲，那些碩大果實轟然破碎，趙薇芝只覺得眼前一黑，她飄落到地面上。

她清楚看見，那些漫天的果實碎片，逐漸被收回到她的體內，成為滋長力量的養分。

她很快就明白，這是一個循環，讓自己的力量能夠增長的循環。她偶爾可以看見從自己身上散發出的黑色氣場，輪廓更加清晰、散發的芒尖也愈發雄長。

重複上百次這樣的循環後，趙薇芝感覺神志變得更清明，也能夠看到結界裡更多的細節。

她注意到那張床上有個還看不清楚的「漩渦」狀物事，從中央源源冒出灰黑色絲線的東西，這些絲線有粗有細、層層疊疊，鋪陳在房間四周，撐起一片綿密的大網。她可以在網子籠罩的地方自由行走，一旦超出網子範圍，就會被迫回到原地。

也許只要把這網子盡量撐開，撐到客廳的大門邊，或許自己就能離開這裡了吧？而床上的那個漩渦，應該就是擴大結界的主要關鍵了？

但在那之前，趙薇芝認為自己還需要積攢更多的力量，那種來自黑色果實的力量。

吳 P 的工作日誌（三）

雖然知道怎麼打開結界的通道了，但如果想在裡頭展開更進一步的研究，我們勢必得先找出在結界裡，能讓人類安全行動的方式。

我的第一次結界冒險雖然狼狽，但也並非全無收穫，至少已經確認電子產品無法使用，且必須做好保暖、供氧與低光度照明的準備。可是要怎麼安全移動而不驚擾靈體，卻讓研究團隊傷透腦筋。

在數十次徒勞無功的嘗試後，我突發奇想：既然可以用「打平建物讓原地日曬三年」

的方式來破壞結界，那麼是否可能在屋內預先規劃好移動路徑，然後讓陽光持續照射在上頭，使其在結界產生出一條「被破壞」的路線。進入結界的研究人員，只要確保全程在這條路線上移動，是不是就不會被靈體察覺了呢？

這就是一開始提出的「預置陽道」概念。

考慮到建物方位與室內的光照均勻度，我們打算以高功率紫外線燈來代替日光。但即使以每年約兩百天時數的日照，來推算紫外線所需劑量，那照射時數仍高得嚇人。於是我們退而求其次，只要求在執行任務的二十分鐘內，確保陽道能發揮作用即可。經過多次測試，才會有底下這個ＳＯＰ：

每條陽道路線，必須以五百瓦以上的紫外線燈，持續照射滿一二〇小時以上才能使用。因為我們並不想把整個結界連同靈體都一併損壞，所以在照射紫外線燈時，必須搭配認證合格的遮光罩，來確保光線不會外溢至其他區域。此外要注意的是，如果不再持續照射紫外線的話，陽道會在數小時至數天內失去保護效用。

「預置陽道」這個概念，可說是人類探索結界最重要的第一步。

吳公失算龍入淺灘

「不必擔心，等等找律師！」被押上警車前，吳P拋下這句，權充是幫另兩人打氣安心，之後就閉目養神，不再說話。

其實這句話也嫌多餘，因為另外兩人顯然不怎麼擔心。宋映貞想的是為所當為，何懼之有？天后則是跟條子們打交道慣了，不太把進警局這事兒放心上。

天后的法律常識其實是三人中最豐富的。雖然被抓個現行，但當「被害者」竟當著警察的面落跑時，她就知道這回肯定成不了案。只是今晚不能去小族長家聚聚，這讓她比較不開心。

吳P跟宋映貞兩人雖然是第一次以嫌疑犯身分上了警車，但他們的腦子裡並沒花費太多力氣在擔心這事。彼此專注的都是同一件事：

趙薇芝確定是被其他靈體附身了。但是怎麼上身的？什麼時候上身的？是原本留在結界的蘇慧旻附身的嗎？趙薇芝的靈體是否被壓抑在同一具肉身裡？因為新的結界形成導致他們失去原本的出入口，那新的結界主人又是誰？……無數問題排山倒海而來，吳P也深感頭痛。

早在第一篇靈學講義中，就已開宗明義地告訴大家，靈體之於肉體，就如同手機之於操作系統的關係。靈體想附身到其他人的身上，就好比想將蘋果 iOS 系統給安裝到 Android 安卓手機裡，或許全世界有兩三個超級黑客能夠辦到，但在一般情況，成功的機率是微乎其微的。

對靈體附身一事也是如此，必須是靈體與被附身的對象有著緊密聯繫，如家人或前世因果等關係；又或者是被附身對象的體質特異，像是乩童、靈媒這類的，不然一般人會被陌生靈體上身的機率，可說是比中大樂透頭獎還低。

只是對照趙薇芝目前的情況，無法排除一個可能性：身處於結界這樣的極端環境下，會不會提高靈體上身的機率？這答案要是肯定的話，那麼無憾小隊目前的作法顯然存在著極大風險，吳P一生努力的研究計畫顯然要到此止步了。

「可是那不像蘇慧旻？」宋映貞的聲音從旁打斷吳P的思緒，他「嗯」地漫應一聲，這也恰好是他目前正思考到的癥結點。兩人的想法常如此同步，心有靈犀通達得驚人，但兩人早已習以為常了。

「安靜！有什麼話到局裡讓你們說個夠。」助手座的刑警朝後吼了聲。

三人沈默地繼續思考。宋映貞的意思是，他們曾仔細研究過蘇慧旻的生平，這位女孩生前並不愛運動，沒學過任何柔道或武術，甚至連腳踏車都還不會騎……但看看她不論推人搶車、飆車追逐、落地翻滾等，其身手之矯捷，甚至不輸運動健將呢！目前附身在趙薇芝身上的靈體不太像是她。

宋映貞尤其聯想起這附身靈體的小心機：由於剛附身的時候，祂對這副新肉身顯然還不太能操控自如，因此一離開結界時，還故意躺在地上許久才爬起身來。之後上車關車門時用力過猛，也是祂還在適應肌肉力道而出現的差池。

對吳P來說，眼下一個最大的問題是，要怎麼把這一切還原、讓趙薇芝重新作回她自己呢？雖然同屬於靈學範疇，但對他來說可是「隔行如隔山」，他完全沒有頭緒。

但要他尋找傳統的民間處理方式，用道教手段來解決「鬼上身」，他寧死也不肯，畢竟他之前可是發過毒誓的。無論如何，先把趙薇芝，不，先把目前在外面亂跑的這位稱為X……至少確定X的行蹤再說吧。

「到了，全下車。」警車開抵分局，刑警讓三人下車，到裡頭的等候椅上坐著。但當值班警員拿著手銬鑰匙過來，要將三人單手銬上旁邊的鐵欄杆時，天后搶先發難了：

「警察先生，你們是不是搞錯了？我們都是好心人，見義勇為耶，來這邊幫忙做筆錄，為什麼還要銬我們？」她用哀怨的語氣說。

警員聞之一愣：「什麼見義勇為？不是綁架未遂嗎？」

「什麼綁架，我們開那麼快幫你們抓強盜耶。今天下午沒人跑來報案，說摩托車在街上被一位小姐搶走嗎？」天后沒好氣道。

吳P跟宋映貞兩人的眼睛為之一亮，看來稍後對付筆錄的策略已定調了。他們剛剛在警車上煩心「學術問題」，但天后也沒閒著，在苦思最佳脫身策略呢！

後邊的刑警走了過來，評估著要不要繼續上銬。不過他看這三人身上沒太多江湖味，並沒太過刁難，只要求每個人交出身份證核實資料後，就讓他們坐著等候。

「誰知道趙薇芝她男朋友的電話？」吳P忽然問道。

宋映貞想了會兒後答道：「……公司好像有，之前她的履歷表上有寫緊急聯絡人。」

吳P搖搖頭：「不行，這樣來不及。不能排除X會不會找到趙薇芝的住處，去蒐集一些資源。」

雖然目前無法確認是哪個靈體附身在趙薇芝身上，但畢竟結界是因為強大的執念而形成的，當這樣的靈體意外獲得了可自由行動的肉身後，下一步想幹的，通常不會是什麼扶弱濟貧的好事。

吳P把自己代入同樣的情境推想：趙薇芝隨身帶的錢應該有限，如果X不知道提款卡密碼、不會使用智慧型手機，那多半得想辦法解決吃住等基本需求。對X來說，最安全快速的方式，就是回到趙薇芝原本的住處，取得各種生活所需資源。

X唯一要解決的，就是設法找到趙薇芝的地址。不能排除趙薇芝的包包裡，會不會有任何註明地址的物事，比方名片或信用卡帳單之類的，因此吳P才希望聯絡上其男友，讓他先設法把趙薇芝留在家中。

「我手機裡好像有。」天后出聲道：「那小妹之前手機沒電，有跟我借電話，說要約男朋友吃飯。不過半個月前的事了，得找找記錄。」

因為警察將三人的手機都暫時保管，沒奈何，吳P只好以「找律師」為由，跟刑警進行交涉，准許他們打一通電話。但為了避免這番對話浪費太多時間在解釋靈體、結界等特殊名詞，反而失焦，吳P只能以半強制的方式下達指令，而這也是衛懷接到的那通沒頭沒腦的電話了。

解決這件事後，吳P等三人依然愁眉不展。除了繁瑣的身分確認、筆錄問訊等程序在等著他們外，另一個無法忽視的可能性，彷彿定時炸彈般讓每個人都格外不安：

趙薇芝的靈體會不會被留在結界中？如果是的話，她還能再堅持多久？

神威凜凜的測試版

🎙「捍衛地獄梗，胸懷神回覆。歡迎來到性福一條街之衛懷～Talk秀！親愛的聽眾們，又是Blue Monday，您是否正在上班上學的路上呢？記得再痛苦也要多微笑，你的未來才會更閃耀。但再怎麼痛苦，相信您也苦不過這位台北的小衛衛網友，他留言說呢，前幾天有朋友偷偷告訴他，新認識的女友有在兼差援交，他正糾結是否該跟她分手呢……」

「我說小衛衛，你可不要人在福中不知福，因為你的獨具慧眼，所以我們才發現你比別人都更心胸寬大、更博愛、更兼容並蓄是吧，而且還是個省錢達人呢，畢竟別人跟你女朋友做一樣的事，還得掏錢給她，偏偏全世界就你免費，做愈多賺愈多，在家裡也能提升國家GDP呢。」

「你是什麼時候發現，你的女友不只上班、還在上傳呢？還有，四海之內皆兄弟這成語，聽著是不是格外有意義？現在流行斜槓青年，也許你可以在名片上加印公車站長／共享達人／資源回收業者這些頭銜。不不不，這才不是戴綠帽，怎麼可以妄自菲薄呢，您這樣的等級已經是製帽工廠，還是股票上市的規模了唷！」

——

當計程車往租屋處的方向開去時，原本想閒聊幾句的司機，也看出兩人間的不對盤，因此一路上車內都保持沈默。但或許是職業病吧，衛懷的混亂腦袋裡，卻不由自主地環繞著一堆亂七八糟的笑梗，他獨自在心中笑得流淚、樂得心痛。

對了，上禮拜行銷公司的企劃才跟他說，下個月要來做一檔「再痛苦也要多微笑」的節目，還特地想個押韻的下半句來當Slogan……衛懷打定主意，下回看到這傢伙，一定要朝他臉上來一拳，然後再問他笑不笑得出來。

因為現在他的心很痛，大概是被重量級拳王朝身體某處連續打上五六十拳，痛澈心扉、痛不欲生的那種痛法，痛到他根本無法控制臉部肌肉，擠出一點笑意。

當計程車經過光華商場時，衛懷也逐漸冷靜下來，感覺整件事似乎哪裡怪怪的。首先，他熟悉的那個趙薇芝，不會是出賣肉體的人。依照她的本職技能，也能找到其他打工路子，加上目前經濟狀況也沒到山窮水盡的時候，沒必要用這麼不堪的方式掙錢。

而且她明知自己一直透過手機試圖聯繫，也用過地圖APP來相互定位，那當她在賺這種皮肉錢時，幹嘛還把手機放身邊，使得事情這麼容易就敗露？想到這兒，他不禁轉頭看一眼趙薇芝，她仍一副滿不在乎的態度。

最讓衛懷無法理解的是，怎麼感覺她直到現在還認不出自己呢？

計程車開到租屋處巷口停下。兩人下車後，衛懷質問道：「妳做這打工多久了？」

趙薇芝一副不耐煩的表情。「不是說要回家，幹嘛講這些有的沒的。」

衛懷瞬間也火氣直冒，但他感覺對方語氣的攻擊性太強，平常趙薇芝絕不可能這樣講話。

「妳知道我的名字嗎？」衛懷話鋒一轉，逼問道。

趙薇芝明顯在閃躲這問題：「你到底要不要回家啦？」

「回啊，妳先走。」

衛懷盯著她，她反倒杵在原地不走了。衛懷心中一動，故意往回家的反方向邁開幾步，她居然也跟在後頭走著。

果然如此！她・不・知・道該怎麼走。

衛懷疑心大起。他偷偷從口袋內掏出手機，避開她的視線，撥了通LINE語音給她。兩人為了省錢，平常都是用這種方式代替計費電話。數秒後，只聽到趙薇芝的包包裡傳來鈴聲，她沒好氣地拿出手機看了眼，衛懷也從旁側看去，上頭已有二十通未接來電跟數十封訊息。

只見她在手機上亂摸亂碰一氣，不知道要用滑動的方式來接起這通語音。試了幾秒後她便放棄，將手機周邊的按鈕都按了個遍，直到關閉鈴聲後才又把手機扔回包內。

衛懷確認了！眼前這個女孩，雖然外表是趙薇芝，但內裡卻已經換了一個人。合理懷疑，這或許是失憶症或雙重人格的症狀，那麼今晚這些失常舉動便都可以解釋了。

想到這裡，衛懷的火氣瞬間消除大半，反倒為她擔憂起來：「妳沒事吧？」

「沒事。我只想回家睡個覺，好累。」趙薇芝似乎也察覺衛懷的態度不變，聲音跟著放軟。

雖然同居大半年了，但衛懷總感覺自己對她了解得不夠深。也許她還有些事情是之前自己來不及知道的。會不會是最近她家裡的情況讓她壓力太大，導致這些病症曝光了呢？會不會像電影、小說描述的，讓她身體內的另一個美好人格取得主導權後，一切就恢復如常了呢？

想到這兒，衛懷不禁嘆口氣。他對今晚的事忽然不再那麼計較了，同時也暗恨自己沒好好了解狀況就大發雷霆，反而對她充滿歉意。這個「版本」的趙薇芝連自己住哪兒、手機怎麼用都不知道了，之前的本職學能恐怕更不記得，又怎麼能責怪她想求溫飽的手段呢？

也許明天帶她去看個身心科，一切都會好轉吧？衛懷主動牽起她的手。雖然感覺到她微微抗拒了一下，但很快地就反握著他。衛懷牽著她往正確的方向走。

當然啦，衛懷在心中也暗暗祈禱著，如果今天是她的負面人格第一次出來搗亂、第一次想當阻街女郎撈錢，那就最好了。為了做個區隔，他想稱呼這個版本為「趙薇芝2.0」，不過想想又否決了，畢竟她的所作所為不該是升級後的新功能啊，但又怕「崩壞版」、「劣化版」這種稱呼會激怒她，於是打算以「測試版」作為這人格的代稱，搞出的這些亂七八糟的事，就當作是新版的Bug吧。

「我們家住那兒，七樓。出電梯右轉第二間。」衛懷指著前方的社區大樓說。

測試版雖然態度稍見軟化，但臉上仍高掛不耐煩的神態。等兩人搭電梯上七樓、衛懷用鑰匙開門後，她就不再配合演戲了，直接踏進臥室，開始翻箱倒櫃。很快地，她從衣櫃底下抄出一只大行李箱，就將箱體展開扔到床上，開始搜刮衣物、日用品、食物飲水等，朝裡頭扔。

「妳打包幹嘛？這裡就是妳家啊。」衛懷訝異地問。

測試版毫不領情，冷然道：「你不是說缺錢跟你拿嗎？你有多少現金，都拿過來。」

衛懷乾脆攤牌說：「夠了。我知道，妳現在不是趙薇芝。妳到底要去哪裡、想幹什麼，都跟我說，我可以幫妳。但拜託妳不要傷害她的身體好嗎？」

「別囉唆，有錢就拿出來。我趕著出門。」

衛懷想起晚上那通陌生電話，交代自己一定要把她留在家中，甚至不惜動用警力。於是他離開臥室，拿起手機回撥給那個號碼，但仍然是無人接聽的狀態。

接下來他開始考慮各種強制手段，比方綁住她的手腳限制行動之類的，但恐怕得經過一番肢體衝突才行。他今天打她那巴掌，已經讓他懊悔到心都在淌血，他很不希望在家裡重演一次暴力場面。

他打算換個柔性方式，在不傷和氣的狀況下，掌握她的詳細行蹤。自己可以跟在後頭，當她有危險時就暗中相助。這也能達到那通陌生電話的要求。

主意一定，衛懷去書房蒐羅了幾樣東西，一起交給測試版：

「我這裡的現金不多，總共兩千五，妳先拿著。然後我們現在都用手機APP領錢了，很多便利商店都有自動提款機，這戶頭裡面應該還有五萬多元……」

從透過指紋解鎖手機開始講起，衛懷演練怎麼打電話，以及使用手機領款的步驟，測試版非常專注地聽著。然後衛懷也把充電器跟行動電源塞進行李箱，吩咐道：「……不過這手機的缺點就是很耗電，妳盡量每天幫它充一次電，不然它會自動關機。」

「好啦，我懂了。謝謝。」聽到需要的情報後，測試版臉上的線條柔和幾分，甚至還道了謝。衛懷以為是自己的貼心發揮了效用，於是想要用更積極的手段，把那個美好人格呼喚出來：

「就這樣吧。雖然我不知道妳要去哪裡，但要好好照顧自己。妳對現在這身體的狀況可能了解得還不夠。首先呢，三餐記得要定時吃，不然一陣子後妳就會因為胃酸過多而不舒服；冰牛奶喝太多會拉肚子，一次不要超過三百c.c.；經期大概月中會來，所以每月十號以後盡量不要吃冰；妳的敏感性皮膚容易過敏，不要曬太久的陽光……。」

在浪漫電影裡，如果男主角在女孩面前細數這些生活小細節，通常表示劇情發展到了最高潮，女孩會來些感動噴淚之類的反應。而測試版同樣也給出很大的反應，只是表現方式大出衛懷的意料之外。

當衛懷還在細數各種「趙薇芝身體使用說明」時，測試版以一種不可思議的眼神瞪著他，然後不發一語地站起身，走到臥室角落拿起一支羽球拍，對空揮了揮，但不知怎麼又扔開了，轉身走進廚房。

她到底想幹嘛呢？衛懷閉上嘴，好奇地跟上去想看個究竟。誰知一踏出臥室門，迎面便砸來一個黑色圓物：先是重重地打在他的腹部上，他痛得彎下腰來，接著身子還沒彎到底、慘叫聲才剛出口，那黑色物體又順勢往上狠狠砸中他臉，「砰」地一聲悶響，衛懷仰天便倒。

由下往上的角度，他總算看清楚了，那黑色物體是年初買的平底鍋。他們覺得早餐在外頭吃太浪費錢，買了這平底鍋打算煎個雞蛋或培根來應付，但煎不到半個月就嫌麻煩而沒在用了，隨便扔到流理台上的櫃架角落，沒料到再照面時竟成了修理自己的武器。難怪他的嘴裡除了滿滿的血腥味外，還有一股濃濃的油膿味。

測試版拿著平底鍋，殺氣凜凜地對著他罵道：「真他媽的嘮叨個沒完，你是不是男人？老子忍你很久了。」接著彎下身又朝衛懷的身上「乒乒乓乓」猛砸了七八回，才忿忿地把已變形的平底鍋扔到一邊，然後拉著行李箱揚長而去。

今晚，衛懷的身心靈都遭受到毀滅性的傷害。他無法衡量心痛、肉痛的程度，但很確定他有好一陣子無法好好微笑了。

── 吳 P 的工作日誌（四）

二年多前，我與劍橋大學的李查德教授，共同發表一篇關於結界的遺憾機關論文後，本地團隊便投入機關破解的研究，希望能藉此移除結界並釋放裡頭的靈體。在有了前兩次的成功經驗後，一位江女士特別找上我，希望能夠協助她的弟弟進入輪迴系統。

江女士表示，她的弟弟在九〇年代死於新竹市某夜店大火中，那是場十二死十五傷的慘劇。該夜店廢墟之後成為年輕人探險、練膽的熱門地點，很多人特地跑去那裡開直播，希望能拍到靈異畫面來吸引流量。

而在去年某網路媒體製作的「鬼月特輯」中，有支攝自該夜店的探險影片獲選第二名。不過得獎原因並非影片內容，而是在最後面的花絮片段中，有一段是工作人員在廢棄的包廂內陳述當下的心情，而後頭的玻璃牆顯現出一個非常清晰的身影，是一位穿著藍色背心與條紋長褲的服務生，正在收拾已不存在的桌面。

江女士一眼認出了那個身影就是自己的親弟弟。她找出弟弟生前照片跟影片一比對，兩者除了穿著同樣的制服外，也都有當年流行的櫻木花道挑染髮型，以及手臂上的船錨刺青，因此確認弟弟已在陽間徘徊二十年。她與家族討論後，希望能透過溫和的方式，讓弟弟進入輪迴系統。

我們的團隊接受了委託，取得業主同意，進入夜店結界進行觀察，但結果讓我們大吃一驚！因那起慘案而滯留在裡頭的還有七個靈體，以當年因上鎖而嗆死最多人的後門為中心，層層疊疊地形成七個大小不一的結界、三十五組遺憾機關，且二十年來結界範圍已延伸過包廂區、大舞台至舞池後半段，將近百坪規模，且還在持續成長中。同時我們也首次觀測到，靈體間可共享彼此區域並進行頻繁交流。

經過七個月的反覆研究測試，我們評估這個委託案無法完成。因為這七個結界互為表裡彼此支撐，我們不可能破壞單一結界而不波及另外六個結界，但結界重組後是否會發生預期之外的危險？其他靈體又會出現什麼反應？這些都需要投入更多資源研究。

無奈現實界是不等人的。又再過了二個多月，業主將此處轉售給其他建設公司，該公司高層聽取高人的建議後，決定將建物拆除改成平面停車場來養地，日曬三年以上進行「除穢」。

於是，七個靈體灰飛煙滅，從此消失了。對祂們而言，這才是真正意義的「死亡」。

擬像化的黑暗力量

為了讓自己能更快抵達大門那兒，趙薇芝不斷重複著兇案場景構建的過程，從中汲取更多力量，連續四、五回後，她就會感到疲憊不堪，然後陷入深沈的休眠裡。而當她醒來，感覺全身能量充沛飽滿，又能重複構建過程、看見裡頭更多的片段與細節。

眼前兇案的場景又往前快轉數十秒了，她看見蘇慧旻的手腳上都被劃上幾刀，不斷驚叫哭喊著，被郭志賢粗暴地抓著頭髮拖進臥室的過程。為了防止她逃跑，她兩腳的阿基里斯腱都被深深劃出一道刀口，一路的拖行扭打，在地板上留下兩道鮮紅血痕。

新畫面、新訊息，再次刺激著趙薇芝的心識，她感到從四周汲取能量的效率也變得更好了。不斷經歷這些血腥殘酷的回憶歷程，她開始感到有些麻木了，但更令她不安的，是心中那股隱隱翻攪的滿足感，她不知道這是否意味著，自己也快變成郭志賢那種人了？

但無論如何，至少這樣的努力有了代價。不知是第十五次或十六次的反覆練習，她現在可以看見屋內每一樣東西了。

包括床上那個詭異的黑色漩渦！

支撐四周空間的磁力線，就是從這漩渦中持續放射出來的。趙薇芝看見它的所在處後，試著伸手去碰觸它，但它像是個投射在床面上的虛影，手掌只能從中穿過，根本無法互動。

反覆嘗試許久後，趙薇芝發現，只要自己週身散發出的黑氣芒尖，能夠增長到手掌上緣，那麼當手掌劃過黑色漩渦時，就可以帶出一個漩渦影子，這影子同樣能源源不絕地朝外放射著磁力線。

當她拖著這新的漩渦行走時，四散的磁力線也會跟著移動。她試著朝臥室外走，接著她驚喜地發現，在磁力線的庇護下，她成功地踏出臥室的大門了！只是這開心的念頭一升起，掌緣的黑氣消散，手上的漩渦像是橡皮筋般回彈到床上的原點，趙薇芝瞬間又回到臥室了。

現在可以確認，透過新的漩渦能夠擴大自己的行動區域。但接下來的最大問題是，該如何讓黑氣持續覆蓋著手掌上緣？

又再經過多次的反覆嘗試與練習，趙薇芝已測試出，週身黑氣的芒尖強弱，除了跟從四周汲取進體內的能量多寡有關外，更關鍵的是自己當下的心念。比方每當她想念著家人、哀嘆自己的命運、痛恨把自己遺棄在這裡的那些人……還有她愛著的衛懷，她覺得心如刀割，而此時週身散發的黑氣就變得更濃重厚實，彷彿要將她整個人包裹起來一樣。

她開始朝苦痛的方向投去更多的心力與情緒，也許這樣努力，最終就能夠打開那道門，離開這個詭異的地方了。

爭分奪秒搶時效

吳P等三人為了能盡快離開警局，於是都同意進行夜間偵訊。本來想找律師協助，但在天后的建議下做罷。在製作筆錄時，三人都統一口徑，堅持之所以攔車打人都是「見義勇為」，想幫忙把機車給奪回來。雖然細節處難免有些漏洞，但一來那位被搶機車的女上班族確實有報案、二來警方原本認定的受害者當街落跑了，根本也無法對質。於是這個案子只能先備案，無法移送給檢方。

「好啦，你要堅持是見義勇為，那就這樣。」警察遞過筆錄給吳P：「沒問題的話，在上面簽個名吧。」

吳P接過筆飛快地簽了名，邊問道：「我們可以走了沒？」

「走、走。不過要表揚還是獎狀的可沒有，得看看之後有沒有人要對你們提告。」警察沒好氣地說。

因為三人沒有重大前科，因此警方先備案，登記三人的個資並採了指紋，便發還手機等物品，讓他們先回去，並告誡聯絡電話要保持暢通，日後若有需要得配合調查。

「好自為之啊！」三人臨出警局時，值班員警還朝他們補了這麼一句。

歷經這場風波後，已經快接近凌晨十二點了。吳P取回手機後便立刻開機，一看到有來自衛懷的多通未接來電，他隨即回撥。第一次沒人接聽，第二次響了快半分鐘，對方才接起來。

「喂、喂，你是趙薇芝的男朋友嗎？」吳P問。

對方不知嘟囔什麼，聽起來支支吾吾地。吳P又再試著追問幾句，但卻一個字也聽不懂。

宋映貞在一旁看得心急：「怎麼了，薇芝……我說X有回家嗎？」

吳P無奈地按下手機靜音鍵，轉頭問道：「這位先生連話都講不清楚。你們有誰見過他？是不是有什麼智力還是表達方面的問題，我一個字都聽不懂。」

宋映貞莫名所以地搖搖頭，天后接口道：「之前小妹有說，她男朋友靠講笑話賺錢的，應該不會這樣啦。」

宋映貞拿過吳P的手機說：「我來跟他溝通看看好了，你先去領車。」

她點開靜音鍵，試著問了幾句，而對方似乎也知道自己口齒不清的問題，於是改變策略，反反覆覆地只講兩個字，但氣息也愈發微弱了。

宋映貞聽清楚後大驚，忙追上正前往停車場的吳P：「我們得先去一趟趙薇芝家了。」

「怎麼了？」

「她男朋友在喊『救命』！」

兩人震驚地彼此互望一眼，接著又不約而同地轉頭看向天后。她無奈地舉手做投降狀：

「好吧好吧，今天加班。可是宵夜老闆要請啊。」

三人領了車，便一路朝忠孝新生方向急馳而去。不過抵達目的地後，已經有一輛閃紅燈的救護車停等在大樓外了。宋映貞快步上前了解情況，只見擔架正好從電梯推出來，上頭一位年輕男子似乎剛被人修理得很慘，半邊臉都是血、嘴巴似乎還特別被「照顧到」，腫脹的嘴唇周遭大概就得縫個十幾二十針了。另外他還有一手一腳被夾上固定板，感覺傷勢也不輕。

吳P此時趕到一旁，看到對方這副慘狀，立即明白剛剛在電話裡誤會了他。畢竟任誰被打成這模樣，講起電話來肯定都口齒不清。到底他是不是衛懷？遭遇了什麼狀況呢？一旁隨行的警員剛好幫忙補完這些細節。

他邊幫忙把擔架床推上救護車，一邊按壓肩上無線電回報：「傷患姓衛，男性，三十二歲……是家暴事件，說是被女朋友拿平底鍋打的，大概是武功高手吧……人不在這邊，可以派人過去她家看一下嗎……他可能有被打昏過去，然後給手機鈴聲吵醒，自己叫的救護車……對，送濟生那邊……」

吳P朝宋映貞使了個眼色，示意她回到車上，打算開車跟著救護車前往醫院。畢竟X已經跟衛懷接觸過了，很有必要先跟他談談，彼此都更新一下資訊，應該會更有幫助。

趁著衛懷在急救包紮的空檔，天后開車去買些滷味、雞排、罐裝咖啡等宵夜，三人在醫院停車場旁的小涼亭大快朵頤著。雖然在警局裡被招待過一碗切仔麵當晚餐了，但當時每個人都食不知味。反而在這凌晨一點多的「野餐宵夜」裡，大夥兒都胃口大開，邊吃邊討論起案情：

「那個衛先生應該也看出小妹妹很不對勁，所以才開打的吧……嗯，正確的說應該是挨打的吧。」天后邊說邊打開為自己準備的梅酒盒。

宋映貞接口：「是說這X也挺有本事的，這麼快就找回薇芝的家了，大概真從包包還是手機裡翻到地址了。」

吳P憂心忡忡地回道：「X跟衛懷接觸過，對我們來說其實是好事，看看能不能從他那邊掌握到X的去向，不然後續會很麻煩。」

萬一沒辦法把X找回來……很多人的命運就會被改變了，而且是往糟糕的方向改變。想到這裡，三人不禁沈默下來，頓時只剩下喝水、咀嚼的聲音。大半分鐘後，天后苦笑道：「哎唷，我想起衛先生被打得慘兮兮，這兩個人之後應該也做不成男女朋友了。」

吳P也苦澀地笑著。話說回來，這一切不都是拜自己的結界研究所賜嗎？如果這個衛懷知道了箇中來龍去脈，或許也會迫不及待地想揍自己一頓吧。

宋映貞跑去急診室了解情況。雖然已是凌晨時分，但裡頭仍有十多個人在等待，衛懷已由住院醫師接手，看來一時半會兒還無法處理好。

眼看還有點時間，吳P的教學癮上身，向兩人講解自己未來的計畫：

「目前可以確定，趙薇芝是被X給附身了，而且發生的地點就在結界裡。但X是不是蘇慧旻？這一點尚待確認。其次，趙薇芝的靈體是被壓制在同一個身體（附身），還是被留在結界裡（置換）？我們有必要再進入一次萊茵天廈的四〇二室來確認。只不過……從下午結界的門突然改變位置的現象來看，表示在原處又產生一個新的結界了，因此我認為後者的可能性很大。」

想到趙薇芝的靈體被迫留在那個恐怖的地方，宋映貞心中不禁為之一顫。如果人體在裝備齊全的狀況下進入結界，時日久後都可能產生無法預期的傷害，那麼靈體在裡頭待得愈久，會不會也被某些成分給腐蝕了呢？

「再來，我們必須盡快找到X，把祂帶回結界裡，別讓祂做出什麼違法亂紀的事。當然，如果能了解祂為何這麼輕易地附上了趙薇芝的身體、兩人之前有什麼糾葛、為什麼X不是選擇附身而是置換等等，我們的研究應會有重大突破。」

「最後，我們還得面對一個棘手問題：要怎麼把X移出趙薇芝的身體外、再把趙薇芝的靈體裝回去？這也是我們得好好研究的課題。」

吳P正經八百地「授課」告一段落，但宋映貞跟天后則是憂慮地互望一眼。研究課題？光研究個結界就搞了十多年了，現在面對的難題全得分秒必爭，哪還有時間搞研究？宋映貞覺得，現在應該是提出那個建議的最好時機了，儘管可能會觸怒他：

「……可翰，我是這麼想的。我們在外邊，也許有時間可以好好做功課，但是薇芝要是被留在結界，那可是一分一秒都等不得。所以……這次能不能破個例，你不用出面，我跟天后用傳統方式來試試看……。」

聽完這番話，吳P一言不發，默默吃著滷味。但忽然伸過手去，拿起天后身旁一罐沒開封的梅酒，仰頭咕嚕嚕地灌下大半瓶。氣氛有點尷尬，宋映貞不安地拉著他的衣角，放軟語氣道：「好啦，只是提點建議而已，不用生氣嘛。你還要開車，別喝酒了。」

吳P放下酒瓶，面孔明顯因憤怒而不斷抽搐，但仍勉力抑制著，長嘆一口氣後說：「不是生氣，唉，我沒有生氣啦，只是覺得……失望啊。情況明明不一樣嘛，妳們怎麼會不懂？該懂的啊。那些宮廟道教的對付這種鬼上身的，是因為那本人的靈體也還在肉身裡面，他們那一套談判手段才能見效嘛。但現在狀況不一樣啊，趙薇芝的靈體就不在肉身裡面了，妳要那些裝神弄鬼的怎麼處理……。」

畢竟是宋映貞先觸碰吳P的禁忌關鍵字，因此也只好滿面歉咎地邊接受「教誨」、邊試著安撫他的情緒。天后則早知會有這下場，心中有些不以為然，開心吃菜喝酒不是很好嘛，這小倆口就這麼愛把氣氛給搞得這麼難受，日子這樣過才快樂？但她又不好意思對兩人發作，只好邊喝啜著梅酒邊扭頭看向四周。

她突然看見，剛被救護車送來的那位衛先生，頭上、左手臂跟兩條小腿處都纏上繃帶。他鬼鬼祟祟地從邊門處摸出來，一臉戒備地看向四周，接著一瘸一拐地緩緩朝大街方向走去。

天后無法理解，為何這人被打得快讓他爸媽都認不出來了，但醫生居然還不給他住院？但這疑問不也是能讓吳P立刻住嘴、化解當前尷尬氛圍的最佳助攻嗎？

「帥哥，搭便車嗎？」天后遠遠地朝他揮手喊道。

尋找失蹤女友的鑰匙

本來在腹部跟面門各挨一記平底鍋後，衛懷還是挺得住的，甚至還有反擊制住對方的念頭。只是後來的一陣「亂鍋齊下」，他的肝臟被狠狠擊中，瞬間就不省人事了。

後來是手機鈴聲喚醒了他。雖然他掙扎著向對方求救，但渾身實在痛得厲害，而且嘴巴流出的血量把自己都給嚇了一跳，深怕會失血過多再次昏迷，只好再打給一一〇求救。

「嘖嘖，打得好狠。」醫生邊縫針邊搖頭道：「年輕人，談戀愛別被沖昏頭了，該放手就放手。」

「她平常不是這樣的，是……不同……人……人格。」衛懷還忍著劇痛辯解著。

「哇，都這樣了你還幫她說話啊。這就是家暴，之後你要去報案，好不好。」醫生花了快一個小時幫忙縫針、包紮，也照了X光片。「手臂、小腿沒斷，但明顯有裂，你在觀察室歇一晚，明天幫你排個詳細檢查。」

聽到這裡，衛懷就放寬心了。他心心念念的，還是設法去跟蹤測試版，看看有什麼機會讓她恢復正常。於是他按照吩咐，在觀察室乖乖躺了十多分鐘後，等到沒人注意時再偷偷換衣服溜了出來。正當他打算用手機找台 Uber 時，涼亭那邊有三人喚住了他。

由那位公關經理宋映貞向他進行介紹。原來這三人都是趙薇芝打工的「別仙樓」員工，共事半年多了。而晚上那通沒頭沒腦的電話也是他們打來的。

「假如早知道你會被打得這麼厲害，我就不會強迫你留住她的。」吳P首先表達歉意，但聽在衛懷耳中卻覺得像是在諷刺。

「她是偷襲的，正常對打我會留下她的。很謝謝你們關心她，這麼晚了還在找。」衛懷在手機上飛速地打字。因為嘴巴一打開就發疼，為了避免剛縫針處裂開，他只好加入別仙樓的 LINE 群組，邊聽邊打字交談。

「其實我們下午就一直急著在找你，只是後來出了點事……所以才拖到現在。」宋映貞接口道。畢竟是初次見面，她還不打算把進出警局的事全盤托出。

衛懷送出一個 LINE 的笑臉表情。他居然沒追問箇中緣由？三人不禁彼此互望一眼。

接著天后湊近他的臉觀察，試探地問道：「先生，你女朋友下手那麼狠，把你『偷襲』成這樣，你不會恨她喔？」

衛懷搖搖頭，在手機上打道：「我知道她是身不由己的。她打我那瞬間，我才明白你們要我留住她的意思。」

吳P看到這回答後，臉色瞬間變得凝重。畢竟衛懷是一般人，一時間恐怕很難接受靈體、結界這類概念，他原本打算讓他接觸些背景知識後，才好好跟他解釋的。

「她被鬼附身了，對吧？」衛懷又補上這串文字。當他看到眼前三人因此眉頭大皺，似乎急著想跟他說明什麼時，他又帶著惡作劇的表情飛快打著：「開玩笑的！其實她是人格分裂，對吧。」

三人面面相覷，不知道該怎麼回答才好。吳P聳聳肩，說道：「這樣吧，衛先生，如果現在直接跟你討論薇芝的情況，你沒有相關知識，也是鴨子聽雷。先傳一些我上課的資料給你，你先看過後，我們再來談。」他翻找雲端資料庫，把「靈學講義」的前幾章連結發給衛懷。

宋映貞追問：「衛懷，那你知道X……嗯，我是說你知道你女朋友去哪兒了嗎？」

衛懷拎起手機朝三人展示。他先點開地圖APP，稍待片刻後，就看到趙薇芝的頭像出現在台北車站附近的一間便利商店旁。

「你在她手機裝了定位軟體？」宋映貞驚喜地喊道。迎著衛懷胸有成竹的目光，她笑道：「雖然這行為不值得鼓勵，不過非常時期，還是要幫你點個讚。」

衛懷幫忙設定路線，估算從此地開車過去也只要二十分鐘。此時醫院內的護理師似乎發現有患者失蹤，跟兩名保全人員跑出門外找人，吳P見狀立刻要眾人上車。

由於吳P已喝掉一瓶梅酒，因此改由宋映貞駕駛，衛懷坐助手座報路，並把自己怎麼找到趙薇芝的過程簡單敘述一遍，但只交代是在萬華找到人，並沒提及她的特殊「兼差」。

吳P則做簡單的逮人規劃：「為了避免跟下午一樣的狀況，這次一定要速戰速決才行。」他強調道。

「下午什麼狀況？」衛懷打字發問。不過沒人想回答這問題。

「我能扛。你們去引開她的注意力，我從後面抱住她。」天后抬起雙臂做個健美姿勢：「只要讓她雙腳離地，不能出力，柔道厲害也沒用。」

「她體內這個人格是男的，可能得兩個人壓制才行。」衛懷補充道。

宋映貞訝異地問：「男的？你怎麼知道？」

「她在用平底鍋偷襲我的時候，有自稱『老子』。」

這新情報讓三人都一副若有所思的模樣。

休旅車停在十字路口旁。宋映貞指著前方二十公尺處的全家便利商店說：「到了。」

衛懷看著定位地圖，趙薇芝的頭像還停留在那兒，沒移動過。

「看來X先生可能想在那裡休息，等明天早上去車站搭車。」吳P分析道：「不過等等我們要怎麼引開她注意力？不能再花時間拉拉扯扯。」

宋映貞從皮包掏出一罐防狼噴霧：「用這個吧。」

「好的。等一下車子直接開到店門口。映貞妳在門口埋伏，天后妳在人行道，我進店逼她出來。當她不能反抗的時候，天后去把她抱到車上。了解吧？」

「還有我呢！」LINE 群組忽地出聲。吳P無奈地看了衛懷一眼：「你都被摧殘成這樣了還想動手？在車上幫忙把風啦。」

「拜託盡量對她溫柔點好嗎？」衛懷不屈不撓地補上這句。

因為車上四人都跟X照過面了，所以行動講求兵貴神速。宋映貞將車在店門口一煞停，吳P飛快跳下車，朝店內衝去，另兩人也按照計畫完成站位。不料吳P在休息區跟幾個貨架間繞了幾趟，卻都沒看見趙薇芝的身影。

「怎麼了，人不在這兒？」看到吳P一頭霧水地走出門口，宋映貞納悶地問。

吳P走回休旅車旁，向衛懷拿了定位手機，走回店內再次確認。沒錯，這定位區就在這裡，完全沒移動，怎麼就不見人影呢？

正當他打算找宋映貞來向店員打聽時，誰知店員先一步從櫃臺底下拿出一個女用小肩包：

「先生，你是在找這個嗎？」

第三部

關於遺憾機關的「鎖」

各位同學，通常課程上到這裡，也差不多是該準備考試的時候了。目前研究方向還是側重理論面，所以今天就先把主題拉回來。我們談談遺憾機關的「鎖」。

在之前的實作過程中，相信同學有注意到，要破解一道遺憾機關，有時需要兩個步驟。第一個步驟是先破解遺憾機關上面的「防護鎖」、第二個步驟才是遺憾機關本身，也就是固定節點用的「錨定鎖」。

當然，如果遺憾機關本身就是一道鎖，那麼只要一個步驟就能解決。但根據過往的經驗，這種情況只會出現在靈力比較強大的結界中，而且破解難度會更高。

首先來思考一下，為什麼遺憾機關需要加把鎖？畢竟結界中應該不必擔心會有小偷吧。既然有鎖，就表示裡頭有個需要防護的東西。綜合我們之前的觀察研究，我們的推論有二：一是擬像化物品並不穩定，需要有個相對穩定的「防護鎖」的概念來加固；二是支撐節點不易控制，所以靈體用「錨定鎖」來進行固定。在我們的想像中，結界的支撐節點可能是像門或窗戶之類的物事，為了靈活控制它的移動、開關，所以在上頭加把鎖。

而可以佐證以上這二種推論的，還有「容忍試誤」這個特性。目前我們在結界裡接觸過的各種鎖，都可以反覆測試各種開鎖手段，沒有次數限制也沒有懲罰機制。可見它重視固定防護，更甚於防竊保全。

關於鎖的種類相當多，我們留到下次再談，今天先跟各位說個最難破解的鎖。各位同學，不妨先說說你們覺得哪一種鎖最難開？……不，反而不是最複雜的機關鎖，也不是最先進的電子密碼鎖。而是最單純的戈耳狄俄斯之結。

是的，就是歷史上因為糾結成一團亂麻、根本找不到線頭，然後被亞歷山大大帝一劍斬開的那個繩結。不過要注意的是，我們這樣的稱呼，只是借用其難解難分的概念，並非是歷史物品的重現。

在結界中有時會出現類似的「鎖」，以重重擬像化的鐵絲或繩索，密密麻麻綑綁起來的繩結，用來鎖定裡頭的遺憾機關。我們猜測可能是初期的靈體，由於靈力與經驗不足，所以才打造出這種較原始的過度防護。

由於我們只能透過特殊的磁力手套與擬像化物品互動，既不可能在十五分鐘內將這團亂麻似地繩結解開，更不可能一劍將其斬開，因此碰上這種看似最簡單樸實的「鎖」時，反而往往會逼得我們不得不宣告放棄。

汲取悲傷的造物機制

待在結界裡的時間愈長，趙薇芝也慢慢發現一些週期性規律。比方有時候，她會感覺結界裡似乎有其他人存在，空間不斷被打擾，時不時傳來異樣響動，彷如有人正試探敲打著結界外殼，這時她會不安地來回巡查每個角落。

又比如在某些時段，結界裡的亮度會略微提高，牆上黑氣流瀉的速度會變慢，同時自己會感覺格外疲倦，想找個較暗的角落休息，直到進入下個時段。而有的時段則相反，會讓自己的心識格外清明、精力特別旺盛，這也是開始嘗試拓展結界的好時機。

一般而言，子時是靈體活力達頂峰的時刻，而當午時陽光正熾，則是祂們疲倦休眠的時候。除了日夜顛倒外，這似乎跟常人「一天」的概念相同，但因為每個結界的狀態都不一樣，加上時間流速也有差別，因此通常將這樣的作息循環稱之為「一個週期」。

此刻趙薇芝一直在反覆練習著，怎麼把從原點漩渦分離出來的小漩渦，穩定地放在手掌上移動，甚至能帶離得更遠些。但這個動作的難度很高，需要極高度的專注力，每每她一個閃神甚至一絲情緒變化，小漩渦就回彈原處，自己也跟著瞬間回到原地。

除了透過不斷在眼前重播蘇慧旻的血腥慘案，增強自己週身的黑氣芒尖外，隨著多次反覆嘗試，趙薇芝發現一件事：如果讓自己的思緒專注在苦難往事上，便能更穩定地控制小漩渦。

在最近的一次成功嘗試中，趙薇芝將小漩渦的距離拉伸到極限：大概與原點漩渦相隔五公尺左右，也差不多是離開臥室門來到客廳中央的長度。不過接下來的問題是，她不知道要怎麼把小漩渦固定在新位置。如果能將它固定住，自己活動的範圍也可以延伸到客廳，甚至還能以此為新界限，嘗試再將更多的小漩渦帶到更前邊的地方？

就在她猶豫分神之際，小漩渦一個回彈，她瞬間又閃現在臥室裡。

如果找個什麼東西來鎮壓它，是不是能將它固定住呢？趙薇芝腦海中浮現一個新的實驗目標。她環顧室內，看到了只剩骨架的檯燈、破損的遙控器、陳舊的薰香瓶等。但當她逐一拿來跟小漩渦進行測試時，卻跟先前直接用手碰觸的情景般，這些物品都直接穿透過漩渦本體，根本無法產生任何互動。

徒勞地嘗試多次後，她不得不放棄。此時她注意到牆上的黑氣流瀉速度又變得緩慢，鋪天蓋地的疲倦感再次襲來，她不得不往靠近臥室門邊的角落移動，蜷縮在那裡總能讓她感覺舒適些。

在陷入一片無邊無際的黑暗前，她的心識中忽然清晰地浮現出一把雨傘，一把有著漂亮漸層粉紅底的厚膠布傘面，上頭有位綁著雙辮、穿著牛仔吊帶裝的小女孩，開心地回望著手上扯動的風箏。她的腳邊跟了隻不知品種的小狗，一人一狗都笑得格外燦爛。

傘面邊緣精心排列了純白渾圓的傘珠，每顆傘珠扣著一根乳白色塑膠傘骨，各根傘骨連結到同樣色系的中棒後，再搭配一個鑲有金屬花邊的半透明粉紅色手柄。

這是一把要價不菲的兒童用雨傘。當年她的父母或許能買得起，但絕不會在她的身上花這種錢，而這個物品也不可能是本地長輩的贈禮選項。她模糊記得，這似乎是在搭公車或火車時，某位粗心乘客遺落在座位上，而被母親理所當然「擄獲」的戰利品。

此時此刻她才意識到，這把雨傘跟她生命裡的那件傷痛往事，有著如此深刻鮮明的連結。那件往事有個主題叫「被拋棄」。在平常日子裡，她絕不願重新想起這件事，更不肯去揣測背後可能的意義。

只有在這個非常特殊的極端環境中，她才不得不把這傷痛當作是一種工具，無數次努力控制手上的小漩渦、無數次讓自己置身在那不堪回首的場景，逼著自己反覆咀嚼回味，或許就是這把傘突然從塵封的回憶裡跳出來的原因吧。

那是發生在趙薇芝小學三年級時，也是父母離婚後兩年的一件微不足道的「意外」。母親認識新男友的那陣子，常會帶著趙薇芝去對方家坐坐，記得那裡離新竹火車站不遠。

出於單親孩子獨有的敏感纖細，趙薇芝知道母親的新男友並不喜歡自己，甚至母親不在時，他還會唸叨著一些讓她不舒服的詭異詞語。之後她還感覺到，母親常有意無意地試探自己，希望她去跟爸爸生活，或是準備轉學後到某個親戚家長住等等。

大概是第四次造訪母親男友家時，兩個大人到了晚上不知為何大吵一架，然後母親就拉著行李箱，帶著趙薇芝到街上漫無目的地亂走。由於街上還斷斷續續地飄著雨，因此兩人手上各拿著一把傘。不久她們走到一條熱鬧的夜市街，兩人一起吃路邊的炒麵跟貢丸湯，之後又再沿路逛到了夜市尾。

原本走到這裡應該回頭了，但母親卻執意拉著她的手，再走過一個街口，那裡已遠離夜市的人潮與燈光，多數店家都拉下鐵門結束營業。兩相對比下，更有一種曲終人散的寂寥氛圍。

兩人走到某間歇業商店前，母親突然要她坐進騎樓裡的投幣式電動飛機，然後把剛買的一大袋麵包、飲料放到她手裡，又把一卷千元大鈔塞到她的口袋，飛快地交代道：「在這邊等我，不要亂跑，我去買妳愛喝的草莓果汁。」

說完，母親頭也不回地離開了。趙薇芝只記得自己在原地等了許久許久，夜空下的雨又變大了，偶爾會有行經的大人關心地問她幾句，也有的只是用不懷好意的目光打量著她。為了躲避陌生人，她不得不爬下飛機座，打起雨傘躲進旁邊的小巷裡。

當時她的小腦袋只擔心著兩件事：媽媽是不是忘記我在哪兒了？媽媽是不是碰到什麼危險回不來了？

又再等上許久許久，她雙腳都發痠了，不得不蹲下來、嚎啕大哭著。她覺得身邊唯一能依靠的就只有手上的這把傘。然後又再等了許久許久，她終於聽見熟悉的腳步聲。母親搭著計程車，急匆匆地跑回來找她。

當她從小巷裡衝出來，母親緊抱著她，沒多解釋什麼。母女倆搭上凌晨時分的客運汽車回到彰化。那些食物跟鈔票都被母親拿回去了。

這件事是意外嗎？母親是不是有動過什麼奇怪念頭？趙薇芝在心中糾纏了很久，但她決定不要再胡思亂想，也許不管擔心哪一個版本的真相，都會讓她不知該怎麼面對未來的母親吧。

只是這件事在她心中留下了陰影。從在校活動、成績表現到朋友相處，她總沒來由地害怕「落單」或「被遺忘」。每次跟男友分手，不管是誰先提出來的，她也會感受到一種強烈的被拋棄感覺。

在這次的休眠中，那些不堪往事又在她心中緩緩地重演一遍。像是一部超高解析度的電影畫面，各種細節鉅細靡遺地完美重現，最後收尾在那個徬徨無助的小女孩臉龐上。

當趙薇芝再次睜開眼，發現自己淚流滿面、心情沉重。但她能感覺到，這個環境中多出了一樣新物事，而且是前所未見的新存在。

直到她調整心緒，雙眼又變得明亮時，她看見那把淡粉紅色小傘，就橫擱在自己的雙腿上。那理直氣壯的存在感，彷彿這小傘始終跟在她身邊，從來就沒離開過似地。

趙薇芝的心中淌過一股暖流，她愛憐地看著它、撫摸它，有種闊別多年老友在異鄉相逢的喜悅。

他比想像中更狡猾

「X竟然是男的嗎？」這個新訊息讓吳P等人大感意外。他們之前已仔細研究過蘇慧旻的所有資料，三人都認為X絕不會是蘇慧旻，但怎麼又憑空冒出一個新的男性靈體？目前他還摸不著頭緒。

原本他盤算先控制住趙薇芝的肉身，之後就能探問出更多情報，但X的思慮顯然比他們預期的更周密。當超商店員拿出那遺落在店內的隨身小包時，吳P就知道己方暫落下風了。

吳P讓等在車上的衛懷進店辨認，確認是趙薇芝的東西後，眾人打開一看，包括手機、錢包與鑰匙等都留在裡頭。宋映貞拿起錢包檢查，只剩下發票跟集點卡等雜項，鈔票、信用卡跟證件都被拿走了。

衛懷解鎖手機點進銀行APP一看，登時傻眼，戶頭竟只剩下六十多元。「祂把錢全領光了，連百元鈔都不放過，之前裡頭還有五萬多元呀。」

吳P心中明白，儘管X可能對現代科技如手機或GPS定位等一竅不通，但當祂看到衛懷能在大街上找到自己時，也能猜到這個時代有更便利的追蹤手段，而且就在自己的隨身物品中。於是祂準備離開台北前，就先將戶頭的錢全領空，然後直接把包包給扔在這兒了。

現在的問題是，X為什麼要提領這麼多現金？連夜出發的目的地是哪兒？祂真的是想去找誰復仇嗎？

吳P走出便利商店，抬頭向天花板瞧了瞧。左右角落各有一支監視器，對準騎樓與大街。吳P找來宋映貞，掏出兩千元遞給她說：「去跟那店員打聽，看看是否知道X的去向，不然就調監視器畫面來查。」

吳P不愛跟陌生人打交道，這類瑣事通常就讓宋映貞出面去辦。而根據經驗，如果對方是男人，那麼讓年輕女子出面應付，成功率也更高。

凌晨時分櫃臺沒什麼顧客，宋映貞向店員攀談幾句後，接著提出想調閱監視器的需求。儘管店員面有難色，但在奉上一些「茶水費」後，他勉為其難地同意去小辦公室調檔案，同時用宋映貞的手機錄下關鍵畫面。

「店員說，X跟他問過，現在往台東還有火車車班嗎？」眾人回到車上後，宋映貞說：「剛好店員也是花蓮人，常搭夜車返鄉。他跟X說現在沒車班了，最快也要等到早上六點。」

「台東？」吳P有些意外地揚揚眉，衛懷倒是迫不及待地發送訊息：「她會不會現在就在車站等著？還是去附近旅館過一晚？我們可以分頭看看。」

宋映貞白了他一眼，點開手機影片邊說道：「先別急，看看這個再說。」

影片中，拖著行李箱的趙薇芝，在街邊攔了輛計程車。司機降下助手座車窗，跟她交談幾句後，車窗又升了上去。趙薇芝退回人行道，計程車離開。之後再攔下一輛也是同樣情形。

「看來是想跨縣市跑遠程的，有的司機不想接。」宋映貞說。

又再過了兩分鐘，趙薇芝再攔下一輛計程車。這回雙方談妥了，計程車司機下車，幫忙把行李箱扛進後車廂，她也跟著坐進後座。接著計程車直接在雙黃線上來個大迴轉，朝火車站方向開去。

吳P回拉影片時間軸，直到計程車車牌完整出現在畫面中。但受限於監視器解析度，只能勉強看清其中三個號碼。吳P說：「就擷這張圖，傳給黃大仙吧，跟他說是特急件。」

黃大仙是吳P任教以來的第二屆學生，畢業後跟兩名朋友合開了一家徵信社，似乎跟警界高層有特殊管道，能夠取得許多刑事案件的調查資料複本，甚至有些同行也會請他幫忙，頗為神通廣大，因此博得黃大仙這稱號。

由於吳P的無憾行動需要大量的前期調查工作，警方的人物背景訪查與案發現場鑒證記錄，都是非常寶貴的第一手資料。因此當黃大仙特地跑回學校跟恩師拉業務時，吳P二話不說便跟他簽了長約。目前黃大仙除了提供資料外，也能安排人手協助現場調查或監視，是別仙樓的重要合作夥伴之一。

「既然祂可能去台東，我們現在開車去，明天不就剛好能堵到祂？」衛懷傳訊到群組說。

「不了。這事得再進一步確認，先別瞎忙。」吳P搖頭否決。

宋映貞問：「那現在我們去哪兒呢？」

吳P笑了笑沒回答，只示意大夥兒往後座瞧。此時宋映貞聽到後方傳來一陣鼾聲，回頭一望，原來天后早已仰面八叉睡死過去了。

往事如夢觸景生疼

「同學，救我！」

衛懷身在一條漆黑的甬道中，背後傳來接連不斷的呼救女聲，那聲音童稚又熟悉，使得他幾次猶豫地停下腳步，想回頭伸出援手，但身旁那位穿著藍色小精靈T恤的男孩卻一把揪住他：「不要回頭，不然我們都要死！」

衛懷被往前扯得踉蹌幾步，但他仍不死心地轉頭望去，只見一個頭戴黑色面罩、一身黑衣黑褲的高大男子，從黑暗中緩緩現身。他手持一把染血的鋒利開山刀，朝他們步步進逼。

衛懷轉身追上藍衣男孩，兩人奮力往前方的光亮處跑去。跑了許久，兩人氣喘吁吁地抵達那兒，卻絕望地發現阻隔在前方的是一道鐵製柵欄。他們朝外看去，是車水馬龍的大街，兩人甚至看到自己的家人正漫步在街道上，一臉幸福愉悅的表情。兩人拚命拍打欄杆、朝外界大聲呼救，明明近在咫尺，卻都沒有人發覺他們。

身後那黑衣男子邊漫步走著，邊橫舉刀身刮擦著牆面，發出刺耳的嘎吱聲，刀尖處時不時還迸出幾星火花，衛懷望而生畏。

「對不起。」藍衣男孩突然朝他說了聲，他還來不及理解為何對方要道歉，藍衣男孩已重重地將他推了一把，他整個人往後倒下。柵欄這時突然升起一道縫隙，藍衣男孩飛快地矮身鑽過，柵欄落下。

「對不起，其實是我讓你這麼做的。」藍衣男孩隔著柵欄又說，接著頭也不回地跑開。

衛懷掙扎著起身，也想學他一樣鑽過那柵欄，但已慢了一步。他看到眼前已站了一雙骯髒泥濘的男人長靴，接著頭頂上傳來猙獰深沉的男人嗓音：「你不做，就得死。」

接著他聽見重物落水聲，接著大刀劈落，他身子一縮，全身肌肉變得緊繃……。

衛懷全身的肌肉猛地彈跳了一下，瞬間驚醒過來。不知怎麼地，大概是上國中之後，這重複不變的夢魘，三不五時地就來糾纏著他，成了個不定時的惱人鬧鐘。

不過這次醒來，他發覺自己身在一個陌生的環境裡，是一間位於三樓、約三十坪大小的辦公室。他花了幾秒鐘回溯記憶，才想起來為何自己睡在這兩張ＯＡ辦公桌的「拼裝床」上。還有另外那兩位因為自己的彈跳動靜太大，而朝他行注目禮的新朋友。

「早啊，醒啦。」宋映貞朝他道早。她正忙著用牆邊的空氣壓縮機朝鋼瓶充氣。而正忙著查閱手邊資料的吳Ｐ只朝他瞥了眼，沒多做表示，自顧埋頭用功。

「早……」衛懷下意識地回禮。但他一開口，嘴邊的縫針處就痛得他呲牙裂嘴，接著全身上下各處也跟著痛了起來。

宋映貞忙道：「嘿、嘿，別太勉強了。我們幫你準備了稀飯，你盡量吃一點，今天還有很多事要忙呢。」

衛懷看了下錶，已經十點四十分了。他想起趙薇芝，登時心急如焚。拿起手機發 LINE：「有薇芝的消息沒？那個計程車司機找到了嗎？」

「我們已請人調查了，中午前就會有消息。你不要急，先把自己照顧好，才幫得到薇芝，好嗎？」在宋映貞的堅持下，衛懷也只能先簡單梳洗一番，再吃點稀飯填飽肚子。

雖然他不怎麼喜歡湯湯水水的東西，但經過昨天連番折騰，他胃口大開連續解決了三碗稀飯跟兩個配菜罐頭，吃到連他自己都有點不好意思起來。

「先別收拾了，老師想跟你談談，你先過去吧。」宋映貞指著吳P的辦公桌說。

衛懷依言走到吳P桌前坐下，對方暫停翻書，從抽屜角落拿出一張名片：「昨天兵荒馬亂的，沒好好自我介紹。多指教。」

他雙手接過這張「吳可翰」的名片仔細一瞧。他還真沒想到，眼前這其貌不揚的初老男子，既是別仙樓的總經理，也是某私立大學民俗系的副教授，算是個時髦的「斜槓中年」。但老實說感覺不出他身上有多少學術氣質，反而比較像是營造業的現場工頭。

「因為時間緊迫，我就長話短說。昨天載X先生……我是指趙薇芝，不過現在有1.0跟2.0版本之分吧，之後我們統一稱呼在外頭跑的是X，在結界裡的是真正的薇芝，理解吧？」

「不理解。」衛懷搖了搖頭，迷惑地打字問道：「什麼結界？真正的薇芝？難道還有假的？不就是同一個身體兩種人格嗎？」

吳P嘆了口氣。「你找一下你的LINE，我早上傳了幾條連結給你，都是我上課的講義。希望你先看看，我們之後的對話會比較容易。」

「我大概看了一下，但也想問問，您是不是傳錯了？」衛懷點開手機上的文檔APP，指著「人真的有靈魂嗎？」的標題說：「在下之前也修過心理學通識，中古世紀時曾把人格分裂當成是惡靈附身沒錯，但現代都知道這是『解離症』，可以治療的。所以您要我看這些神神鬼鬼的資料……。」

「好吧。就算薇芝的情況是解離症好了，但她之前有發作過嗎？」吳P反問道。

「呃……沒有。」衛懷老實承認道：「但也不能排除是她最近壓力太大，第一次發作，對吧？而且您應該不是心理醫生吧，難不成您可以一眼判斷她不是解離症嗎？」

衛懷對自己的辯駁能力跟打字手速都頗具自信。因此看到吳P盯著平板電腦畫面而沉吟不決時，心中不禁有些得意起來。

吳P似乎也不得不承認衛懷說得有理，他改口道：「好，那先不談這個。我們請人調查昨晚X搭上的那輛計程車、也找到司機了。他告訴我們，X下車的地點在這裡。」

吳P點開平板上的電子地圖，朝衛懷展示，地點是羅東火車站。「她從那邊再轉搭火車？」衛懷問。

「我們起初也這樣想。不過那司機跑去上廁所，原本進車站大廳的Ｘ，又偷偷地攔了輛計程車，往鎮內方向開去。」吳Ｐ說。

「她為什麼要這麼小心？」衛懷好奇地問道。

「所以了，我們肯定她是為了做某件『大事』，所以才小心翼翼。」吳Ｐ注意衛懷的臉色，繼續說：「但還好，Ｘ不知道現在的計程車上，很多都有裝行車記錄器這種設備，所以我們檢查影片檔後，也找到了第二位司機。」

吳Ｐ點選地圖上的第二個下車處，位於羅東鎮忠孝路某條二線道巷口。「不過司機說，他從後照鏡看到，Ｘ下車後並沒朝特定門牌號走，而是在巷口目送他遠離後，才走進巷子。」

「那還等什麼，快去羅東堵人啊！」衛懷急促地回應著。

「我們的調查員已經過去那裡訪查了，中午前應該會有消息。」

「那我們就坐在這邊乾等著？」衛懷不解地問：「現在開車上路，等你的調查員查出什麼了，我們不剛好也到那兒了？」

吳Ｐ一副似笑非笑，好像就在等衛懷問這個問題似地：「所以，你現在知道Ｘ版本的趙薇芝在羅東了，但我們等一下去三重，如果你在那兒又看到一個趙薇芝，你怎麼想？」

衛懷愣了愣，接著不以為意地哂道：「現在都什麼時候了，你還在開玩笑？薇芝她是人格分裂，不是人身分裂好嗎？」

「哪，我說得學術點。如果薇芝的肉身在羅東，她的靈魂卻在三重，你怎麼說？」

看著吳P的嚴肅表情，衛懷臉上的譏諷笑容也消失了。「這是……不是吧，鬼附身也不是這麼玩的吧……那現在是誰在操控她的身體呢？」

吳P嘆了口氣。「我覺得，你的第一個問題應該要問，我們這兒到底是一家什麼公司？」

衛懷再次低頭看著名片上的「別仙樓」名稱時，宋映貞已拎著登山服跟面罩等裝備，走過來打岔道：「天后從市場回來了，在樓下等著。我們下去吧。」

儘管衛懷還有滿腹問題，但被吳P一把攔住了：「老話一句，你先做好功課，我們再來談。另外，你跟薇芝之間，有沒有什麼兩人都認得、對彼此有意義、感情特別深的物品？」

「……我們有養一隻黃金鼠，她還幫牠取名飛飛，行嗎？」

「不行。要能燒的。」宋映貞代答道。

雖然不明所以，但衛懷還是拿起昨晚從便利商店拿回的手提包，將上頭的哈姆太郎吊飾取下來。「就這個吧。」他遞給宋映貞說。

這是他們去年到台中夜市玩，一時興起花了兩百多元，從夾娃娃機夾到這隻長得很像飛飛的小玩偶。之後趙薇芝幫飛飛拍照時，總不忘在旁擺上它，平常也將它掛在包包旁，儘管衛懷總取笑這兩者完全不搭，但她卻視若珍寶，還說看到它就會想起自己最親愛的兩個寶貝。

「喔，還有這個也行。」衛懷取下右手中指上的木紋戒指，接著說：「在夜市買的一對木戒指，有刻字的，我想她一定會認得。」

宋映貞拿過戒指一看，內圈刻著「執子之手」四字。她想了會兒，仍還給了他：「到時可能要燒掉的。既然是成對的，你還是先留著吧。」

接著衛懷幫忙拎了兩個氣瓶到樓下。看著後車廂滿滿的登山裝備與祭祀用品，他頓時覺得吳P的話是有道理的，自己應該先問清楚，這「別仙樓」到底是什麼奇怪的直銷公司？甚至是邪教組織？雖然明知問出口，對方肯定要他回去先做功課，但他還是忍不住要問：

「我們現在真的是要去三重，確認薇芝的魂魄是不是在那兒？」

車上三人同時向他拋來確認的眼神。這下子衛懷是真的震驚住了。

吳P的靈學講義（十）

結界裡常見的「鎖」

接續上一講的主題，給各位列一些我們在結界常看到的固定鎖款式。要特別提醒的是，裡頭有些看似先進的指紋或臉部辨識之類的鎖款，其實沒有用上任何真正的電子或光學科技，實際上是由靈體心識所操控的，但若想開鎖，還是得遵循其運作規則來開啟：

一、鑰匙控制類鎖：如開鎖時需要靈體隨身攜帶的鑰匙、卡片、磁力條或其他信物等。
二、變形鑰匙類鎖：需特定工具來開鎖，但工具部件散置在結界各處，需組合或拼裝後才能使用。常見的有多段鑰匙、螺絲起子、照明裝置等。
三、電子鎖（偽）：諸如遙控鎖、螢幕密碼鎖、指紋鎖甚至臉部辨識等等。
四、重力嵌合鎖：通常必須放入靈體生前最在意的物品才能開鎖。
五、密碼鎖：諸如按壓數字鍵、轉盤號碼、燈光排列甚至是一部老式電話機上頭的按鍵順序等。
六、音控鎖：需要特定的聲音、音調、節奏或振動頻率來開啟。
七、解謎型鎖：種類繁多，通常與靈體生前的專業相關。包括拼圖、物理、化學、積木、問答題、各式棋類殘局等等。

被留在結界的無辜者

現在還來得及！

即使正駕著車前往萊茵天廈的途中，吳P腦海中的危險想法再次閃現。

其實他大可以裝作什麼事都沒發生，管他是什麼1.0、2.0還是X版趙薇芝，她想做什麼就讓她放手去做，因為人間法律根本就管不到這層面。反之，自己要是插手這件事，不但要面臨更棘手的問題，而且很可能讓自己的事業毀於一旦！

但……不行，他必須負責到底。不說別的，光是他的良心就過不去了，他無法違背傾一生之力研究結界、堅持無憾行動的初衷。

坐在他後方的衛懷，似乎也開始懷疑著，為什麼一家小公司的全體員工，會對一位「人格分裂」的工讀生如此熱心？除此之外他顯然還有很多問題要問，因此正認真研究著手機上的「吳P講義」，看得格外專注。

離萊茵天廈還有十分鐘左右的車程時，只聽得衛懷突然倒吸一口氣，然後在LINE群組發言：「所以，別仙樓是一家神棍公司，幫忙驅鬼的？」

宋映貞翻個白眼，搶在吳P發作前回道：「咳，學術一點的說法，是堅持採用溫和手段、陰陽兩贏的專業除靈團隊。」

「所以，薇芝也跟著你們進入結界？」

「這是她要求的，我們絕不會也不可能強迫她。在她決定進入前，我們也完整向她說明……。」

衛懷愈說愈激動：「天底下到底哪個神經病會跑進另一個次元驅鬼？說什麼在那邊超危險，動不動就出人命，待久了跟上太空還是碰到核彈爆炸一樣，會有奇奇怪怪的後遺症？」

「衛先生，你怎麼說話的，我很正常好嗎？他們也不是神經病。大家做事情的方式不同嘛。」天后不滿地抗議著。

「你們可以自己去瘋，但為什麼要拖趙薇芝下水？現在搞到被鬼上身了，你們要怎麼負責？我看，你們這些人才最壞。」衛懷吼道。

宋映貞安撫道：「衛懷，薇芝的事還沒有定論，你先別以偏概全。我們的當務之急，是先確認結界的情況，好不好？」

吳P已將車開抵萊茵社區大門口。「到了。這事很複雜，我們一件一件來辦。衛懷，稍晚有時間，我們一定好好聊一聊。」

「想得美！我直接報警。」衛懷拿起手機直撥一一〇。

三人倒是毫不緊張，臉上還帶著打趣的表情。「好吧，我倒想聽聽看你要跟警察怎麼說。」

報案電話很快就接通了。但當勤務員向衛懷詢問案情內容時，衛懷登時語塞，不知該從何說起，而且一張嘴講話，唇邊就疼得厲害。「不好意思，我晚點再打。」支支吾吾半分鐘後，他頹然地掛上電話，彼端的勤務員八成也一頭霧水。

「哎喲，你怎麼沒把吳老師傳給你的東西，先轉給警察看啊。讓他們先做做功課，應該跟你比較好溝通喔。」天后打趣道。

衛懷狠狠地瞪了她一眼。但她不以為意，熱情地搭上衛懷的肩膀：「不要這麼氣嘟嘟啦，你等一下去看看我們怎麼做的，自己親眼確認一下，到時你愛報警就報警好不好？我們又不會攔著你。」

此時吳P降下車窗，跟車外迎上來的總幹事打個招呼。

「哎，吳教授你們又來啦。不是說都處理好了？來領錢的話有點早喔？」總幹事一臉笑意，心情似乎還不錯。

只是迎著這張笑臉，吳P心中有種無功不受祿的罪惡感。他岔開話題道：「我只是來做個檢查，等等還要進入四〇二看看。昨晚沒什麼問題了吧。」

「沒，沒問題，世界都安靜了，幾個住戶早上都跑來跟我說，總算睡個安穩覺了，真的要感謝你。之前找來一堆裝神弄鬼的都沒用。」

「哦，那真是太好了。」吳P心虛地點頭回禮。

「還有啊，昨天你們放火燒那一大片，我早上請人來估過價，應該不會超過三萬。你們下週再帶發票跟公司人小章來，跟你們結清尾款。」

「不急、不急，咱們先做過檢查再說吧。」吳P擺擺手，將車開進社區的臨時停車位。總幹事的表情很是詫異，畢竟平日這些包商可都是催著他領錢的，今天還真難得碰上一家不愛錢的呢。

吳P等人下車，快速地展開兩台手推車，把車上裝備全卸下，一路推到C座電梯口。衛懷也拎著兩個鋼瓶，不情不願地跟在後頭。

「我等一下也可以進去那個什麼結界吧。」電梯裡衛懷發 LINE 問道。

吳P想也不想地否決了：「不行。外行人進去太危險。」

「我不進去，怎麼知道你們說的是真的假的。不然你開手機直播來看看啊？」

吳P氣惱道：「給你的資料到底有沒有認真看？你有看的話，就知道結界裡的環境很特殊，不可能用電子產品……。」

「是吧、是吧。」衛懷拍著手叫道：「現在知道最大的問題是什麼了吧？就是話全都是你們在說，都你們在講，比地痞流氓霸道、比詐騙集團還扯，但一個證據都拿不出來。」

吳P決定放棄溝通。「隨便你說，但你就是不能進去。」

「我一定要進去，親眼確認你們說的這些東西。」衛懷揚揚手機，決意抵抗到底。「看看你們剛剛碰到總幹事那心虛的樣子，你們應該有些事不想給他知道吧，我也可以宣稱碰到詐騙，叫警察來好好調查一下。」

他正在LINE群組裡打字打得不亦樂乎，突然彈現一份《安全責任自負承諾書》的檔案傳送訊息。他詫異地看著發送者宋映貞。她不以為意地聳了聳肩，對吳P說：「進入結界這種地方，從來就沒有誰是已經準備好的。讓他進去吧，省得我們麻煩。」

接著她又轉向衛懷正色說道：「你真的想進去，就簽個切結書吧。雖然是你自己要求的，但奉勸你一定要緊緊跟在我們後面，我們怎麼說、你就怎麼做。要是你再失陷進去，我們恐怕連薇芝都救不回來了。」

衛懷收起譏誚之意，鄭重地點了點頭。

眾人把裝備拖到四〇二室前，門口是一片火焚焦黑、消防粉末交錯的狼藉景象。吳P看了下錶，剛過十二點，現實界陽氣鼎盛之時。他打開房門大致檢查一番，隨即展開了分工：天后跟宋映貞在門邊鋪排祭祀用品，吳P則點了一根三彩香，走進室內，衛懷好奇地跟在後頭觀看。

三彩香一開始點燃後，四周上空飄散著裊裊藍煙。吳P將其平舉胸前，直接走向四〇二室浴室門邊牆處，線香四逸的藍煙像是被什麼吸引住，在半空緩緩匯聚成一道細線，然後貼著天花板往窗外流淌。綿密的藍色煙束，在天花板上畫出一道弧形輪廓。這在行內術語中稱為「鑑位」。

「邊界變了。」吳P喃喃自語著。這在剛形成的結界中很常見，因為一開始能量發散的範圍比較大，結界邊緣會呈現不規則形狀，隨著能量輸出穩定下來，結界會收束成較小且對稱的形狀，位於邊緣的出入口位置自然也會更動。

「為什麼這線香的煙都不會散開？簡直違反物理原則。」衛懷看著這詭異的藍煙流向，竟能不隨風向改變而彷彿有生命般自行流動，不禁嘖嘖稱奇。

「因為線香的成分裡有生犀粉。」吳P本不想回答這問題，但違反物理原則這話他實在無法忍受：「它的煙束不隨氣流改變，是因為生犀粉能感應磁力線，會隨著磁場邊緣移動，說到底還是遵循物理原則的。」

吳P在客廳緩緩走了一圈，然後再走進主臥室繞一圈，接著抬頭觀察天花板上畫出的藍煙範圍，不禁面露憂色。

「怎麼啦？薇芝到底有沒有在這裡？」衛懷急切地問道。

宋映貞走進客廳一看，也跟著眉頭緊蹙，輕嘆一聲：「還不到一天，居然擴張了。」

「這結界的時間流逝明顯比較快，靈體的決心也很強大。我們必須讓她緩下來，不然會愈來愈難辦。」吳P憂心忡忡地說。

「到底怎麼回事啊？你的講義我都看過，你們說的我還是聽不懂啊。」衛懷抗議道。

吳P拍了拍他的肩，往室外走去。「現在分秒必爭，沒時間解釋了。等等你去親眼看看吧。」

研究結界這麼多年了，光在室內走一圈、界定結界的範圍，他對另一次元的情況已心知肚明了，但他該從何啟口？難道隨便透露給其他人，說確實有個無辜的靈體被遺留在這兒了，她肯定十分孤單、恐懼，然後為了離開這裡，不惜藉助此地的負能量瘋狂增長自身靈力，試圖擴大結界的範圍？但當她的靈體被腐蝕到一定的程度，她的心識跟人格都會產生巨大轉變，最終的歸宿也只剩下輪迴系統了。

吳P看著天花板上逐漸散逸的藍色煙霧，心中感到前所未有的茫然與無助。

接下來準備工作進入第二階段。吳P跟天后各持著一把紫外線燈管補強原本的陽道路徑；宋映貞則拿了一個燒金桶跟打火機油，跟衛懷走到臥室門邊的陽道上，準備燒化任務物品。因為這次主要目的是偵察，因此需燒化的物品只有一樣：那隻咧嘴大笑的哈姆太郎。

「在這邊燒掉它，薇芝在那邊就收得到嗎？」衛懷不捨地抓著哈姆太郎問。

宋映貞不置可否地聳聳肩。「有機會的話，你會親手交給她。」

她拿過玩偶，在上頭灑了點打火機油，點上火後放進燒金桶裡。看著熟悉的哈姆太郎逐漸扭曲焦黑，衛懷突然有股鼻酸想哭的衝動。

接下來三人回到走廊上，開始進行祭祀流程。接著眾人開始著裝，由於時間有限，衛懷只學了使用呼吸器跟導音索的用法。然後三人圍著天后坐下，燃起一爐草藥焚香，開始吟唱起招魂歌謠。

由於是陽氣正盛的中午時分，天后唱到第六遍時，門上的指南針才開始滴溜溜地亂轉起來。「可以了。」吳P起身說道。

一打開四〇二室的大門，緊跟在宋映貞身後的衛懷，看著那波光閃動的結界通道，再一次地震驚了，簡直像極了科幻電影裡的場景。「一進去就立刻蹲低身體、找東西扶著，不然會跌倒。」宋映貞再次對他耳提面命道：「最重要的是，不管看到或聽到什麼，都不准驚慌失措。」

儘管言猶在耳，但當他一踏入結界，那種「往天空墜落」的失衡感，把他嚇得手足無措。正當他覺得整個人被騰空吸上天際時，後背就重重地摔落在地板上。接著一陣黑霧揚起，頓時遮蔽了他的視線。

慌亂中，一隻纖細的手將他拉回陽道上，導音索傳來宋映貞的聲音：「歡迎來到結界。」衛懷重新站穩身子，調勻呼吸，再一次為這前所未見的場景給震撼了。在他眼中，這個缺乏顏色、毫無生機、森然詭異的世界，有一種無以名狀的美感。

在吳P的指點下，他們在主臥室的最內側角落，看到蜷縮身子、緊閉雙眼的趙薇芝。他跟宋映貞兩人看到靈體已十分清晰、週身黑氣芒尖已有半尺長的模樣，心中便暗暗叫糟。

而當他們走到客廳外，看到第一組遺憾機關跟底下的擬像化物品時，心中更是一沉！哪種鎖不好設定，偏偏就是他們最怕的戈耳狄俄斯之結！看來整件事注定要往最糟的方向發展了。

衛懷仍留在臥室，一動也不動地怔怔望著趙薇芝。他從沒看過她這般半透明的身形、週身瀰漫詭譎黑氣的詭異模樣，兩行淚水沿著他的臉頰滑落下來。

這位年輕男子的世界觀從此被顛覆，再也無法回頭了。

一段給她的留言

🎙「捍衛地獄梗，胸懷神回覆！各位聽眾們，歡迎來到衛懷～Talk秀。你知道，世界上最兩難的問題是什麼嗎？不是老媽女友同時掉進水裡該先救誰，也不是選擇讓電車壓死一個人或五個人，而是當一隻鬼附身在你女朋友身上、狠狠地捉弄你時，你這時候不知道是該好好揍祂一頓、還是乖乖地被她揍一頓。」

「家裡鬧鬼鬧得很凶該怎麼辦？三重萊茵天廈的住戶們就碰到這樣的問題，他們的四〇二室鬧鬼鬧到雞犬不寧、人人失眠。怎麼辦呢？不用道士、不用法會，更不用康斯坦汀，他們別出心裁地找來三個穿太空裝的民俗學家，幫忙解決鬼魂們的最大遺憾，讓祂們安心上路，房子自然就沒鬼啦……啊，這段子不夠好笑嗎？不好意思我回頭再修一下。」

在這詭異的結界裡，看見自己朝夕相處的女朋友，被孤單單地遺留在這裡，衛懷心中百感交集。但腦子裡也很職業病地冒出一堆新梗，可惜此時此地他完全笑不出來，也更不是哭泣的時候。

他跨出陽道外，想蹲到趙薇芝的身旁。如她之前也曾有失意難過的時候，他會摟著她的肩膀好好安慰她，為她打氣，承諾自己會與她攜手共渡難關。但當他的手正要碰觸到趙薇芝的肩膀時，吳P已一把揪住他的手臂，狠狠地將他拉回陽道上，然後拖出臥室門外。

「你忘記之前怎麼跟你說的嗎？」吳P接上導音索，壓低聲量朝他罵道。但衛懷一臉震驚恍神的模樣，一時間也沒有反應。宋映貞打著手勢催促吳P來觀察遺憾機關。他嘆了口氣，讓衛懷蹲在原地待命，自己走到宋映貞身旁。

衛懷看到，當吳P一見那遺憾機關後，表情變得十分頹喪。他跟宋映貞邊打著手勢邊交談幾句，又對著那機關仔細地研究一陣子，然後向衛懷招手。

衛懷第一次看到遺憾機關。一團打得密密麻麻的繩結裡，似乎有支近一公尺長、支離破碎的漸層粉色長柱形物體。宋映貞伸手將導音索接到他的頭盔上。

「這個東西對趙薇芝來說別具意義。你認得出是什麼？」吳P問。

宋映貞從旁補充：「看起來像是購物袋、手電筒還是雨傘之類的東西？」

衛懷再三端詳後，茫然地搖了搖頭。

「你盡量把它的形狀、顏色記一下，回去後比對薇芝之前的東西或照片，看看有沒有類似的。」吳P說道。

「比較麻煩的是這個吧，怎麼辦？」宋映貞指著上頭的戈耳狄俄斯之結，低聲問道。還好這條黑色結繩並非是擬像化物品，看起來像是屋內本有的第四台同軸纜線。但錯綜繁複、結中有結的大堆結頭，實在不太可能在十五分鐘內將其解開。

「唉……」吳P又嘆了口氣。他抬頭看著天花板上已轉為深綠的三彩煙束，停頓半分鐘後，忽然有了靈感：「這結我們開不了，但也許有個人能開。」

「誰？」宋映貞一時意會不過來。

吳P的眼光投向仍在臥室角落休眠的趙薇芝。

「難道你打算……」宋映貞意會過來，想起無憾團隊曾提過的假設，但從沒機會驗證。

吳P點頭證實了她的想法。「我們來留言吧。這恐怕是唯一的辦法了。」

儘管衛懷不明白，幹嘛去管這些有的沒的，直接把趙薇芝給帶出結界不就好了？但吳P的指令接連而來，讓他沒機會問出口：「時間還有八分鐘左右，我們分頭把能移動的東西都挪到遺憾機關這邊。衛懷，你戴上手套，先把那隻狗還是兔子的玩偶帶到這裡。」

說罷，吳P跟宋映貞兩人分頭往客廳跟主臥室搜尋，衛懷則從側背包翻出一副黑色棉布手套，編織纖維間還能看到銅色漆包線，戴起來有些硬實，不太好使力。

他再伸手去碰觸那隻看起來有些陳舊灰暗的哈姆太郎玩偶，隨即驚喜地發現，他的手不再直接穿過去，而是能如實物般將它拿在手中。只是握持的力道不好控制，太鬆或太緊都會讓它落地。

吳P跟宋映貞倒是挺熟練地，以一次一件的方式，陸續取來檯燈、遙控器、薰香瓶、書、抱枕等東西，它們的共同點都是外觀一副殘破陳舊的模樣。兩人很有默契地在遺憾機關旁擺放這些物事，最後把哈姆太郎玩偶擺在最顯眼處。

衛懷抬頭確認，三彩香已由綠轉紅了。吳P催促道：「差不多了，我們先撤出去。」

「不順便把薇芝帶出去嗎？難道讓她繼續留在這兒？」衛懷驚道。

「她肉身不在了，我們怎麼帶出去？」吳P無奈回道：「你有仔細看過我的講義就知道，她目前的狀況，就好像手機上的作業系統。現在手機不見了，你要怎麼單獨把作業系統拿出來？」

衛懷辯解道：「可是……可是……之前不是能讓靈魂附身在洋娃娃還是牌位之類的物品上，幫它打把傘，不就能帶出去？再不然……你講義裡不也寫到，破壞結界就能釋放靈體了？」

「你靈異電影看太多了啊。人類的靈體就必須用人類肉身當載體，沒辦法附著在其他地方。」宋映貞揪著他往主臥室走，一邊說：「而且目前薇芝還活著，要是我們直接破壞結界讓她進入輪迴系統，那她可就算是真的死了。」

三人走向主臥室門邊的牆面。吳P取下貼在上頭的螢光棒，後方出現一圈圈的水波紋。衛懷被安排在踏入通道第二順位。離開前，他不能自己地再向趙薇芝投去深深一瞥，那瞬間感覺心如刀割。他朝她發誓自己絕對會盡快回來，把她完好地帶回家的。

接著又是一陣天旋地轉。三人回到了現實界。

望穿秋水的訊息

趙薇芝緩緩恢復心識。下一瞬間，她感知到有人闖進自己的地盤了。四周遺留著陌生的氣息，黑霧氣流的流向被攪亂過，同時臥室裡的擺設也明顯被移動了。

她倏地起身，飛快地巡查自己的地盤。當她踏出臥室那刻，她看見了那個熟悉的物事：哈姆太郎！

她將這毛茸茸的老朋友一把拿起貼在胸前，臉頰也湊上去摩挲。久違的思念情緒驀地湧上心頭，她突然不再覺得孤單了，身體似乎變得暖和些，周身的黑氣頓時消解許多。她把臉埋進哈姆太郎的肚子，有滿腹的話想對它說，她將它慎重地捧回主臥室，將它放在自己最安心的那個角落。

等到老友重逢的激動消退後，她又回到之前她固定小漩渦的地方。有人把主臥室的遙控器、薰香瓶等物事都拿來這裡，參差不齊地擺出一個X字形。

她知道，這是吳P等人的傑作，他們已順利進入結界，並留下訊息讓她知道，他們正想辦法把自己帶出去。她也看得出來，這個X符號，應該就是希望她先行解開這個機關吧？

但他們怎麼可能知道，這個機關對她的意義有多大？畢竟她可是費盡千辛萬苦，好不容易才嘗試出固定小漩渦的辦法：

先從關於傷痛的回憶中，找出一個最具代表性的物品，然後將它擬像化成為實體後，就能夠將手上捧著的小漩渦，轉移到這物品上頭。彷彿它自帶一種吸滯的磁力，能夠讓小漩渦牢牢地固著其上。

接下來用一把錨定鎖，將這物品鎖定在地板上，然後再用另一把固定鎖，將小漩渦扣牢在該物品上，確保兩者都不會受外力影響，這樣新的節點就算完工了。等上一陣子，讓小漩渦的磁力線輸出穩定後，就能讓她移動的範圍再擴大了。

假如吳P能目睹這一切，一定很開心。因為從人類的角度，根本無法理解遺憾機關、節點與結界之間的關係，也不明白為什麼靈體老是想讓結界往外擴張。他這輩子恐怕無法體會，唯有傾全力擴大結界範圍後，她才能離開那令她極度不舒服的主臥室，到客廳裡躲一躲，換個場景能讓她感到些許自在。

還有，他們到底還要等多久才能來解救她？下週？下個月？一、兩年後？也許自己持續複製小漩渦的固定步驟，慢慢移動到門那邊，說不定成功機率還更高些？或者，她也想往客房那個方向延伸過去，在那裡打造一個自己的空間，更能舒服地在這裡待下去？

不，她決定不解開這個機關了。這可是她費了好大的力氣，綁上許多繩結才把雨傘跟小漩渦給固定好。打造出來的這塊移動範圍，為她帶來不少安全感。如果這麼輕易地將它拆了，難道自己要永遠困守在那個血腥狂暴的主臥室裡嗎？

他們為什麼還不把她救出去？他們不知道她很痛苦嗎？有沒有人去通知她媽媽呢？一想起逐漸失智的媽媽，她的思緒又混亂起來，情緒也跟著沸騰，找不到發洩出口。

就這樣，她看著那團如她心思一般雜亂的繩結，怔忡原地不知所措。

只是她身在此地，負面的想法總會逐漸佔據上風的。不知不覺間，趙薇芝身上的黑灰霧氣又慢慢聚攏在一起，綻放出黑色芒尖。

許久許久之後，她大聲尖叫著，想脫離這煩躁的心緒。

結界的自我修正

有位同學發信跟我討論一個有趣的想法。他認為對現實界的人類來說，結界或許還能做些低風險的應用，比方說傾倒垃圾、丟棄放射性廢棄物甚至毀屍滅跡等等。我想問問，這位同學你都沒考慮過靈體的感受嗎？

其實我們研究團隊也曾有過類似的想法，並設計了一個實驗：將常見的有機物、無機物、水生植物、供氧籠內小型生物放進結界進行觀察。我們發現，這些實物平均會在十八至二十四小時內被移出，也就是回到結界對應的現實界裡頭，但出現的位置並不相同。這些回來的物品多半已陳舊不堪，喪失原本的功能，動物已死亡多時，水生植物雖枯萎但之後仍勉強救回來。這些物體都不會在結界留下對應的殘餘物。

這樣的情形，我們將其稱為結界的自我修正機制。將不同次元的外來物品視為垃圾而加以排除。

可以想見，如果你把垃圾丟進一間公寓的結界裡，隔天你將會在公寓某處獲得更骯髒破爛的一包垃圾。如果你想用來拋棄核廢料還是屍體……這慘烈的景況就留待各位去想像吧。

黃大仙的實況報告

原本吳P以為衛懷在親睹趙薇芝的慘況後，會因為無比的失落、難過而提不起勁，或許還得讓宋映貞安慰他一下。誰知他一踏出結界，登時變得生龍活虎，在收拾裝備時幹得無比賣力，一邊還喃喃念叨著：「薇芝她不能等，不能讓她待在那種恐怖地方，我們動作一定要快、要快點把她救出來。」

「一定會的，我們會盡快救她出來的。」吳P拍了拍他的肩膀打氣：「我們今天會南下羅東，第一時間把X給抓回來。」

抓回來，然後呢？麻煩的是後面吧，畢竟那已經超出無憾團隊的研究範圍了。宋映貞跟天后憂慮地對望一眼，有口難開。

裝備收拾得差不多時，吳P的手機響起，畫面跳出一個卡通版黃鼠狼的聯絡人頭像：「喂，黃大仙，總算有新消息了？這次你有點慢啊。」

「別這麼說，老師，我有把握才敢跟你回報啊。你開一下視訊，有些畫面得給你看看。」對方回道。

吳P開了視訊，順帶介紹一下團隊的「新成員」：「這位是衛懷，暫時加入我們團隊，也一起聽聽。」

「好的，幸會了。」黃大仙仍是一副襯衫、西裝褲的上班族裝扮，雖然國字臉帶點剛正殺氣，但那副大木框圓眼鏡讓他的臉型柔和幾分，平添幾分書卷氣。他共享了他的手機畫面，是羅東鎮忠孝路那條巷子的監視器夜間錄影，但清晰度太差，只能隱約看到趙薇芝的身影貼近某一戶平房的外牆邊上。

「按照老師吩咐，我們開始調查X在這一帶的活動。根據街道監視器的畫面，我們已確認，X在凌晨三點三十二分，在十八號這間平房外觀望許久。三點五十五分，她直接翻過牆壁，入侵了這戶民宅，四點零三分再次翻牆離開。我們還在沿路調帶子，確認她的落腳處。」

「十八號這邊的資料呢？是不是跟X有什麼瓜葛？」吳P問。他知道依黃大仙的能力，若拖到現在才回報，肯定是把相關背景都摸清楚了。

「首先，目前的屋主姓鄭，五十五歲，一家五口住這兒。我們問過所有家人，四人都表示昨晚睡得很安穩，門窗也都沒有破壞入侵的跡象。只有念高一的小女兒說，她半夜睡不著滑手機看IG時，聽到前院有窸窣聲，她以為是野貓就沒在意。」

「我們看了下她按讚的時間，差不多是四點左右，所以就翻查了他家的前院，發現草地角落有一個廢棄的水錶箱。我們打開檢查後，裡頭只有一個老舊的白色空塑膠袋。我們收集裡頭的一些金屬碎屑跟黑色粉末送驗了，明天中午前會有消息。」

「你覺得那會是什麼？」吳P問。

黃大仙毫不遲疑道：「我猜應該是手槍，塑膠袋上都壓出槍把痕跡了。」

聽到這答案，人人心中都是一沉。原本X的身手已經夠難纏了，現在還多把槍？手無寸鐵的他們對付得了嗎？

吳P嘆了口氣，繼續問：「那個地址有什麼特殊的地方嗎？追溯到九〇年代，應該可以查到點什麼。」

「我們的人找里長介紹些老住戶，正在進行訪談，我看下午應該會有點眉目。老師你們可以先下來了。」

「嗯，我們準備一下就過去。另外我們可能要想辦法把X帶回三重這邊，盡量毫髮無傷……呃，當然我們的人也不能受傷。你有沒有什麼道具可以幫忙？」

黃大仙臉上露出會意笑容。「沒問題的，老師。你到了之後，我們的人會把鎮店三神器交給你。你們斟酌使用，要把一個小女生帶回台北應該不會太麻煩。」

吳P收線後，吩咐眾人把裝備搬上休旅車。離開社區前，吳P從後照鏡看到總幹事仍朝他們打躬作揖的，忽然想起什麼，停下車後朝他走去。

「哎，吳教授，怎麼啦？」總幹事迎上來問。

「四〇二室的屋主有來看過了嗎？」

「昨晚就跑來啦，急得很呢。」總幹事笑道：「就一個菜鳥投資客，學人買凶宅，結果第一次就給套牢。現在看到事情解決，急著想來裝修好幫他賺錢哩。」

前年郭志賢為了籌措訴訟費用，不得不把房子賣了。當時萊茵天廈的鬧鬼傳聞已不脛而走，但仍有鐵齒的炒房投資客聞風而來，打著跟某神明代言人合作的名義，揚言要炒遍全台凶宅，甚至還開班授課。不料其弟子的第一個投資標的就是這間四〇二室，可說是搞得灰頭土臉。

「其實我覺得這環境不錯，想搬過來呢。這樣吧，總幹事。要是屋主再過來，就說我有意願買房，租的也行，但我不愛甲醛味，不用費事搞裝修了。請他優先跟我聯絡。」

總幹事聽了眼睛一亮。「好、好，很好哇，吳教授居然看上我們這小地方，歡迎啊。有吳教授坐鎮這裡，以後我們都不必擔心會有什麼髒東西了。」

因為擔心屋主接管四〇二室後會變動室內格局，影響之後的結界進出，加上X這風波不曉得什麼時候才能解決，吳P不得不先使出緩兵之計。

跟總幹事再閒聊幾句後，吳P回到車上，往公司方向開去。

車行期間，衛懷發LINE在群組中詢問：「為什麼你們認為X之前可能生活在九〇年代？而且還剛好是台灣人？」

「是不是台灣人，這樣還不夠明顯哦？」天后邊嚼著檳榔，邊嗤笑著：「你看她對羅東不是挺熟的嘛，還會說國語、騎摩托車，當然是台灣鬼了。」

宋映貞也在一旁補充道：「X完全不會用手機，用字遣詞上都有二十多年前的味道，你想想現在女孩子哪可能喊『非禮』這種話，最重要的是，她的出現跟蘇慧旻結界有關，不排除是她的前世或相關的人，從她當時二十二歲的年紀推算，那也是九〇年代的事了。」

「我只想拜託大家，在抓她的時候千萬不要傷了她。萬一她的身體有什麼受損，等薇芝回到自己的身體，肯定也不好受啊。」衛懷打字道。

車內再次陷入一片沉默。現在對方手上可能有槍，要毫髮無傷地制服她，恐怕難度之高，不是他們這些學者、靈媒與脫口秀網紅所能搞定的。

「先別想這麼多了，船到橋頭自然直。」回到別仙樓後，吳P朝眾人吩咐道：「把裝備整頓一下，私人物品限一個背包，一小時後出發。」

看到其他人仍把大部分裝備留在車內，只拎著大小氣瓶上樓，衛懷訝異地問：「這些裝備也要帶著走？難不成去羅東也要進結界？」

吳P揚揚眉，不置可否道：「咱們的吃飯工具，放著有備無患吧。而且我猜羅東那邊肯定有驚喜的。」

機密的陳年刑案

別仙樓的員工們，似乎都對隔夜的外地出差習以為常了。天后直接從辦公桌下拉出一個鼓鼓的小背包，然後把洗手間內的牙刷跟毛巾塞進去，就算打包完成了。

宋映貞則是從小倉庫裡拎出紅、紫兩個背包，把其中的紅背包遞給衛懷：「這是薇芝的，你就用這個吧。」

衛懷打開一瞧，裡面塞了旅行用品包、換洗衣物、充電器材跟一些女性用品。是了，他想起之前薇芝跟他說要「跑現場」，手機卻老是打不通，原來她是跟著這些同事們去外地進行「無憾行動」了？

「把保養品跟衣服拿出來，換上這些。」宋映貞再遞兩件大號的T恤跟拋棄式刮鬍刀說。

衛懷展開那白色T恤，前胸寫著「今後一別」四個行書大字，前三字用藍色字體，「別」字則放大並採紅色字體；後背以同樣規格寫著「仙蹤杳然」，「仙」字也被格外強調，同時在下方加註了別仙樓的網址。

能把抓鬼除靈這事寫得這麼文謅謅的，也堪稱一絕哩。此外，這T恤風格一看就像是為大學社團活動所設計的，大概也是出自吳P的手筆吧？他下意識地看向一邊忙著充氣瓶、一邊忙著跟學校請假並找人代課的那位中年男子。

他需要找機會跟這老傢伙喝個酒，好好地深談一下。他想起半小時前發生的事：

當眾人坐上休旅車，正要離開萊茵天廈時，吳P臨時停車向總幹事提出租屋意願，而此時宋映貞突然對他說：「衛懷，你也希望能盡快把薇芝平安地救出來吧？」

「當然。」他飛快地打字回應。

「進入結界釋放靈體是他的研究專長，但怎麼讓靈體回到人體這事，我們從沒操作過。」

衛懷差點沒跳起來。「那怎麼辦？時間很緊急啊？」

宋映貞朝車外看了眼，說道：「你對吳P提出請求，就說薇芝家裡信道教的，希望能有傳統信仰的高人來幫忙。」

「妳們怎麼不自己去跟他說呢？我沒信教，也不認識什麼高人啊？」

「我們的身分不適合跟他說。但你在整件事裡面是受害者，他會重視你的意見。」眼看吳P跟總幹事已談得差不多，宋映貞急切道：「高人他認識很多，這點你不用操心，你就提出要找本土信仰幫忙就行了。」

「什麼時機跟他說比較好？」衛懷無奈問道。

天后從旁插嘴：「讓他喝點酒啦。喝酒放鬆，教授就比較好說話，但不要喝茫了啊。」

此時，吳P坐回駕駛座，宋映貞改聊起前往羅東的交通問題，沒讓他看出異狀，倒是看向衛懷的目光變得凝重些。

有了她的提點，衛懷這才醒覺，除了薇芝以外，自己與薇芝的家人都是受害者呀！到底為什麼好好的一個女孩，會被其他靈體奪去身體，然後被孤單地遺棄在那恐怖的結界裡？這一切不都是跟著這些傢伙亂闖禁地所導致的嘛！難怪裝作這麼熱心地幫忙善後呢。

一股怒火在衛懷心中燃起，他估量著這筆帳到底該怎麼算。但面對這些神神鬼鬼的破事，他幾乎完全沒輒也毫無資源，更沒有黃大仙這般神通廣大的情報管道，也只能求助眼前這些人。而他們確實努力地想把事情導回正軌，眼下顯然不是撕破臉的好時機。

話說回來，宋映貞也是冒著跟吳Ｐ決裂的風險在指點自己的。他想起之前看過的鬼片、小說甚或網友分享的親身經驗，當親朋好友被鬼附身時，通常不是去廟裡求神拜佛、找乩童或神婆畫符念咒、談判一番，惡靈離開後人也恢復正常了嗎？既然吳Ｐ早有這種管道，為什麼不肯向他們求助好讓事情早點落幕？反而捨近求遠地帶著自己瞎忙？確實有必要盡快找他談談。

總之，先找到並控制住Ｘ是當務之急。畢竟祂現在可是以趙薇芝的形象在外頭亂跑，不能讓祂再幹出敗壞名聲甚至不可挽回的事情，不然就算千辛萬苦地幫薇芝取回身體，說不定還得送她去吃牢飯。

眾人收拾得差不多後，把裝備器材都搬上車，這回由宋映貞開車，吳Ｐ則在助手座上閉目養神。衛懷拿出趙薇芝的手機，試圖破解開機密碼，他想從她過往的照片比對遺憾機關的物事。

當別仙樓的休旅車剛開進雪山隧道，黃大仙的電話就來了。

「黃大仙，車子剛進隧道訊號不好，先別視訊了，只開擴音。這邊的人你都認識的。」

「好的，教授。」黃大仙條理清晰、口條沉穩地說：「首先報告Ｘ的去向。我們只追蹤到祂在社區公園的長椅上休息到早上八點多，然後搭計程車到運動公園附近。但那邊監視器覆蓋得不夠全面，之後就失去蹤跡了。為了避免打草驚蛇，我們的人就蹲守幾個路口，先不進行地毯式搜索。」

「好。那十八號的前任屋主有查出什麼嗎？」

「依照老師的交代，我們打聽到九〇年代有一組對象挺符合的。十八號的前前任屋主叫錢仕達，從父母手中繼承這棟房子。錢仕達是幫派分子，背有傷害、賭博跟妨害風化等案件。跟老婆關係不好，加上跟她娘家那邊有債務糾紛，所以九〇年後，他是跟女兒錢秀月兩人住在這裡。」

「難怪了……」衛懷突然喃喃自語著。有著俐落身手、犯罪傾向，當個阻街女郎都毫不猶豫……分明就是這個錢仕達上了趙薇芝的身呀！

「嗯……這個錢仕達大概是什麼時候死亡的？」吳P問。

「一九九三年八月十七日晚上九點整。」

宋映貞訝異地問：「黃大仙啊黃大仙，沒想到你真的這麼神通廣大，連二十幾年前作古的人，死亡時間都能查得這麼精確。」

黃大仙苦笑：「師母別挖苦我了。因為錢仕達是被判死刑呀，他的死亡時間在各家報紙上都有寫呢。」

「死刑？是哪個案件？」聽到這關鍵字，吳P頓時來了興趣。畢竟牽涉到這種重大刑案，通常就能看出明顯的因果關係，也更能預測X的下一步動作。

「是用破酒瓶刺殺古仁國的案件。當時錢仕達跟古仁國都在一個叫破貓的角頭老大底下做事，據說是古仁國跟老大的女人有些不清不楚的關係，所以叫錢仕達去教訓他，可能是下手過重意外致死吧。」

黃大仙繼續說：「不過這案件有不少疑點。錢仕達一路喊冤，說人不是他殺的，他到現場時就看到古仁國倒臥在血泊中，根本沒看到什麼酒瓶。但現場證據太過充分，結果三審法官都判他死刑，最後還是給槍決了。」

車內眾人聞言後精神一振，看來這應該就是X執著現實界的原因了。「好吧，你調到當年的調查資料了吧？我們來研究一下。」吳P說。

「不，我沒調到。準確來說，應該是調不到了。」黃大仙遲疑一下，說：「不知道為什麼，這案件的卷宗被列為機密，調閱權限是中央級的，一般警察根本看不到。」

吳P納悶道：「這有什麼好機密的？不就兩個幫派分子殺來殺去？」

「所以我覺得裡面的水很深，應該還有些外人不知道的祕密。」黃大仙苦笑道：「什麼現場蒐證照片還是死亡報告的，這次都沒辦法了。不過我讓秘書盡量在蒐集各大報的資料庫，至少讓老師了解一下事件來龍去脈，看看有沒有幫助。等這些剪報整理差不多後，我們再發到雲端。」

「好的，這些都特急件處理，你知道吧。」吳P囑咐道。

宋映貞在一旁搶著說：「那個錢仕達的老婆叫什麼名字？有娘家地址嗎？能不能一併查查。」

「這得去跟老鄰居打聽看看了，我會處理。」黃大仙回道。由於他人也南下羅東坐鎮，因此跟吳P約定下榻地點後便收了線。

「對了，你剛剛說難怪什麼來著？」宋映貞轉向衛懷好奇地問道。

「沒，沒什麼。」衛懷搖了搖頭，顧左右而言他。他之前只對他們交代自己是在萬華一帶找到趙薇芝，可沒仔細交代她到底在那兒幹嘛。

「他一定是想說『難怪』餓了，要吃晚餐啦！」天后借他的話頭提出自己的需求。

此時休旅車已開進宜蘭市，迎面而來的是整排的熱炒餐廳，衛懷這時才感覺到自己已饑腸轆轆了。

哈姆太郎的祕密

在一片幽黑中覺醒過來，趙薇芝從主臥室角落緩緩起身，往客廳方向走，手裡仍緊緊抓住哈姆太郎。這是她在這奇異世界裡的唯一伙伴了，她片刻也不肯鬆手。

儘管在此地待了這麼久，她對主臥室裡的那張床，不再如先前般感到恐懼、排斥，但仍然不喜歡一睜眼就得看到它的感覺。如果不是那週期性的環境變化與疲憊感，逼得她不得不躲進角落，她壓根兒不想再回到主臥室裡。

走到客廳外靠牆的位置，她緩緩坐下。從這個角度向結界外圍看去，能夠隱約看到一些大型家具的輪廓。有時黑霧再密集些，就能看到最外邊的公寓大門了。

但就算她能夠抵達那扇大門，打開後會不會像一開始的主臥室門一樣，無論怎麼走都會回到原地？又或者能把另一個小漩渦帶出門外，她就有機會離開這個地方？

無論如何，結界外的陌生領域總格外吸引她，她想盡可能地擴大自己的活動範圍，或許事情就會有轉機。為了達到這個目標，她需要更強大的力量才行。

被困在這個地方，她有很多時間去回憶過往的事情。但仔細想想，在她二十五歲的短暫人生裡，開心、快樂的時光屈指可數，但痛苦、難受、不愉快的往事卻俯拾皆是。

再次深深思量。或許生而為人，真的是一種錯誤吧？

正當她沉浸在紛雜回憶中難以自拔的同時，她來回輕撫著哈姆太郎腹部的右指尖，隱約感到有點刮手的硬物。這熟悉的感覺，頓時讓相關的回憶湧上心頭。

她將哈姆太郎拿近眼前仔細端詳，從它的下腹到後腰處，有條拉鍊。她拉開拉鍊，裡頭是棉花、泡棉之類的填充物……不，她隱約記得，應該還有著什麼，因為是自己親手放進去的。她在那些因為火炙而部分焦黑、沾黏的填充物裡，用食指仔細掏弄了一陣後，指尖真的碰上了一個圓弧外形的硬物。她用雙指費了點勁將它夾出來，放在掌心仔細一看。

那是一枚木製戒指。一枚褐底黑紋、通體漆亮的木質戒指。雖然看似平淡無奇，是夜市常見「一九九元免費刻字」的款式。但將它放在掌心，她感覺自己的心似乎也被什麼刺了一下。

是了，她想起來了。這戒指跟哈姆太郎都是同一天買的，她跟男友買了對戒，然後在內側刻字。當時男友還允諾，兩人若是一同戴到訂婚那天都沒弄丟，那他就用它來當婚戒。

當時她聞言後還假裝生氣，說結婚這種大事，肯定是要戴個大鑽戒才像樣，所以在那之前她得故意把這木戒指弄丟才行。雖然是這麼開玩笑，但她其實將它視若珍寶，平時也許忘了化妝、忘了耳環、忘了手機，但總不會忘記將這木戒戴在左手中指上。她也期待未來的某一天會將它改戴在無名指上。

記得那天是為了進入結界，行前準備有一個步驟是要除下全身的飾品。雖然這戒指不是金屬製品，但為了避免意外弄丟，她寧可費事地將它取下，珍而重之地塞進哈姆太郎吊飾裡。

她凝望著木戒指內圈的四個字，深情地來回撫摸著：「不離不棄」！她的臉上露出了久違的笑容。

在外面是不是有一個叫衛懷的男子，他不顧生死，正四處奔走，試圖要把自己救離此地，對天發誓絕對不會放棄自己呢？

不！下一秒，她驚惶地在心中否決這個美好想法。她不應該抱有這種天真期望的，甚至有一點這樣的念頭都是罪大惡極。過多的憧憬只會換來等量的失落，她唯一的依靠只能是自己。

只是，心中流淌過的那帶點濃情蜜意的暖流，不斷衝擊著她的心緒，兩股極端矛盾的能量在她體內蓄勢交鋒，她感覺自己快爆炸了。

她放聲尖叫著。只有長嘯才能夠抒發心中的這股悶氣。

吳P的靈學講義（十二）

結界裡的防身之道

今天我們再來研究同學提出的問題。比方這位的留言很有趣：「吳老師，您說結界是靈體的地盤，有人擅入祂肯定知道，萬一被祂抓到會有什麼下場？在沒有預置陽道的情況下仍得進入結界，有什麼防身之道嗎？」

我第一次踏入結界，就是在毫無準備的狀況下，當然一進去就被靈體發現、然後氧氣不足昏迷，被其他人用救生索拉出來急救，這你們都知道了。當然我也常會想，為什麼當時靈體沒對我下手呢？要我說的話，在祂的地盤被祂堵上了，基本上非死即傷。

所以如果沒有萬全的準備，並按照嚴格的ＳＯＰ來執行，我絕對不允許進入結界。但要是有什麼十分緊急的狀況非得這麼做，我認為有三點可以試試：

一、在正午時分進入。現實界陽氣旺盛之時，也是結界陰氣極衰之時，可以大幅減弱靈體的活動力。

二、製造躲避點。若時間上不允許預置陽道，那麼或許在現實界中用多盞高功率紫外線燈同時照射，有可能在結界裡製造出靈體不想接近的區域。當然這只是推論，尚未證實。

三、隨身防護：我們不能把整組紫外線燈帶進結界，但現實界已經研發出許多能有效吸收紫外線的材質，如塗料、吸收劑甚至衣料纖維等等。我們認為應該也能起到些許防護作用，但這同樣是推論，尚未證實。

宜室宜家的綁架神器

當吳P一行人開車抵達民宿，與黃大仙碰上面，已經是晚上九點左右了。

「老師，情報更新！」吳P一停好車，黃大仙就快步前來通報：「我們的人找到一個錢秀月的鄰居，跟她也是小學同學。她記得小五遠足去運動公園時，錢秀月還帶她去了一趟附近的外婆家。」

吳P聞言一驚：「所以X早上搭計程車去運動公園附近……」

「沒錯，我們的人也立刻確認地址，在北成路二段上，七點多時趕過去查探。不過X已經不在那邊了，而且可能也不會回去了。」黃大仙說道。

他表示，錢仕達的老婆大概七十歲左右，但臥病在床也有老人痴呆症，調查員沒辦法跟她說上話。而根據照顧她的印尼籍看護的說法，早上十一點時有個從沒見過的年輕妹妹突然來拜訪，她對婆婆念叨了很久、哭得很厲害，接著一湯匙一湯匙地餵她吃完午餐，大概下午二點多留下一疊新台幣就走了，很依依不捨的模樣。調查員用手機秀出趙薇芝的照片，看護也確認了。

「X跟婆婆大概說了什麼，有問看護了嗎？」宋映貞問。

「問過了，但看護說她們都講台語，聽不懂。」

「她留下多少錢？」吳P問。

「三萬元整。」

聽到這數字，吳P不禁暗暗鬆了口氣。

X先前身上的現金約有五萬多元，扣掉這筆三萬元與其他長程交通、住宿費用，大概還剩下一萬多元左右。這表示祂的報恩行程已走完，接下來是報仇行程。而祂不認為能在短時間內找到仇家下落，因此還特意留筆生活費在身邊。

不過這萬把元估計也撐不了幾天，他們的動作還是得再加快才行。

「我們的人還在持續搜索X的下落，一有狀況就回報，老師不必擔心。另外秘書已經把古仁國的相關剪報整理好，放上雲端了。等老師研究後我們再決定調查方向。」

「好，好。」吳P連連點頭。他之所以跟黃大仙的新創公司簽長約，除了想藉助他在警界的人脈、順帶鼓勵自己的學生之外，其實看重的還有黃大仙的辦事能力，歷來的優異表現使他成為自己不可或缺的得力助手。

黃大仙打開後車廂，幫忙把背包拎下來。「老師，已經幫你們在二樓訂了三間房。」

「浪費錢，兩間房就好了。我跟衛小弟睡一間啦。」天后故做親熱地搭上衛懷的肩膀，把他給羞得滿臉通紅。「我⋯我⋯不好啦⋯⋯」

吳P笑罵道：「妳行行好，別鬧他了。大家洗個澡休息一下，十點到我房間開會。」

黃大仙跟著吳P進門放下背包，然後跑回自己的房間，拿來一個金屬手提箱。「因為知道老師頭一遭要幹綁架擄人的勾當，所以我特地帶來鎮店三神器，希望老師馬到成功。」

宋映貞沒好氣地白了他一眼，開了手提箱一瞧，裡頭擺放了擄人三神器：兩枚三連發閃光彈、三支手槍型守護天使胡椒彈跟一支拋射式電擊槍。另外黃大仙還附贈一個野戰醫療包，裡頭放了束帶、頭罩、三支「咪唑安定」跟兩支「阿托平」針筒。

「你這些武器也太齊全啦，當我們是去打仗的呀。」宋映貞訝異地問。

黃大仙笑道：「那個X不是武藝高強還有把槍嘛，多點準備總是好事。」

吳P問：「對啦，說到這件事，你們的人能幫忙嗎？還是我乾脆也外包給你，算是個跑腿業務了。」

黃大仙猛搖手：「這腿我可真不敢跑。拜託喔，老師。我這邊的人要是留案底很麻煩。當街擄人的事我們要真幹了，絕對是要進去關的。小本生意，請多包涵。」

吳P苦笑：「你看看，我這邊一個教書的、一個大嬸、一個小姐跟一個傷兵，幹架時還得顧慮東顧慮西的，別說要綁個帶槍的高手了，我看綁個老太婆都不容易。」

「相信老師絕對是為了正義公理才出手的嘛，理直氣壯外加三神器伺候，絕對可以手到擒來。跟老師介紹一下，主要殺器是這支拋射式電擊槍，槍口這兩支探針的射程有五公尺，插到對方身上會直接電到趴地。另外兩款主要是牽制用的，運用得當，什麼世界拳王還是MMA冠軍都要跪地求饒。」

黃大仙說得口沫橫飛，擺明要跟這件事劃清界線，吳P眼下也沒其他選擇，只好「笑納」這手提箱。

看到吳P收下後，黃大仙的表情放鬆下來，說道：「我們的人現在二十四小時輪班找線索，一有消息會立刻通知老師的。只是這X感覺也挺小心的，想抓到她還不太容易呢。」

「她的確挺有心計的，不過很執著在報仇這件事上。所以我們要是能釐清當年錢家的恩怨關係，接下來掌握她的行蹤應該不難。」吳P沉聲說道。

黃大仙再跟兩人商議了行動細節後，便道晚安離開。隔不到五分鐘，敲門聲響起，宋映貞過去開門，衛懷跟天后兩人等在門口。衛懷手上拎了兩瓶威士忌，天后手上則拿著一包滷味跟一手生啤酒。三人心領神會地眨了眨眼。

看來今晚會很精彩。

掏心掏肺說往事 I

雖說難得來趟羅東，民宿外的夜景頗為優美，夜市更是在步行可達的範圍，隱約能感受到遠處沸騰人聲與食物香氣。只是此時衛懷的心情沉重無比，完全沒有出門逛逛的興致。

打從踏出結界以來，他滿腦不時出現趙薇芝蜷縮在牆角的畫面。一想到她被孤單地留在那個恐怖地方，他就覺得心在淌血，痛恨自己的無能為力。也正因此他願意付出所有代價，向任何可能救出薇芝的人或團體請託，即使讓他下跪磕頭、傾家蕩產都沒問題。

為了今晚跟吳P來場「破格的請求」，衛懷拿錢拜託天后去附近幫忙採購些酒菜。進房後，他簡單地擦了澡、換件新T恤，接著坐在梳妝台前，把嘴邊會牽動肌肉的幾道縫線給剪開，總算勉強能正常說話了。但若太過激烈，傷口還是會迸開流血。

他當然完全沒有跟老學究辯論的興致，但為了救出薇芝，他不得不盡力為之。當宋映貞向他提出這奇怪請求時，其實他當下很能理解。就像之前行銷公司裡有個滿挺他的企畫，因為家裡是做保健食品的，希望他能幫忙置入性行銷一下，於是兩人瞞著主管偷偷做了一檔節目。

說到底，不管是在家在社會在哪個星球，只要存在上下級的關係，那麼有些話總得要外人去開口，上面的那個人才願意側耳聆聽。這回，為了讓對方願意把話聽進去，他還必須先灌上一輪酒才行！

考慮到吳P要開會討論正經事，恐怕不會允許大家喝酒，於是衛懷讓天后又特地弄了些滷味，當作會議中的下酒藉口。

十點一到，衛懷跟天后兩人敲了吳P的房門，對前來開門的宋映貞使了眼色。兩人進門後，就把酒菜大喇喇地擱在書桌上，還故意把滷味袋口打開，弄得房間香味四溢。

天后呵呵笑著：「哎，教授啊，今天好累啦，大家都辛苦啦，這麼晚還加班，是不是邊講話邊墊墊腸胃呢？」

衛懷拿過飲水機上的玻璃杯就要倒酒，卻被吳P先攔住了：「等等，酒喝得暈茫茫的怎麼談正事？等會議開完再來吃喝吧。」

天后繼續發揮纏功：「哎唷，教授你這樣不行啦。滷味不趁熱吃，它們也難受的。」

衛懷見機也相勸道：「還是都先來一杯潤潤喉？我也想來敬個酒，謝謝大家的幫忙。」

眾人訝異地看著他。畢竟打從昨晚的初次見面以來，衛懷都是靠著 LINE 打字交流，現在是他首度字正腔圓地說出一段完整的話。

吳P也注意到他是特意把嘴邊縫線剪開，忍著痛發聲的，於是笑道：「好，好，衛先生看來你的誠意很夠啊，但還是不要太勉強。不過我們要是現在不討論個方向，明天黃大仙沒法布置人手，X又會跑得更遠了。」

正事要緊，追蹤X是分秒必爭的事。既然吳P講到這份上，衛懷跟天后也不敢再堅持下去，他們把酒菜先拿到外頭陽台擱著，開始專心開會。

這次的會議主題只有一個：古仁國到底是被誰殺害的？

目前大家傾向X就是錢仕達。既然他這麼執著隔世附身也要報仇，那當年這樁殺人案或許藏有隱情，真兇可能是殺人嫁禍的。那麼只要找出當年害錢仕達冤死的真兇，應該就能預測X的下一步動向了。

「他有沒有可能也覺得，那些戴帽子的、檢察官、法官都很討厭，會去找他們麻煩？」天后問道。

「也有可能。可是事情都隔了快三十年了，這些公務人員應該都會有所調動，而X第一站就跑來當年案發地，我還是覺得他想找真兇麻煩的機率比較大。」吳P說道。

接著，他把黃大仙整理好的網路報導，透過房間內的大尺吋電視機顯示出來。基本上各家的報導跟黃大仙口頭報告的無甚差別，就是同一角頭下的兩個小弟因為酒後衝突導致的命案。但最大的問題是……

「這些材料太過陽春了吧，光看這些報導是要怎麼找出真兇啊，連個第三人的名字都沒有，就算嫌疑犯也得要列幾個候選人出來啊。」看完幾家大同小異的報導後，宋映貞苦笑道。

「是因為這個案件被列為機密，所以相關卷宗證物不能隨便調閱，然後新聞報導也很克制吧。」老是比對各家新聞挖笑梗的衛懷，很快就看出問題所在。

吳P朝他點點頭。「不錯嘛，開始認真囉。」

天后裝作懊惱地說：「噢，連個嫌疑犯都沒有，這樣柯南也掰不下去啊，想說開會可以看到很厲害的推理說。」她轉向衛懷補充說明：「大家推理不出來也沒關係，我靈感很準的，說誰幹的就是誰幹的。」

吳P莞爾一笑。「既然要找出真兇，沒有第一手材料是沒法做到的。但這個明明很單純的案件，卻被列為公家機密，連黃大仙都拿不到，我覺得內情應該不簡單。」

衛懷不肯放棄，他拿過滑鼠，前後仔細翻找各篇報導內容，但絲毫沒看到任何有助破案的線索。他有些喪氣地說：「還是我們去走訪當年經手這案子的警察、檢察官甚至是他們的老大，跟他們面對面談談，說不定哪個人說漏嘴了……」

天后哈哈笑道：「都二十幾年了，他們這些人要是還在喘氣就不容易了，還想要他們說漏嘴，漏氣還比較快啦。」

而且這節骨眼上，「時間」是重要關鍵，哪有可能讓他們搞田調，慢慢查訪各關係人來釐清懸案呢？一想及此，會議陷入一片沉默。眾人士氣低迷地各自擺弄手上無意義的零碎活兒，不知該怎麼討論下去。

「我想到一個可能性，說不定可以找出當年真相……。」眼看時機差不多了，吳P環視眾人一圈後，出聲道：「我讓黃大仙去證實過了，這或許是我們能夠拿到當年第一手材料的唯一方法了。」

「哦，不要……該不會是……」宋映貞心頭浮現不祥預感，她輕搖著頭喃喃呻吟著。

吳P傾身湊近眾人，緩緩說道：「當年的命案現場，至今還因為鬧鬼而空著。」

衛懷還沒反應過來，身邊兩女倒是驚呼起來：「不會吧！」、「這太危險了」、「你怎麼都不先跟我商量？」、「預置陽道沒時間做吧」……宋映貞更是站起身拉著他的手臂大表反對。衛懷這時才意會過來，原來吳P的意思居然是，想進入二十多年前命案現場的結界找線索！

他今天才見識過結界而大感震撼、也看過無憾小隊的各種手段，同時還想起了吳P的講義中，記載了他第一次毫無防備進入結界的情形。為了盡快抓獲X，他打算豁出去玩命，這等決心登時讓他瞠目結舌。

「這些資料我早看過，參考價值不高。開這會的目的，主要也是想跟大家宣布這事。」吳P不顧眾人反對，只淡淡地表示：「反正呢，我讓黃大仙去找屋主交涉了，至少明天我們先去看看情況再說。」

接著他灑脫地走向陽台，把酒菜拿進房內，笑道：「明天的事明天再說吧。不是要先喝一杯，來啊。」他拿過桌上的玻璃杯，斟上了四杯啤酒，分發給眾人。

宋映貞憂心忡忡地接過酒杯，欲言又止，似乎打算留待兩人獨處時再說；而一向樂觀的天后也是蹙緊眉頭，連個應景笑容也擠不出來。

原本是衛懷起鬨要喝酒的，但現在氣氛不變，反倒讓他喝不太下去了。

掏心掏肺說往事II

其實當吳P走到陽台那一刻，宋映貞就壓低聲音，飛快朝衛懷說：「快跟他說要找人幫忙，至少明天別讓他進去，用傳統手段也能問案啊。」

雖然講得沒頭沒尾的，但衛懷卻聽得明白。宋映貞的意思是，就算透過降靈、擲筊之類的手法，不也能同樣向禁錮當地的靈體索要答案，何必在毫無準備的情況下，冒險進入結界呢？

在她的焦灼目光下，衛懷拿過吳P手上的酒，恭敬地朝眾人舉杯說：「感謝大家的幫忙，我先來敬大家一杯。」

吳P跟天后爽快地一乾為敬，宋映貞僅略沾了沾唇。接著衛懷再以代替趙薇芝、首次進結界與跨時代研究等名義，連敬吳P三杯。不過眼看對方居然毫無醉意，天后也在後頭作勢要多灌他些，於是只好暫停發難，先埋頭吃喝一番再說。

酒跟小菜確實是人際關係的最佳潤滑劑。吃吃喝喝間，眾人間的氣氛變得融洽許多。吳P分享了幾則工作上的趣事，天后哼著家鄉小調，衛懷也接受大家的「拷問」，全盤托出自己的學經歷、背景等細節。

眼看小菜吃得差不多了，衛懷瞟向宋映貞詢問時機，後者使了個眼色，於是衛懷開了威士忌幫吳P斟上，再次舉杯對他說：

「教授，再敬你一杯，有事情要拜託你。」

吳P微笑道：「薇芝的事就不必多說，我們跟你一條心，竭盡所能、全力以赴，應該的。」

兩人仰脖乾杯後，衛懷躊躇片刻，說：「是薇芝的事沒錯。只是我想跟教授拜託一下，我跟她家裡都是拜拜的，能不能讓傳統民間信仰的人來參與，讓更多人一起來救薇芝？」

吳P聞言一愣。他看了看衛懷，似乎想起了什麼，又轉頭看了看宋映貞跟天后，但這兩人都很有默契地低頭不語。吳P沒搭話，自顧挾了滷味吃著。現場陷入難堪的沉默。

衛懷繼續遊說：「教授，我沒有任何不信任你的意思，也不知你跟那些傳統信仰有什麼深仇大恨的。只是薇芝這次是被靈體附身的，並不在你的研究範疇之內。所以我建議找其他專家來一起幫忙，純粹為了提高薇芝的復原機率，就這樣而已。你不要生氣。」

講完這番話，他覺得有些累了，嘴角感到些許鹹濕味兒。他拿起餐巾紙輕壓著嘴邊，果然又流血了。

房間內又沉默了大半晌，眾人偷眼看著吳P的臉色，原本以為他緊繃著表情準備發作，誰知他突然呵呵笑了起來。其他人詫異地看著他，他揮手笑道：「沒什麼，想起我爸的事情而已，現在想起來都覺得好好笑。」

沒料到突然來個岔題。衛懷原以為對方打算顧左右而言他，但天后在桌下暗暗碰一下他的大腿，示意他先別急。宋映貞也正一臉好奇地看著吳P。

「我升國二那陣子，老爸的鐵板燒創業失敗了，欠了銀行一大筆錢。為了節省生活開銷，我們舉家搬離台北新店的租屋處，想回到台中暫住老媽的娘家。那時新店這邊的房東是個年輕的炒房投資客，他一直催我們在時限前把東西清空，好銜接後面的租客。」

吳P像是在講述一位老朋友的往事般，口氣淡定從容，可是眼中隱約有淚光閃動。眾人默默看著他，不敢出聲打擾。宋映貞更是一副屏氣凝神的模樣，似乎也是頭一遭聽聞這個故事。

「那時因為娘家舊房子要收拾、老爸餐廳也要收尾，所以搬家搬得很倉促。房東要求我們把公寓依原狀還給他，也就是一件家具、家電都不留的狀態。當時我們把東西搬的送的丟的差不多了，只剩下臥室的一台分離式冷氣機，想說就送給房東，不然頂多給他扣個一兩千拆除費也就算了。」

「誰知到了公寓點交那天，房東不知為什麼，堅持要我們把冷氣機拆掉，才肯把二萬五的押金還給我們。當時這筆押金對我們來說很重要，差不多是兩個月的菜錢了。偏偏那時是夏天，能聯絡到的冷氣師傅至少要一週後才有空來施工。已經買了下午火車票急著回台中的老爸，決定自己上陣，把冷氣機拆下來丟棄完事。」

講到這兒，吳P再喝了杯威士忌，緩了緩後繼續說：「他大概是看冷氣的室外機就幾顆固定螺母，跨到窗外把它們轉開、主機扛回室內就行了。但問題是我們住十四樓，離地面五十公尺的高空啊！當時他急著把押金拿回來，顧不了這麼多了。自己拿著扳手、腰間隨便綁條安全繩就跨到窗外，站在二十公分不到的雨遮上，開始轉起螺母，他生平第一次做這種人家要領危險加給的事……對，然後他就摔下去了。警察跟我媽說，他拆到第三顆的時候摔下去的。」

吳P長嘆一聲，眼淚潸潸流了下來，情緒也變得激動起來：「……啊，每次我想到這裡，我都覺得很生氣。老爸你怎麼可以這麼笨，為什麼可以笨成這樣呢？你為什麼非得自己去拆不可？你就把火車票退了再等一個禮拜啊，還是你去跟下一個房客談談啊，都可以解決的吧。你卻選擇自己亂搞，把我媽的老公搞沒有了，把我的爸爸搞沒有了，一個好好的家庭搞沒有了，這樣對嗎？然後這個房東也笨得該死，就執著在一台破冷氣，搞到把一個人逼死了變成凶宅，他那間公寓都租不出去了，損失不知道大上幾百倍不是嗎？」

「……不要說啦。這些傷心事就讓它過去，不要說了。」宋映貞哽咽地勸慰著，一旁的天后也是眼眶發紅。衛懷不理解為什麼吳P選在這時提起這件似乎不相干的往事，但在酒精的催化下，他的心情也是無比沉重。

吳P搖了搖頭說：「不行，我要說下去，故事才正要開始。這是無憾小隊之所以存在的初衷。」接著他轉向衛懷：「這也剛好回答你的問題，為什麼那些本土信仰的傢伙幾乎都不可信任，不是騙子就是沒良知，我就是很排斥跟他們打交道。」

眾人沉默下來，聽著吳P繼續說：「公寓發生這種事，原本想接手的房客當然就不肯租了。那個無良房東等風頭過了兩個月，打點好管委會跟鄰居，把公寓簡單裝潢後租了出去。」

「但他沒料到的是，新房客住不到一週就急著解約搬走了。他說晚上常有個男人在窗外惡狠狠地盯著他，房內的東西也常被亂動亂翻一氣。對，他形容的那個惡鬼樣子，就是我老爸的模樣。房東試著找高僧道士來處理，花了很多錢可是都沒效果。最後連房東自己都不敢進屋內了。」

「我記得房東還委託朋友跑來說服我媽。說什麼人都火化了，但靈魂還是無法安息，希望我們配合上一趟台北去招個魂。我媽一直哭說這是二次傷害，但台灣人嘛，畢竟還是很相信這種事，最後還是去了。那個法師說看到我爸一直流連在窗邊，怨氣很重。在那邊念咒搖鈴了大半天，還跟我們收了兩萬，但事情還是沒有處理好，反而鬧得更凶！」

掏心掏肺說往事Ⅲ

吳P自己斟了點威士忌，一飲而盡，緩和一下紊亂的氣息。有些細節他不想多交代，比方母子倆當晚跟房東商量後，便在公寓裡過了一夜，期盼能再看看丈夫、父親一面，如果他心中有什麼放不下的就交代一下。但當晚反而格外平靜，母子倆並未如願。

「可能是你爸真的走了，不然就是不想嚇我們。」母親這般說著。

如果不是經濟條件不允許，當時的他很想懇求母親再搬回這間公寓。某種意義上，一家人也算是團聚在一起了。回頭想想，也許當時自己應該堅持的，或許就不會再發生之後的憾事。

法事過後，房東再出租了兩次公寓，結果兩任房客各自在第三天、第二天就連滾帶爬地逃離，連家當都來不及收拾。一週後，公寓隔壁的鄰居也搬走了。然後……

「因為房東玩的是高槓桿炒房，他很需要這間公寓的收入。半個月後，他在屏東尋訪到一個名叫『玄璣子』的修煉者，很年輕，才二十一歲，但據說得到茅山法術真傳，號稱沒有降不了的魔、沒有驅不了的鬼，於是房東高價把他請回台北。」

「然後呢？他成功了？」已被這故事深深吸引的衛懷問道。

吳P的臉上浮現複雜神色。「玄璣子一開始是用談判的方式來進行，但老爸不願談也不肯離開。之後他軟硬兼施用上各種手段，但都沒有成功。整個過程從中午一直到傍晚，後來玄璣子被老爸激怒了，面子掛不住，祭出道法界裡的那個禁忌法術，五雷符。」

天后好奇地問：「哎唷，那種電視、電影裡面爛大街的符咒，真的會有用？」

吳P幽幽說道：「坊間絕大多數是騙人的，不過玄璣子這個可是貨真價實的。因為他歷練不足，第一次在室內用上這道符咒，也沒讓房東先把總電源開關關掉，結果五雷符一出，屋內家電、開關、電線全爆出火花，吃電的物品全都壞了，還驚動了消防隊。從那之後，這公寓再沒有鬧鬼的傳聞了。」

「所以伯父就……離開了？進去你所謂的輪迴系統？」衛懷追問。

「是離開了。真正意義上來講，應該是從此灰飛煙滅，永遠離開這個世界了。」吳P帶著痛苦的表情說。「也許我離開世界那天，他會當我的指導靈；也許我們來生可以相遇，重新擁有親人關係；也許我們會在另一個世界擦肩而過……我們對來世會有很多想像，可是玄璣子出手後，這樣的可能性都不存在了。」

當時正準備高中聯考的他，無法也無力去深思「魂飛魄散」的真正意義，只當父親是安然離去，沒再給其他人添麻煩了，畢竟他只能從母親那邊聽聞些片面消息。直到大學後開始研究整件事的來龍去脈，確認當天發動五雷符禁咒後，他才感到背脊發涼，真正明白父親的悽慘遭遇，為至親的「二次死亡」深感痛心。

「仔細想想，你會覺得整件事真的很荒謬又殘忍。」吳P輕輕地搖了搖頭，語帶哽咽道：

「一個人因為意外失足身亡了，但他不甘心這麼離開人世，對家人放不下牽掛，於是現實界的人覺得他在作祟，便用盡各種手段驅趕他，但他就是被束縛在當地無法離開呀！最後再用上強力道法讓他灰飛煙滅、不得超生……」

「你說鬼很可怕？不，我覺得這種便宜行事的人心更可怕。看著至親的靈體跟人類發生衝突了，對我們這些家人來說，最遺憾又無力的是，我們期待能做點什麼，但卻什麼也做不了，最後就只能坐等憾事發生。」

對靈體來說，「灰飛煙滅」是個什麼樣的狀況？意味著永恆的黑暗、持續的折磨或前往另一個世界？沒人知道。唯一能確定的是，自古以來人類對來生的連結想像，如冤親債主、九世姻緣、來世再見這類傳說，也跟著靈體消散而無法成真了。

此刻衛懷很能理解，為何吳P從此痛恨民俗信仰、道教神佛，甚至為了尋找「人鬼雙贏」的解法，投身結界的研究，並不惜以身涉險破壞結界、釋放靈體。

說完這段往事後，吳P的情緒處於低潮。他仰靠在椅背上，雙手輕遮著眼睛，泣不成聲。衛懷心中也感到無比哀愁。他雖然好奇玄璣子的下落，但眼前氣氛讓他不敢問出口。

「所以，這就是無憾小隊存在的原因吧。我們能開導那些心有牽掛、不想離開的靈體，讓他們安心地前往他們該去的地方。」一眾人沉默片刻後，宋映貞輕拍著吳P後背，柔聲勸慰著。天后臉上也是掛著兩行清淚。「教授，你要沒說，我不知道你的擔子這麼重，辛苦啦……

不過至少我們都知道，你生命中的最大遺憾是什麼了。」

此言一出，眾人為之莞爾，稍稍沖淡點傷感氣氛。由於夜已深，天后向衛懷使個眼色，兩人正打算各自回房。吳P突然出聲道：「你們別擔心，這次要把薇芝救回來，我什麼都願意去嘗試。好嗎？」

聽到這句，衛懷心中充滿感激之情，有些同情眼前這個男人，似乎也多了幾分親近之意。他或許跟自己一樣，始終被過往的夢魘反覆地折磨著吧！

今日適合靜坐思念

趙薇芝從臥室角落悠悠醒轉過來。她站起身，走到臥室門邊靠牆坐下，對著手上的哈姆太郎道聲早。不知怎麼，前塵往事忽然填滿心識，她現在什麼也不想做，只想這樣坐著、懷念著，被往事好好折磨著，直到下一個休眠週期。

吳P的靈學講義（十三）

結界與靈體的依賴性原則

「趙薇芝離魂」的事件，讓我重新審視這個結界的基本規則：結界是因靈體而生並獲得運作能量的，靈體又因結界的牢固防護才能穩定提供能量，兩者間有著依賴共存的關係。

目前已知，我們可以破壞結界來釋放靈體；反過來說，如果靈體因某種因素在結界內被破壞、消亡，那結界會因為失去能量來源而逐漸消散嗎？理論上應該如此，但實際上我們發現，無論是否遭受來自外界的破壞，結界本身在完全消散前，會盡可能地設法「存活」下去，而手段就是捕捉其他靈體來頂替。

在這裡特別強調一點，根據我們之前的觀察，如果死者斷氣前經歷的痛苦愈強烈、構築結界的能量也會愈強大，甚至會出現靈體之外的核心能量來源。以這個萊茵天廈C座四〇二室結界為例，死者生前經歷了極度殘暴的兇殺案，該結界的主要能量除來自於死者本身外，還有部分核心能量是來自於被害當下的強烈怨念，因此當節點都被破壞後，這個結界消散的速度會比一般結界更慢，但也為「趙薇芝離魂」過程提供了足夠的反應時間。

以下是我的推論：當棲身的結界被破壞、蘇慧旻的靈體試著離開時，最後一組同心圓鎖機關是用「因果業報」為鑰匙，這顯示當時她的心思已糾結在這四字上，因為她在今生無法找到為何自己會遭受此慘劇的答案。這樣的啟發，使得前一世的人格與記憶在進入輪迴系統前覺醒了（在此例中我們暫時假定前一世靈體為錢仕達），於是同一個靈體以錢仕達的身分在結界完全消散前返回，由於此時趙薇芝並未站在陽道上，而她與錢仕達在前世可能有親緣或因果關係，加上該結界消散的速度又特別慢，如此便湊齊了很罕見的「結界易主」條件。

當然，目前這僅是我的推論而已。至於為什麼靈體會覺醒前世記憶、能在進入輪迴系統前去而復返、又為什麼會出現趙薇芝與錢仕達有前世因果的巧合？進而在結界裡發生附身狀況？這些都有待進一步的研究。

在新的靈體試圖佔據趙薇芝的肉身時，趙薇芝的靈體與之抗衡卻落居下風。因而被取得身體主導權後，趙薇芝的靈體呈現極短暫的游離狀態。在一般情況下，游離狀態的靈體還是會回到原本的肉身下，被強勢的靈體給壓制住，也就是俗稱的「鬼附身」狀態。

但問題是，這一切這麼恰好地發生在結界正消亡、試圖以各種手段延續的極端狀態下，於是趙薇芝游離的靈體被捕捉到，成了這個結界的新主人。原先的支撐節點消失了，結界範圍重新退回主臥室裡，所以當時陽間與結界的出入通道才會跟著變動。

結論：若發生靈體先於結界消亡的狀況時，結界將會短暫地處於不穩定狀態，對進入的人員是一大威脅。

前進結界的大採購

隔天早上八點，吳P等人在民宿餐廳裡享用風味餐。雖然對這些台北人來說，搞不懂為何羅東這邊會拿米粉羹當早餐，但大夥兒都吃得很開心，衛懷更是一口氣吃了四大碗。

「因為身心靈都在療傷，需要大量能量。」迎著眾人詫異目光，他心虛地解釋著。

「吃飽點很好啊，補充體力還幫我們撈本。等一下我們分兩頭去採購，趕在午時進結界。」吳P邊看手機說：「剛剛查過天氣，今天陽光普照，傍晚後就一路下雨到週末，真是老天爺幫忙啊。」

吳P回復原本從容自信的學者風範，跟昨晚那感傷老男孩的風格大相徑庭，反倒是衛懷跟天后聞言都是一愣。他們本以為經過昨晚的掏心掏肺後，兩邊會各退讓些，把危險的工作外包給「專業人士」。他們還故意提早告退，好讓宋映貞多些時間說服他，孰料今早就是這麼一副準備全力衝結界的態勢。

宋映貞聽到吳P的規劃後，只是淡淡一笑，沒多做表示。趁著拿碗筷去回收時，天后偷偷揪著宋映貞，低聲問：「老闆娘，昨晚講那麼多傷心事，老闆也同意用傳統手段來處理，怎麼這下又急著進結界了？」

宋映貞聳聳肩，無奈地回道：「就是聽了他的傷心事，我才知道這人肯定勸不動的。他想怎麼做就做吧，我再換個方式勸他。」

天后只能向身後急著想採聽緣由的衛懷聳了聳肩，表示她也聽得一頭霧水。

九點半，眾人收拾妥當，上了休旅車。這次的目的地是古仁國生前租屋處，位置靠近冬山鄉，在月眉路的一間兩層樓平房。黃大仙已經跟屋主打過招呼，約定中午在那裡碰頭。

休旅車開到光榮路上的超市，衛懷跟天后下車進行採買，吳P等則打算驅車前往鎮內各個電器行，多購置一些紫外線燈管。雙方約定一個小時後在超市門口碰頭。

衛懷特意清空了一個大背包，準備跟在天后後頭擔任苦力。儘管她的身軀幾乎快是他的兩倍了，但她仍說：「我們部落之前都很尊重女生嘛，公主要是自己背著大包小包，其他人看到會笑話的。」

兩人一進超市，迎面就是一整排鮮果架。天后當進自家廚房似地，隨手拿起一顆架上的散裝蘋果就啃了起來：「哎唷，甜成這樣。你要不要來一顆？」

衛懷猛搖頭：「不好吧，還沒結帳呢？」

天后笑道：「客氣什麼啦，又不會連核吞掉，等等放在裡面一起結就行了⋯⋯嗯，這麼甜，小鬼們會喜歡，拿八顆吧，不要挑到爛的。」

衛懷一邊幫忙挑蘋果，一邊納悶問道：「小鬼？天后姐，我看吳P的講義，上頭說開啟結界通道靠的是什麼鬼神之力，為什麼妳說是小鬼？」

「全都是孤魂野鬼啦，哪來的什麼神。只是每隻鬼都嘛自稱是神，誰會說自己是鬼？」天后呵呵笑道：「開通道其實就是借用祂們的靈力啦，雖然在我們這邊的世界，單隻小鬼的靈力弱到連小狗都打不過，可是我們這樣拜一趟下來，至少都可以集結二、三百隻小鬼，祂們同時發動的靈力都差不多是個小發電廠了。」

衛懷恍然大悟。「喔，難怪妳在中午要開啟通道時，花的時間都會特別久，是因為小鬼數量不夠嗎？」

天后點點頭說：「差不多意思啦。陽光正強的時候，靈力不夠高的不能自由行動，要等那些能做事的小鬼集合，得花更多時間嘛。」

兩人走完鮮果區，再挑六顆水梨、四顆香瓜與兩串香蕉。衛懷問：「拜拜的水果數量不都是得單數嗎？而且香蕉、鳳梨這類的好像不能拜？」

「呵，聽誰亂說的。」天后嗤著一根香蕉，嗤之以鼻道。「要是錢可以花不完，那些小鬼巴不得祭品愈多愈好，管你單數雙數。而且古時候拜拜，香蕉可是主角之一好嘛。」

接著路過飲料區時，她讓衛懷拿上兩大罐汽水跟五罐果汁。「別拿摻代糖的。那些小鬼們超愛吃甜食，又不必擔心熱量。」

「這倒是跟妳很像啊。」衛懷扛著瓶瓶罐罐，在心中嘀咕著。

最後兩人繞往熟食區，買了所謂的「三牲」，也就是一大塊脆皮燒豬肉、一隻烤雞與一隻炸吳郭魚。尤其後兩者不能切塊，一定得保持完整形狀。

衛懷大致估算一下，這些吃吃喝喝的祭拜用品大概就要三千多元了。「進一次結界都要買這麼多嗎？」

「酬勞嘛。人家花靈力幫你工作，你不發點工資像話嗎？」

「但妳不是說一次會來上二、三百個，這點東西夠分嗎？」

「祂們又吃不到，主要是吸收食物的精氣，咱們買這些都夠三百隻小鬼分了。」看著衛懷一臉納悶的模樣，天后補充說明道：「要問詳細找吳教授，他可以跟你嘮叨大半天。反正呢，大家都感覺得到，這些吃的喝的在祭拜過後，滋味都變得很淡，而且放沒多久就壞了，這樣可以證明小鬼們有來吃喝過吧。」

「所以不能拿上次拜過的重複利用囉？」

天后沒好氣地回道：「你那是給偽鈔。人家辛苦工作你卻騙他，晚上一定來給你壓床作伴。」

行經祭拜用品區時，天后只買了一包線香跟蠟燭。衛懷問：「紙錢不買嗎？」

「不買，那沒用。真有用的話，外國人在那邊不都當乞丐了。」天后哈哈笑道。

兩人看準時間採購完畢，走出超市又再多等了十來分鐘，吳P才開著休旅車繞了回來。後座堆滿還沒拆箱的燈管、燈座跟腳架，使得兩人坐起來有些侷促。

「不好意思，忍耐一下，很快就到了。我們大概把全羅東鎮的三百瓦以上的紫外線燈管都掃光了。」宋映貞笑道。衛懷注意到，他們還加購兩個電纜式的超長版電源延長線。

的確如她所說的，休旅車前行五分鐘，轉過一個路口後就是月眉路。雖然沿路上已開設多家民宿，但古仁國生前居住的路段靠近路底，格外偏僻。馬路一側是大片未利用的荒地，長滿快兩人高的雜草，另一側則是整排二層樓平房。休旅車在最後一戶停了下來。

跟其他鄰居對照起來，眼前這間平房一副年久失修的模樣，還沿用手拉鐵捲門、老式信箱與門牌，彷彿它的時光仍停留在上個世紀末似地。只是當衛懷隔著車窗隨意看一眼那布滿鐵鏽的鐵門時，心中忽然感到一陣毛骨悚然，全身雞皮疙瘩都起來了。他之後才知道，車內其他人都有相同的感應，算是曾進過結界的後遺症之一。

吳P看了下錶，已到約定時間，但門前卻不見屋主身影。正當吳P打算撥給黃大仙問個明白時，眼尖的宋映貞已察覺後頭有動靜。吳P朝後照鏡看去，方才行經的前一個路口，有個騎摩托車的年輕男子停在路邊，向他們不斷揮手。

因為對方不肯過來，吳P跟衛懷只好下車走過去。「是羅先生嗎？」

「我是他兒子。我爸要我把這些拿給你們，然後收錢。」那年輕人一臉怯意地遞來兩支鑰匙、一小瓶WD-40除鏽潤滑劑還有一塊抹布。

「這是……」原本只預期拿到鑰匙開門的吳P，看到對方多給的東西疑惑地問道。

「我爸說你們會用到。」他回道。

吳P莞爾，把事先準備好的三千元遞給對方。「那到時鑰匙怎麼還你？你還過來嗎？」

對方猛搖頭拒絕。「不必不必，你們離開時把鑰匙直接丟進信箱就好。」

這回連衛懷也看得出來，這年輕人肯定吃過前房客古仁國的苦頭，連自家房產都不敢靠近了。吳P不忘遞上一張別仙樓的名片：「我們有推送神服務，到時需要的話可以來電。」

事情一打點完畢，年輕人忙不迭地掉轉車頭，朝來時路疾馳而去。他甚至不願（或不敢）經過自家平房前的馬路。

吳P走回平房騎樓，試著想打開鐵捲門鎖，卻赫然發現鑰匙根本插不到底。衛懷用手機補光燈照進鎖孔內一瞧，原來裡頭都被鐵鏽碎屑給填個半滿了。兩人盯著手上的除鏽劑跟抹布，這才明白屋主的用心良苦。

接下來兩人折騰了七八分鐘，好不容易推起一道鐵捲門，再開了裡頭一道鎖頭同樣鏽跡斑斑的玻璃門。一股陳年霉味與冰冷腐敗的氣息隨即撲面而來。

一踏進室內，衛懷的感應更加強烈了。無須藉助三彩香的鑑位，他也能感覺到眼前聳立了一個橫跨一、二樓的巨大結界。

神奇的是，儘管玻璃門外側的灰塵約有半公分厚，但內側卻一點灰塵也沒有。衛懷用食指在門邊的木製鞋櫃上抹了一把，同樣也是乾淨無比。接著他下意識地伸手撥動電燈開關，但卻沒有反應。

「屋主自己都不敢來住了，怎麼可能還繼續交電費。」吳P苦笑道。

衛懷藉著屋外照射進來的些許陽光，定定地看著客廳內的破舊沙發跟泡茶桌，以及散布地板各處疑似陳年血跡的髒污黑點。三十年前，錢仕達疑似在這裡殺害古仁國。如今，他們真的能從結界裡找出真相嗎？

臨陣磨槍盡人事

一樓大概有三十來坪，包含客廳、廚房與洗手間。廚房旁有一道樓梯，上去後也是二十餘坪的二樓空間，分隔為兩個房間與後陽台，房間內幾乎堆滿了陳年雜物。

天后用三彩香確認結界範圍後，各人就分頭忙碌起來。宋映貞向鄰居借電，兩條電纜延長線各自拉往一、二樓，這是她在電器行採購時臨時想起的「超前布置」。

因為這回進入結界幾乎沒有準備時間，無法設置確保人員安全的陽道，所以吳P根據過往經驗，安排了幾項安全措施：

1. 選在正午時分進入結界。但考慮到靈體已存在三十年，且此地幾乎都處於不見天日的情況下，靈體應該不會像趙薇芝般需要休眠，而且可能發展出特殊的防禦能力。

2. 製造隔絕點。紫外線能在結界中製造出讓靈體卻步的燒灼效果，因此可以在屋內選定幾處，讓數支高功率紫外燈持續同時照射，臨時製造出讓人員躲藏的隔絕點。但這想法缺乏驗證。

3. 螢光粉噴發器。這玩意兒的製作靈感，是吳P從某次學生提出的「在結界中如何防身」問題中得來的。開發團隊先讓螢光粉吸收大量紫外線後，裝到由CO_2微型鋼瓶為驅動力的噴發器裡，扣下扳機讓螢光粉大量噴灑出來，模擬出紫外線的效果，一支微型鋼瓶可噴發三次左右。這想法同樣未實踐過，螢光效果也很短暫。

為了避免紫外線傷眼，四人都戴上滑雪用的護目鏡。衛懷忙著安裝紫外線燈管，每點各佈四支，盡可能使每一支都聚焦在同一點上。宋映貞則小心地把螢光粉均勻鋪在鋁箔紙上，務求每顆粉粒都能照射到紫外光。

「這玩意兒真的有用嗎？」衛懷看著那像是信號槍的噴發器，好奇地問道。

「天知道。我們平常沒事，也不可能特地找個靈體打一發試試。」吳P聳了聳肩，說：「要是你房間突然冒出個鬼，對你臉上噴口火，你應該會不太高興吧。」

「嗯……我真的很感謝你冒這風險幫薇芝……可是，有沒有可能找個乩童之類的，不必進入結界，在這裡問問說不定也能得到答案呢。」衛懷試圖做最後的努力。

儘管他是個外行人，但看吳P這玩命架勢以及兩女的憂心神色，他也能猜到，就算做了各種理論上的最佳準備，但實際上一踏入結界，肯定會出現無法預估的危險。

「來不及，這樣來不及。」吳P搖頭說：「你想等什麼乩童、神婆來跟祂談判、擲筊什麼的，祂要是不肯談呢？我們今天不做，明天開始又是陰雨天，那更危險了。」

「好了，燈都架得差不多了，教授你先著裝吧。衛懷你來幫我填螢光粉。」宋映貞拍拍衛懷的肩膀，示意他別阻攔了。

考慮到正午開結界通道的難度，因此天后先在騎樓處展開祭祀儀式，但好奇的鄰居在外邊探頭張望，更對著吳P身上那像是太空人又像是潛水伕的裝扮指指點點，使得衛懷不得不站到外頭幫忙清場，並在休旅車上找來布簾掛上一圈。

前置作業準備得差不多了。但詭異的是，天后的降靈曲吟唱了六遍，結界通道仍然沒開啟。

「教授，不行。今天開不了。」滿頭大汗的天后說。

「怎麼，幫忙的游靈不夠多嗎？」吳P詫異地問。

天后搖搖頭。「感覺好像是從另一頭封住了。」

吳P聞言臉色變異，隨即吩咐道：「衛先生，麻煩你把兩支燈管移到外邊來。」

衛懷依言照辦。他讓兩支紫外光對著玻璃門板，內外折射、反射出一道又一道的湛藍幽光。接著天后再唱一遍降靈曲，這回門上的指南針出現反應了。

宋映貞走上前，將噴發器遞給吳P。此時他發現她也已全副武裝，只差沒戴上頭盔。

「妳幹嘛呢？妳可別給我跑進來。」吳P說。

「等三彩香變紅，要是你還沒出來，我就進去。」宋映貞輕聲說著，但語氣無比堅定。

吳P知道這是她「勸阻」自己的方法，但他也無可奈何。「妳不要……唉，反正妳別進來，我一定會出來的。」

接著他一咬牙，拉開玻璃門，出現了那熟悉的水波紋通道口。吳P擰開氧氣開關，一腳踏進結界中。

寸步難行的捉迷藏

原本他們對這結界預估的參數大致正確。通道的出入口跟現實界完全一致，也就是那道玻璃門。而門內右側事先用四盞高功率紫外燈製造出一個隔絕點，在黑暗的結界裡可以明顯地看到該處隱隱泛著微紅光暈，吳P一進入結界後就立刻壓低身體，快步移動到那個位置。

當天后告訴他「門似乎從內側封住」時，他就猜到某種可能性：在此地盤據近三十年的古仁國，顯然也很清楚出入口位置。當祂發現有外力試圖開啟通道口時，立刻緊緊把持住大門。因此他才用兩盞紫外光燈照射門板，果然將祂逼開。

但祂一定會守在門邊的！

吳P甚至不必打亮螢光棒來照明，就立刻在泡茶桌上看到古仁國的身影，因為祂週身那圈黑氣已達一米寬，隱隱泛著幽光，芒尖甚至轉為深綠色，顯見靈體內蓄積的靈力已達顛峰了。

看到吳P入侵祂的地盤，古仁國現出渾身鮮血的凶相，嘴裡大聲嚷著什麼，緊接著一股強大威壓撲面而來，吳P感到胸腹間被一股巨大力道壓迫，呼吸十分困難。但不到數秒，這股壓力忽然消散。看來臨時用紫外線製造隔絕點這招可行，靈體禁不起這股灼燒感，不得不撤力退開。

但古仁國顯然不想輕易放過入侵者。祂忽地退回到廚房，那速度甚至快到在吳P眼中留下殘影。祂似乎打算找個稱手的「長兵器」，好讓自己能安全地對付吳P。看到眼前出現一絲空檔，吳P立刻往前衝刺到下一個位於客廳中央的隔絕點。

按照無憾小隊原先規劃的路線，吳P一踏入結界後，就踩著隔絕點衝上二樓，沿途找出遺憾機關的位置。上二樓後再利用房間、樓梯與靈體展開周旋，爭取時間從各個遺憾機關找出可能線索，然後回到一樓撤出大門。

當然事前計畫總是無比美好的，只有實際執行才會變得慘不忍睹。

吳P順利衝刺到下一個隔絕點。古仁國也找到一個塑膠凳，倏忽間回到吳P身旁，以凳代棍朝他推去。吳P此時已將噴發器拿在手上，當塑膠凳腿猛地將他推出隔絕點外數步時，他同時也扣下扳機，結界內瞬間變得極為明亮，一大團螢光粉噴散在四周，如夢似幻的點點星光為這灰暗無色的空間帶來盎然生氣，也將古仁國逼退到門邊，可惜螢光亮度以肉眼可察的速度明顯消退，不到五秒再次回復一片黑暗。

但五秒鐘足夠了。吳P一扣下扳機後便拔足衝刺。當螢光消散時，他已爬到第五階樓梯，再兩階就能抵達設有隔絕點的樓梯平台了，他甚至注意到廚房跟客廳後段處各有一個遺憾機關。但這時異變陡生——

結界內的空氣變得凝重起來，彷彿成了有重量的液體般，吳P的動作瞬間變慢下來，就像在水裡緩緩行進，舉步維艱，同時周遭溫度明顯大幅下降，刺骨寒意讓他不住打著冷顫。但古仁國絲毫不受影響，鬼魅身形如風，忽地又閃現在吳P身旁。這回沒了隔絕點的保護，祂毫不客氣地張口大嚷著，和身撲上吳P，雙手緊掐著他的脖子。

這下雙方幾乎是零距離接觸了。這回吳P清楚地看出古仁國的嘴形，分明是在喊著「惡鬼去死」。諷刺的是，對祂而言，不請自來的吳P在祂的眼中反而比較像是「惡鬼」哩！

吳P只覺身體被緊緊壓制、脖子上一股蠻橫力道讓他呼吸困難，他下意識地想把對方推開，但慢半拍的左手好不容易碰到對方身體，卻又像是穿過空氣般推了個空。

吳P暗罵自己愚蠢，再試著舉起右手的噴發器朝前瞄準，但古仁國早防了這手。祂猛地提腳一踹，噴發器直接給踹下一樓了。手上沒了制衡裝備，吳P不禁暗暗叫苦。

在結界裡，人類赤手空拳無法對靈體造成任何傷害，但靈體卻能以自身靈力輕鬆壓制人類，根本無法抗衡。更何況眼前這個資深級靈體，似乎還有些特殊防禦技能，可讓對手如陷在水中無法活動自如。

現在回頭想想，自己一手打造的結界除靈雙贏法，是不是有夠愚蠢呢，看看自己就要葬身此地了，然後過幾天，腐敗的屍體會隨機出現在這平房某處吧……吳P意識逐漸模糊之際，竟還有多餘心思在這些無關緊要的事情上。

正當吳P放棄掙扎、準備認命之際，忽然看見天花板上那道三彩香煙，正逐漸由藍轉綠，緊接著他驀地想起，當這煙束再由綠轉紅時，宋映貞絕對會如她所預告的，義無反顧地一腳踏進來……然後呢？下場也會跟自己一樣嗎？

一想到這裡，吳P體內突然湧出一股強大力量，本能地朝兩階外的平台掙扎爬去。只是對方壓制的力量太過霸道，吳P終究只是停在原地猛烈扭動一番，並沒能前進半吋。所幸當精力被消耗殆盡前，頭盔下巴處連接空氣鋼瓶的軟管，因為連番激烈壓制、掙扎，忽地脫落開來。

一股強烈的氣流朝古仁國噴去，壓縮空氣裡頭的純氧將他週身黑氣沖淡幾分，這突如其來的衝擊逼得祂猛然退開，吳P身上壓力跟著減輕，趕忙連滾帶爬地衝進那救命的隔絕點裡。重新接回通氣軟管，勉強緩過一口氣。

不過古仁國並沒打算給他絲毫喘息的機會。一個閃現後，祂拿著塑膠矮凳直接把吳P「釘」在平台角落處，充血駭人的雙目憤怒地盯著他，嘴裡大嚷著什麼。雖然有隔絕點保護，但吳P此刻仍然動彈不得。

面對生死關頭，他腦筋也動得飛快。他冷靜下來，花了幾秒審視目前處境，幾個計畫在心中快速成形。他故技重施，主動拔下通氣軟管，把氣瓶流量開到最大，朝古仁國臉上猛吹，但對方早有防備，任憑氣流拂過臉面，手下卻絲毫沒移動半分。這招無效了。

吳P心一橫，伸手扯下護目鏡，然後拉開震撼彈，數了兩秒後鬆手讓它滾落台階。震撼彈在第三階樓梯上爆開，強光巨響再次將古仁國打了個出其不意，祂扔下塑膠凳，瞬間衝往二樓閃避。

吳P覺得全身壓力一鬆，同時感覺到周遭空氣恢復正常，不再沉重如水，自己的行動也恢復了。他心中大喜，連下幾步台階，在古仁國從背後再次衝向他之際，吳P直接翻過扶手跳下一樓。對背著近二十公斤裝備的中年男子而言，這身手簡直是超水準發揮了。

只是古仁國的速度依然更快，眨眼間又出現在他身前，雙手朝他脖子抓來、空氣也再次變得凝重。但吳P此時早已撿得噴發器在手，猝不及防地朝他扣下扳機，這回古仁國再也避不過了，大量的螢光粉直接穿透他的靈體，在落地前螢光幾已消散，而大部分的紫外線能量都留在靈體上，使得古仁國的身影綻發出大片暗紅光芒。他狂嚎著衝入洗手間，想如生前經驗般來沖水化解燒灼之苦。

這回吳P總算抓到時機，衝到客廳後段的那個遺憾機關看了一眼……但僅僅就來得及看上一眼，古仁國又從身後猛撲過來，吳P來不及閃躲，只好打出最後一發螢光彈，但這次打了個空，原來古仁國留了心眼，用假動作引誘他出手，隨即閃避到沙發旁。

吳P已藉著這點空隙，站上泡茶桌旁的隔絕點。在目前的態勢下，他連二樓都無法踏上一步，不可能將預定的任務全數完成，眼前只求保住自己一條小命就不錯了。接下來只要設法再跑到門邊的隔絕點，就有機會脫離這該死的結界。雖然看似只差那麼一步，但自己手上已經沒有任何能壓制對方的法寶了，這一步可說是艱險重重。

就像他先前跟衛懷所說的，如果自己被來自另一個次元的傢伙，沒來由地要個幾次、還朝臉上噴把火，自己肯定會很生氣吧？現在，古仁國自然也是同樣火大。

吳P緊盯著對方的一舉一動以尋找脫身機會。但下一刻，他看到那張破敗到只剩半個骨架的沙發，被一股巨力向上拋，翻轉騰空後正朝他劈頭劈腦地蓋了下來，吳P立即趁隙衝向最後一個隔絕點，但很快他就發現自己中計了，那沙發是個幌子，古仁國先一步搶在門前攔截他，將他緊緊壓制在地。

這回情況更加惡劣，自己完全無計可施，而且對方不斷被激怒後，週身黑霧極度濃烈，芒尖都快達到兩米長了，連同吳P都被包裹其中。吳P的脖子被掐得更緊，他的雙眼眼白因充血變紅，人生走馬燈也開始播映了……背景似乎還有條淡綠色煙束，正慢慢變紅。

就在吳P即將失去意識之際，他看見天空爆開一陣燦爛奪目的星光，那是名符其實的「救星」、真正救命的天使光輝呀！古仁國慘嚎一聲退開，吳P再次從鬼門關被拉回來，他整個人已經恍惚得分不清方向了。宋映貞一把抱住他，用盡全力將他向外拖，一邊朝身後猛扣扳機，將螢光粉都打完，兩人終於順利地退出到外頭了。

吳P剛被拖出結界，天后已經拿著醫療箱湊上來，幫忙掛上氧氣面罩，一邊拿出急救針劑待命。吳P的臉色死白、全身顫抖，一時間還說不出話。但看著他手腳上至少十處的瘀青、尤其是脖子上那深深的黑紫色指印，更讓三人怵目驚心。

這時，平房的二樓傳來怦怦響動，彷彿有人踩踏地板以及東西不斷翻落在地。數秒後，衛懷親眼看到，一樓茶几上有幾樣雜物被高高拋飛、重落，像是有隻無形的手正在摔物洩怒。

「祂生氣了。」過了好半晌，吳P嘶啞著嗓子說。

「你以後再這樣瞎搞，我就跟你離婚！」宋映貞又驚又怒地哽咽著說。「我要是晚一步，你真的會死在裡面。連命都差點沒了，做再多計畫有用嗎？」

「是啊，教授，不要這樣玩啦，嚇死人了。我真的想跟你做到退休捏。」天后也語帶驚恐地說。

宋映貞餘怒未消，繼續責備道：「你看看，付出這麼多代價，然後呢？真的有看到什麼有用的線索嗎？」

「我還真的……真的……看到了。」吳P有氣無力地咳嗽一陣，斷續說道：「原來，古仁國……其實……其實是警察！」

俯拾皆是的往事片段

新的週期開始了。上一次的休眠裡，趙薇芝想起兩件往事，兩件她最捨不得的往事。一件跟家人有關，一件跟愛情有關。每當回憶逼近這兩件事的細節時，她的心緒總波動得特別大，週身黑氣時不時變得稠密。她想用上次的方式繼續挪動小漩渦，讓活動範圍更接近大門那兒。

只是回憶裡總出現太多空白的斷層——其實吳P曾經告訴過她，這是因為靈體失去了實體大腦承載所導致的。比方手機丟失了外接記憶卡，仍然可以正常運行，但若之前有些程式資料是儲存在卡上的，自然就會出現錯誤了。

也因此趙薇芝在回憶片段裡，盡可能地拼湊人臉、物件或場景，希望能讓這兩件往事變得清晰。

嗯，過了許久許久，她總算朦朧地想起幾件跟家人有關的線索。醫生、寫有電話的手環、鈔票、旅行。

又再過了許久許久，她勉強想起跟愛情有關的畫面。小公寓、麥克風、捷運、罐頭笑聲。

她用指甲在靠著的牆面上刻出這些關鍵字。因為記憶片段化的關係，她總覺得這些事情變得好遙遠。現在把這些重要字眼記錄下來，之後可以從這裡再繼續聯想。

她打算用家人的回憶，去引出第二個小漩渦。此外，最合適的錨定鎖，她也已經想到了。

吳P的靈學講義（十四）

靈體的特殊能力

雖說每個靈體狀況有別，但一般而言，大約十五至二十年以上，靈體的靈力發展就會達到顛峰。這時祂們若全力施為，偶爾會影響到現實界，比方有人看到桌上物品莫名掉落、窗簾無風自動的「靈動」現象。

而我們也觀察到，在這個等級的靈體上，往往會與本身所在的結界交互出一種特殊能力。要注意的是，這種特殊能力絕大多數是用來自我防衛、對付入侵者的——也就是各位。所以務必謹慎再謹慎。底下舉幾個常見的特殊能力範例：

一、致盲迷霧：以靈力操縱地面黑霧，短時間內使其滿溢結界，阻隔入侵者視線。這也是門檻最低、最常見的靈體能力。

二、凝氣沉降：透過靈力大幅提高結界內的空氣密度，拖慢入侵者腳步。

三、空間錯置：也就是俗稱的鬼打牆，以靈力影響人類感知器官以製造迷失效果，而非真正改變結界空間。

四、化氣成形：類似剪紙成人、撒豆成兵的道術，透過介質附著地面黑霧，成為靈體可役使的對象。

五、因地制宜：各種配合特殊結界環境而生的能力。比方在花園裡的結界利用植物攻擊或設伏入侵者；河邊洞穴的結界利用水淹作為防禦手段；地下室的結界利用流沙、陷坑來阻擋入侵者等等。

故宅的隱藏線索

「捍衛地獄梗，胸懷神回覆！親愛的朋友早安，歡迎來到玩轉大稻埕之衛懷~Talk秀。你感受到陣陣撲面的焚風了嗎？是的，今天的天氣跟昨天一樣熱~情，體感溫度又要破四十度，讓人只想喊救命！所以我想講一拖拉庫關於冷氣的冷笑話，讓各位在路上消暑降溫。」

「阿基米德說，給我一個支點，我可以舉起整台冷氣機；漢高祖劉邦說，大風起兮雲飛揚，安得冷氣兮夏天涼。當一台冷氣從樓上掉下來會變成什麼？答案是凶器！」

「來自網友投稿的笑話：當上帝關了一扇門，必定還會幫你打開另一扇窗。但要是他連窗戶都不開，那是什麼情形呢？那肯定是因為……祂想開冷氣了。對了，這位網友的暱稱叫「移動式人體空調」，專長應該是講冷笑話幫大家降溫的。」

「小明有個朋友叫『李宏義』，有天小明跑去學校找他，問管理員『請問李宏義幾班？』管理員想了一會兒，慢慢轉身回答道：『DAIKIN！』」

「一位房東因為租約到期叫房客搬走，但房客自己裝了台日立冷氣卻忘了拆，房東執意要他拆除才肯還押金，誰知道房客為了省錢想自己動手，結果卻不小心失足，連人帶機摔了下去，這時房東會說什麼呢？……他會說，日本製造的壓縮機，又更稀少了！好啦，今天節目就到這裡，我是衛懷，讓我們彼此相愛、為民除害，明天路上與您再相會！」

——

雖然長年累月的田調研究，讓吳P比起同齡中年人的體能要好上不少，但經過這十來分鐘的致命捉迷藏後，他整個人都已虛脫，臉色由白轉紫，全身顫抖得更厲害，牙關猛打冷顫，將他拖到陽光下曝曬也沒改善。

「看來是跟靈體糾纏，有陰氣侵體了。我帶他到前面的民宿泡個熱水。」宋映貞憂心忡忡地說。

眾人合力把吳P搬上副駕駛座，宋映貞正要開動，吳P又顫抖地發話了：「我看到……服務證……不是擬像化……在屋裡…去…去……找出來。」

天后拍了拍他的臂膀：「好好好，我們知道了。兩位快去泡鴛鴦澡，找東西交給我們。」

休旅車朝最近的一間民宿開去，天后揮手目送他們離去後，揪著衛懷朝房內走。「開工啦，你搜樓上、我搜樓下。」但衛懷仍一頭霧水：「到底是要找啥？」

吳P的運氣可說是出奇地好，雖然根本連二樓都上不去，但冒失地闖入三十年結界卻沒送掉老命，而且逃亡時看到的唯一一個遺憾機關，居然就是非常重要的關鍵。但為什麼他能一眼辨識出來呢？那意味著這東西不是擬像化物品。

「如果是擬像化物品，那在我們眼裡肯定是扭扭曲曲的……除非是原本屋內就有的東西，或是特意在那空間裡燒化的東西，從我們眼睛看過去才是完整的吧。」仍是結界菜鳥的衛懷分析道。

「對啦，就是這樣。」天后悠哉地坐上沙發，指揮道：「你快上二樓找找吧。」

前幾天被X痛毆一頓的內傷還沒復原，現在又被叫去幹粗活……但衛懷想起若能早點找出案件真相，先一步攔截X並拖回台北，薇芝也能早點恢復正常吧。一想到她孤伶伶地待在那種恐怖環境，眼前再苦又算得了什麼？他看著堆滿兩房間的陳年雜物，胸中燃起了熊熊鬥志。

可惜的是，折騰了一個多小時，兩房間亂七八糟的雜物全都徹底翻了遍，每一件舊衣口袋都沒放過，仍沒找到吳P說的那張服務證。但衛懷卻在一個被拆開的白鐵床柱裡，發現了一份共四頁的檢舉信。

這是寫給內政部政風處的匿名檢舉信，以標準的公文用紙書寫，筆跡為複寫紙的藍墨水。因為以塑膠袋和密封塑膠筒收藏，因此儘管紙面已泛黃變脆，但上頭的字跡依然清晰可辨。

舉報內容是關於宜蘭某分局的陳安然刑警，自峙與警政高層有裙帶關係，勾結市議員候選人、地方角頭趙應祥（破貓），在地方強索保護費、賭場插乾股外，也涉嫌買賣人口、強姦民女等案件。舉報人有苦衷無法具名，盼政風處詳實調查伸張正義云云。

落款日期是一九九五年三月七日。

衛懷大致看過內容後，小心地將舉報書放回塑膠筒，塞進背包裡頭。雖然他不知道怎麼會在一個幫派分子家中，憑空冒出一個之前沒聽過的陳安然刑警，但他直覺這是個重要線索。

滿身髒汙、灰頭土臉的衛懷回到一樓，想梳洗一下卻發現自來水早停了，只好走到外頭找瓶裝水來應急，不料一走到騎樓，就看到天后把三個器材箱拼成床，大喇喇地在這公開場合裡呼呼大睡。

衛懷好氣又好笑，搖醒了她：「天后大姐，妳一樓搜過了沒？」

她迷迷糊糊地醒過來，揮了揮手說：「……哎，還很累呢，你幫忙一下吧。」

反正一樓就客廳、浴室跟廚房三個區域，家具並不多，也沒幾處能藏東西的地方。於是衛懷再花了十多分鐘仔細搜索，仍然一無所獲。回到騎樓處，天后已經坐起身，以朦朧睡眼看著他：「又沒找到？天花板、燈具、夾層全都看過沒？」

「都搜過啦，什麼都沒有！」既沮喪又疲累的衛懷坐倒在一個空器材箱上。「也有可能是之後被人拿走啦。」

「好啦好啦，就是要本天后登場才可以，不然事情都做不好了。」天后自我吹捧幾句後，搖搖晃晃地走進客廳，裝模作樣地在室內梭巡一圈後，指著沙發對邊的一個插座道：「這裡，拆開看看。」

衛懷納悶地看向那老式的雙孔壁插，實在看不出有何差別。「為什麼是這裡？」

「哎，山神偷偷跟我說的。快拆、快拆。」天后說。

衛懷找來十字起子，旋開插座的兩顆固定螺絲。確實，如果近距離觀察，會發現插孔沒什麼使用痕跡，而且面板也有些歪斜。兩顆螺絲旋開後，面板連插座整組掉了下來，露出牆後小孔，後邊根本沒有電線連接。

衛懷伸手從裡面掏出來一個小塑膠袋，裡頭赫然是一張「梁志文」的紅色刑警服務證、舊版護照跟一張同名信用卡。衛懷目瞪口呆地看著天后。

天后嘿嘿笑道：「看到沒有，姐姐今天幫你上一課。要搞什麼犯罪陰謀的，找我就對了嘛。如果是我來藏那種不能折的證件，肯定也放那裡的。」

不過她得意沒多久，外頭便傳來車聲，連按了兩聲喇叭。兩人繼續擔當苦力，把器材裝備給逐一抬上車。

三十年前的栽贓殺人 I

休旅車開回夜市附近的下榻民宿。雖然泡過熱水、喝了兩罐熱雞精，但吳P仍一副昏沉沉的模樣。眾人把他抬進房間繼續休息，還幫他掛了瓶葡萄糖點滴。

「大家很累，但先不要休息。教授說我們手上拿到的線索應該夠分析了，他要我們直接在這裡討論，他會一邊聽著。」宋映貞對衛懷跟天后說道，後者只好無奈地回房，抱來一堆飲料跟零食繼續開會。

之前在吳P正強忍寒意、泡澡取暖的時候，黃大仙已來電回報，說了幾個重點：

1. X從錢仕達故居中取出的確定是黑星手槍，但從其生鏽狀況來看，應該不能擊發了。
2. 由於研判X可能會做些喬裝避開追兵，他們在羅東、宜蘭兩地的服飾店跟髮型設計店打聽，但都沒收穫。
3. 尋找古仁國家人的下落目前卡關了。古仁國這人像是憑空冒出來的，不管從哪方面著手都無法找出更多訊息。
4. 破貓這邊比較好找，因為算是個半公眾人物。有兩個兒子跟一個女兒。一個兒子在監獄、女兒在國外。留在本地的兒子開診所，有派人去蹲點未發現異狀，也沒有類似X的女孩上門打聽。

宋映貞把梁志文的服務證傳給他，表示「古仁國」可能就是其化名，希望透過他的警界內部管道來打聽。黃大仙認為如果死者是臥底警察，那麼調查卷宗被列為機密就說得通了。只是黃大仙也抱怨，同時要對多個對象調查、跟監、蹲點的，實在耗用人手太多，希望吳P這邊能重點鎖定一、兩個對象，辦起事來才有效率。

讓太多人同時守株待兔畢竟不是辦法，這也是為什麼吳P不得不要求大家別休息，連夜來好好分析案情。只有找出當年案件的真相，眼下才能掌握主動權。

由於房間裡沒有白板，因此衛懷找民宿老闆拿了一大張導覽地圖跟膠帶，把地圖翻個面貼在牆上，當成一大張白紙開始在上頭列表分析案情。

首先是案件關係人，主要有「X＝錢仕達」、「錢秀月」、「古仁國＝梁志文＝刑警」、「趙應祥＝破貓＝角頭老大」、「陳安然＝可能是壞警察＝？」。

接下來是事件順序簡表：

一九九〇年 錢仕達疑似在古仁國家中以酒瓶將其殺害
一九九三年 錢仕達被槍決伏法
一九九六年 趙薇芝出生
一九九七年 錢秀月因車禍死亡
一九九七年 蘇慧旻出生
一九九八年 趙應祥（破貓）金盆洗手

「我們的討論目的，是想從錢仕達的角度來看，如果有機會重新回到人世間，對誰的恨意會最大？最想找誰報仇？」宋映貞站在圖表前開始主持會議：「所以我們只要分析出真相，就能讓黃大仙集中人手鎖定X的行蹤。不然現在多了關係人的第二代，要調查的人更多了，要是到處亂槍打鳥，效率實在太差。」

衛懷看著事件簡表，心中有種奇怪的感覺，但說不上哪兒不對勁。「把薇芝的個資放在這一連串犯罪事件的列表裡，看起來就是不太舒服啊。意思是說她上輩子是混幫派的嘛？」

「想太多啦，有人想太多喔。」天后從旁說明道：「小妹是被附身的，要被附身的前提條件，就是跟對方有血親或前世因果的關係。但我們現在也不確定輪迴系統是怎麼搞的，死後要多久才會重新投胎，中間是不是真的有閻羅王把你鋸兩半還是丟給蛇咬的懲罰的。所以我們只能把出生、死亡時間列出來比較，大概猜一下前世今生的身分……。」

「對啦，如果光靠這表就能推定上輩子誰是誰，那也太武斷了。這只是一個簡單的排除法，讓我們把不可能的選項劃掉。」宋映貞說。

「至少從這表裡，可以確定薇芝的前世不是錢秀月吧，是這個意思？」衛懷自言自語道。

接著他拿起古仁國故居裡找到的檢舉信問：「這位陳安然要請黃大仙調查一下嗎？」

宋映貞說道：「我們也沒辦法確定這信裡的內容是不是真的，感覺跟案情也不相關，先擱著吧。」

天后說道：「如果古仁國是臥底，不就像電影演的，他的大哥破貓突然發現他的身分，然後派錢仕達去滅口。」

「可是要是被滅口的，也該帶幾個小弟，準備幾把槍啊刀的，不至於在現場才用酒瓶砸死對方吧？」衛懷問。

宋映貞說：「如果錢仕達說的是真的，當他一到古仁國家中就發現對方已經重傷倒地，然後警察就來了。那表示真兇才剛下手離開囉？錢仕達應該會很想找這個真兇或後代算帳的吧。」

天后喝了一大口中午祭拜過的汽水，咂咂嘴後說：「那肯定是破貓老大，不然就是他小弟囉？」

「不過很奇怪的是，黃大仙說，這個破貓倒是有非常完整的不在場證明。當晚他去派出所泡茶聊天，而且幾個重要小弟也都帶上了。沒去的也同樣有證明，所以他絕對跟案件無關。」

天后拍桌喊道：「這麼刻意一定有鬼啊！」衛懷也附和：「是啊，該不會是他們花錢找了個殺手來犯案，自己人都先做好不在場證明來撇清。」

接下來，現場暫時陷入短暫沉默。這起看似單純的陳年兇殺案，相關的嫌疑人若都被排除後，好像也不知該怎麼討論下去。三人各自翻著手邊資料，看看是否遺漏什麼細節。

突然間，衛懷發現白板上寫的事件順序表，跟手中的檢舉信相互抵觸了！而這個發現，似乎可以解釋背後很多東西。

他拿起手機問宋映貞：「宋姐，妳那邊有月眉路古仁國老家的屋主電話嗎？」

「有啊，怎麼了？」她翻了下通訊錄把號碼傳給衛懷。

衛懷直接撥給對方：「喂……我們是中午借房子的那群人……沒問題，只是想打聽一下，之後這裡有人租過嗎？……都短租，有的被嚇跑……大概二十多年前，有沒有一位姓錢的小姐租過……真的有？……好吧，那時大概二十歲出頭……好、好，謝謝。」

衛懷掛斷電話，迎著宋映貞與天后的詫異目光，帶著幾分得意說道：「我好像知道真相了。不過只有一半吧，我想。但用來找X應該很有幫助。」

三十年前的栽贓殺人II

衛懷走到資料圖表前，把那封檢舉信影本翻到最後一頁展示給眾人：「這封檢舉信的落款日期是一九九五年三月七日。」接著他指向圖表：「我原本以為這信是古仁國寫的，但問題是他在一九九〇年時就死了。也不可能是錢仕達寫的，他在一九九三年就被槍決。」

宋映貞朝檢舉信上看了一眼，發現字跡端莊秀麗，很像是出自於女性手筆。「我猜，你要說的是，這封信是錢秀月寫的吧？」

「所以？」天后迷惑地問。

「對，我要說的是，這封信很可能是錢秀月寫的。她可能是想用這種方式向破貓復仇，沒什麼好奇怪的。奇怪的是，為什麼這信的複本會出現在古仁國家中？而她又是從哪裡得知陳安然跟破貓掛勾的訊息？」

衛懷的推想是這樣的：錢秀月堅信自己的父親錢仕達沒有殺害古仁國，而是被老大栽贓嫁禍。她為了找出真相，不惜接近陳安然或破貓，最後甚至住進鬧鬼的古仁國故居尋找線索。但她始終沒辦法找到有力證據，於是改採迂迴手段，向官方檢舉陳安然跟破貓的關係，看看能不能找到破口。但又怕官官相護使得檢舉無效，於是特意留了份複本藏了起來。

若果如此，那麼陳安然在此事件中扮演的角色，頓時變得舉足輕重起來了。

對犯罪手法有特殊天分的天后想了想，嗤聲道：「多麻煩啊，如果陳安然想弄死古仁國，只要把他臥底身分透露給破貓就好啦。」

衛懷的思緒馳騁，憑著平時寫腳本的功力，試圖彌補這推理的缺漏。他偏頭想了會兒，說道：「沒錯，確實可以這樣借刀殺人。但要是這檢舉信裡面說的是真的，古仁國臥底在破貓身旁，已經掌握了陳安然的罪證，可能是破貓會把罪名全甩到陳安然頭上那種。於是陳安然想試著私下跟古仁國談判，要他別把這情資上報，但古仁國不肯，盛怒之下陳安然殺害了他，只好臨時找破貓派小弟來頂罪，然後破貓等人立刻去做不在場證明。這樣合理吧？」

「嗯，你會寫劇本哦，這樣聽起來可以拿金鐘獎。」天后哈哈笑道。

雖然宋映貞有些半信半疑的，但衛懷這番說法確實有幾分可能性，於是徵得吳P同意後，傳訊要黃大仙立刻去調查陳安然的背景。

「陳安然？這名字聽起來很熟悉啊。我查查。」黃大仙回道。

調查有了新方向，這場會議算是告一段落。三人放鬆下來，開始吃吃喝喝。突然間，衛懷一臉苦笑，搖了搖頭。

「怎麼啦，想女朋友了？再加把勁，哈。」天后打趣道。

「不是……是啦，我是說我很想她，不過……」衛懷說道：「不過我覺得某個角度來說，這個輪迴系統真的超整人的。」

「怎麼說？」宋映貞興味盎然道：「我還真希望教授之後有機會作這方面的研究，這樣大家就有機會避過冤親債主了。」

「真的很需要啊，不然你們想，如果民間流傳的那種因果業報說法是真的，這輩子被人害死，下輩子對方就得來償債的話，那錢仕達簡直就是每一世都被坑殺的可憐人，命中注定的人生失敗組啦！」衛懷分析道：

「大家想想看，第一世他被嫁禍殺人給槍決了，第二世他轉生為蘇慧旻，被壞人殘忍殺害了，哪有什麼前世壞人來償債的跡象了。現在他因為被你們從結界裡釋放出來，卻又因為遺憾機關觸發前世記憶甦醒，附身到薇芝身上，想找第一世的仇人算帳，可是之後我們救回薇芝，他不知道還會受到什麼懲罰……不都說什麼善有善報、惡有惡報嗎？怎麼就他的命運一世比一世悽慘？」

「假如要用傳統觀念來解釋，可能是他更前世的罪愆太深重吧？所以後面幾世才一直在償債？」宋映貞以傳統信仰思維分析道。

聽到這裡，吳P突然從床上坐起身，掙扎著下地。眾人嚇了一跳，連忙過去將他攙扶到桌邊。他喘著粗氣說：「我們……我們說不定被誤導了。」

「被誤導？被誰誤導？」衛懷問。

「我聽衛懷說因果業報這事，想想也真的有些奇怪……雖然我們目前還沒辦法掌握因果律的規則，也許沒規則？……但不管怎麼想，前一世埋冤而死的人，這一世不但沒獲得補償，反而年紀輕輕就受到身首分離之禍，怎麼想都有些太殘忍了。與其這樣，不如換個思維，也許從一開始我們就想錯了。」

宋映貞瞪大眼睛，失聲道：「所以，你的意思是，我們一直被X誤導了？附身在薇芝身上的靈體，其實不是我們一直假定的錢仕達？」

天后跟著附和道：「有可能哦。她故意學男的在那邊耍狠，還自稱什麼『老子』的，說不定就是某種障眼法？」

「對了。如果說，蘇慧旻的前世不是錢仕達，而是錢秀月……這麼一來，她想復仇的對象或許另有其人，也很可能是在錢秀月這一世，種下了什麼惡因，導致下一世蘇慧旻被殘忍殺害，是這樣的邏輯吧？」衛懷接口道。

吳P猛點頭說：「對，我們可以先這樣假設。錢秀月生前犯的事應該很大，如果我們好好調查她，有機會揭開案件真相，說不定真的會出現新的調查對象。所以現在，我們應該去查她跟陳安然……」

這時他的手機鈴聲大響，吳P示意宋映貞代為接聽。是黃大仙打來的，於是她將手機放在桌面上，開了擴音：

「這位大仙，你這麼快就有新消息回報了？」宋映貞問。

「我就覺得陳安然聽著耳熟，這名字我有印象，還是你們之前的委託案呀！」黃大仙的語氣聽起來有些興奮。

天后納悶道：「什麼委託案？」

「哎，就之前三重萊茵天廈那案子嘛。我拿到調查報告後，還特地多看了幾眼。因為這人的背景有些坎坷啊，他老爸就叫陳安然，快五十歲才跟第二任妻子生下他，第一任妻子是帶著女兒開瓦斯自殺……」黃大仙沒頭沒腦地說著。

「等等，你到底說的是誰？」吳P打斷道。

「哎，老師你也在呀。就是那個陳胤竹啊。你們這次要調查的陳安然，就是陳胤竹的老爸！」

聽到這個熟悉的名字，除了衛懷外，其他人瞬時倒吸一口冷氣，全身都起了雞皮疙瘩。畢竟之前為了進入C座四〇二室的結界內，他們早已把相關人等的背景生平都仔細調查過一遍，但怎麼也沒想到，原來上一代與前世的關係竟是千絲萬縷。

冥冥之中，似乎真的有隻隱形的手，把許多條看似平行的命運絲線，牢牢地編織在一起了。身在其中的人，分不出來隱藏在其中的究竟是善因或惡果。

3 年前（2017 年）

現在（2020 年）

附身二條件：

1. 踏入結界卻未在陽道上
2. 前世有親緣關係？

陳胤竹

上班族，蘇慧旻男友，陳安然續絃之子。

情侶

蘇慧旻（第二世）

保險經紀人，2017 年於萊茵天廈慘遭殺害。

輪迴轉世？→ 蘇慧旻

蘇慧旻 → 前世記憶甦醒，轉由錢秀月附身 → 趙薇芝

殺害

郭志賢

殘忍殺死蘇慧旻的兇手。

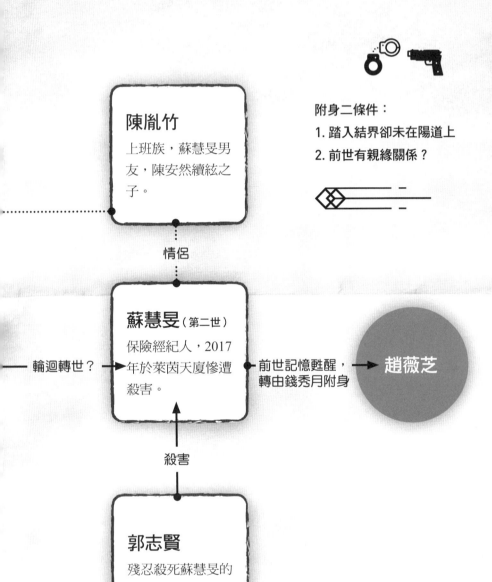

30 年前（1997 年）

警察

古仁國

本名梁志文，為臥底刑警。1990 年於家中遭人殺害。

陳安然

刑警，為黑道大哥破貓手下，勾結黑白兩道。於 2015 年過世。

父子

情侶

錢秀月（第一世）

錢仕達之女。懷疑其父被陷害冤死，遂接近陳安然欲查明真相。於 1997 年過世。

錢仕達

警方認定為殺害古仁國之兇手，1993 年遭槍決。

父女

趙應祥（破貓）

錢仕達與古仁國的老大，與警察陳安然有勾結。

幫派

第四部

別具意義的密碼鎖

透過逐日記錄關鍵字的方式，趙薇芝慢慢地拾綴回憶殘片，費勁地將它們拼湊在一起，然後靠一些想像力補足空白。又再過了三個週期後，她對家人的遺憾成形了：

她不應該就這樣無聲無息地離開，她對媽媽還有一個很大的責任未了。是的，就是那個曾經短暫遺棄過她的媽媽。雖然在自己的心中留下一道傷痕，但自己仍必須對她的餘生做好安排。她患上一種容易遺忘的病症，估計再過三、四年就無法自理生活。她計算過，罹患上這種病的患者，平均壽命約十年，緩解病症與照顧基本生活的費用，是一筆七位數的金額。

為了達到這個目標，她曾精算出這組數字至個位數，然後把它貼在書桌前與手機裡，時時提醒著自己，這是一筆未來的負債，需要全心全意地掙到這筆錢。這就是為媽媽的「好日子」所準備的。

只是對半工半讀的研究生來說，這筆金額實在太龐大。她想過買樂透彩一夕致富，但中獎機率太過渺茫。持續數月後她還是決定放棄，把省下來的彩券錢為自己早餐的三明治加個蛋。

她在主臥室的衣櫃裡找到一口行李箱，跟家裡的一模一樣，真是太棒了！她可以將過往的遺憾情感投注在上頭，再試著讓小漩渦附著在箱內，若能加個密碼鎖，應該就更完美了。是了，她恰好能將那筆金額數字當作密碼。也許行李箱裡還可來點驚喜好增加重量？

經過多日的觀察與試誤，她已經對結界的擴張作法有了具體步驟。把初始的結界想成是一個單柱大帳棚，中央的支柱是原點漩渦所發射出來的磁力線，並以另一次元的現實殘餘作為棚布。而透過靈力從原點漩渦所分離出來的小漩渦，同樣具備向外發射磁力線的能力，但彼此間隔不能太遠。只要設法將小漩渦帶開一段距離，就能將結界的棚布往外拉伸開來，靈體活動的範圍就更大了。

但小漩渦的狀態並不穩定，靈體用手將其捧出後，隨時都會因為靈力減弱而彈回原點漩渦處。所以必須將部分靈力灌注到某個物體或擬像物品上——目前趙薇芝的作法是將生命中痛苦、遺憾的情緒投注其中——這樣就能把手中的小漩渦轉移到物品上頭了。

最後為了避免有任何外力或干擾會影響這支梁柱的穩定性，就得再加上錨定鎖與固定鎖了。將這些步驟再確認過一遍後，趙薇芝閉上眼睛，將心緒集中在與母親相處的往事片段，以及那筆金額上頭，然後伸手碰觸主臥室床上的那個磁力漩渦。接著她睜開眼，赫然發現，她成功地將第二個小漩渦捧出來了！

她定定看著掌心中如火焰般鮮活跳動的小漩渦，慢慢地邁開步伐往外走……。

靈體對現實界的干擾

先前提過，隨著靈體本身的靈力增長，有可能在結界中以各種方式來干擾現實界。通俗一點的說法就是「鬧鬼」，比如各種鬼影、鬼哭或靈動現象等。

不過要注意的是，在同一個場域中，若以時間為X軸、干擾次數為Y軸來繪製出干擾頻率的線型圖，你會發現這並非是一條漸增斜線，而比較像是一道長尾鉤型曲線。這是因為靈體剛死亡那數週的怨念最強，因此干擾次數也愈頻繁，之後隨著肉體與能量消散，干擾次數反而大幅下滑。之後隨著靈體本身的靈力增長，干擾次數又逐漸增加。

有意思的是，左半邊的線型是以靈體的第七日為最高點，之後逐漸下滑，約在五十日後降至最低點。這與民間祭拜法事的「頭七」與「滿七」不謀而合。比較確鑿的例子如長達三年左右的萊茵天廈鬼哭事件，根據某位住戶的日記顯示，鬼哭的發生頻率與音量強弱，就完全符合長尾鉤型曲線的走向。

在電影戲劇或小說故事中，那些惡鬼總選在月黑風高的夜晚，出其不意地現身將人嚇個魂飛魄散。但在我的觀察中，我認為靈體在現實界產生干擾時，多半是處於「不自覺」的狀態，比較類似於在這頭用無線電傳出S.O.S的訊號、但無法確認另一頭會不會有人接收、誰來接收或能否順利接收這樣的情境。

因為靈體身在不同次元的結界中，無法觀察到現實界的狀況，所以不可能做到在精確的時機現身嚇人、或是晚餐吃到一半有鬼手從餐桌下伸出，甚或直接跳出來把你的寵物殺死。這些都是創作者對靈體特性的不理解，而炮製出來的荒唐橋段。

當然多閱讀本人的教學講義、了解結界運作方式，你就容易分辨靈異事件的真假了。再舉幾個例子來說，比方恐怖電影常用的橋段還有無人房間裡的腳步聲、無人使用的家具被移動、衣櫃門忽然被打開等等，甚至你在YouTube上也能找到很多監視器所拍攝到的這類影片。

但若知道靈體與結界的特性，就能理解這些鬧鬼現象是偶發性的，不是為了驚嚇某人而來的。因為結界延伸到那個地方了，而且靈體在晚間的活動率最高，所以就算是屋內空無一人，這些狀況還是三不五時地發生，只是剛好有人在附近並被這異常情形給嚇著了，之後就變成鬼故事流傳下去。

同心協力獵捕X

吳P在民宿休息到隔天中午，勉強回復些元氣，只是體內一股沉重的疲累感，仍讓他看來有些委靡不振。他脖子上傷口的顏色變得偏紫還開始破皮，看著有些嚇人。宋映貞早晚都得幫他換敷藥，並注射一劑強效抗生素。

「這可不光是單純的物理性傷害，還有凍傷、屍毒一類的加成效果啊，沒拖上一兩個月不會好。」吳P也察覺到衛懷的詫異目光，苦笑著解釋道。

「為什麼祂們老愛掐人脖子呢？恐怖片好像也都是這麼演的。」衛懷若有所思地問。

「因為這樣最有效率啊。」吳P回道：「祂們在結界裡的力量跟一般成人相去不遠，唯一的優勢是祂們碰得到你、你卻碰不到祂們。那麼在赤手空拳的狀態下，祂們通常會直接勒住人類的脖子……要不是咱們的頭盔管線剛好護住脖子，這頸動脈被壓個十幾秒，人也昏過去了。」

兩人正有一搭沒一搭地聊著，吳P的手機忽然響起黃大仙的傳訊鈴聲，又逼著他不得不鼓起勁去面對現實了。

「老師，我查到了。確實跟你們猜的一樣，X前天真的跑去陳安然之前住的地方，向鄰居打聽一番。然後昨天早上也去了趟他之前服務的分局，裝作記者在問東問西。」

黃大仙傳來一張翻拍的監視畫面，裡頭的X幾乎是改頭換面了。她的髮型變成齊耳短髮——趙薇芝要是知道留了多年的長髮被這麼惡搞肯定會氣得衝出結界——戴上一頂漁夫帽與太陽眼鏡，換了件襯衫跟牛仔褲，看起來老成許多。她以某刑案的被害人遺屬的身分，向值班員警表示想找經手該案的陳安然刑警，問他些問題並道謝致意。

根據黃大仙提供的履歷來看，陳安然在二〇〇一年曾調動到三峽、二〇〇六年回到羅東，前後至少搬了三次家，並在二〇一五年時因為心臟病過世。在一九九七年便身故的錢秀月自然無法得知這些訊息，只能靠四處打聽來尋找其下落。

目前看來，由於有黃大仙提供情報，吳P等人佔了先機，可以先一步設局埋伏。接下來就看無法接觸到警界內部資訊的錢秀月，到底有多快能獲得這些資料了。

而從黃大仙的回報中，得知己方的推理正確，已搶在錢秀月前方，大家繃緊的神經總算放鬆下來。「對了，X在警察局有問出什麼嗎？警察應該不會亂講話吧。」宋映貞隨口問道。

「當然不會亂講啦，現在有個資保護法，更何況是敏感的刑警身家訊息呢。」黃大仙笑道：「不過她似乎有做過功課，知道陳安然辦過的某個案件，剛好被害者也姓趙，所以她還拿趙薇芝的證件給警員做登記。」

「警員有幫她打聽了一下，最後查出陳安然已經過世了。X又提出想去他墳前上炷香致意，警員也只模糊地說大概是葬在員山那邊，不知道確切地點。然後X就離開了……」

誰知吳P聽到這兒，突然跳了起來。「不好！員山那邊有幾座墓園還是靈骨塔？陳安然過世也才五年，資料肯定都電腦化了，打幾通電話過去一定查得到。每年還會去上香祭拜的，肯定就是錢秀月最想殺的後代。」

宋映貞聞言猛地一驚，說道：「那我們趕快打給陳胤竹，讓他知道可能有人要對他不利了！」

眾人昨晚也討論過，該不該先向陳胤竹提出警告，畢竟無憾小隊先前為了解決萊茵天廈的事，跟他有過幾次接觸，彼此已有些信任度。後來大家決定等事態更明朗些再提，但眼前的情況顯然有些緊急了。

宋映貞拿出手機撥給陳胤竹。雖然他在上班，但仍走出辦公室外接聽電話。

「宋小姐，怎麼了嗎？」陳胤竹問。

「……呃，陳先生，最近都還好嗎？」宋映貞打算先試探一番。

陳胤竹聞言一愣，不解地反問：「呵，都好啊。妳是想再問些慧旻之前的事嗎？」

吳P不耐地道明來意：「是這樣的，我們得知最近有人可能會對你不利。想問問你有沒有接觸過什麼可疑人士，像是被誰跟蹤之類的，還是有人跟你朋友問東問西的？」

「哦……為什麼要對我不利？你們不是去查慧旻的事嘛，為什麼會搞到我這邊來？」對方的聲音開始有了戒備。

「你這兩三天有沒有接到什麼奇怪的電話？是以前從沒打給你的陌生號碼？這很重要，你仔細想想。」宋映貞繼續提問。

「嗯……這樣的電話是有一通。昨天中午員山福祿園打電話來的，說我爸那位置因為施工所以在漏水，他們有緊急處理了，但怕影響先人靈骨，建議做個塔位變更，他們要派專人來台北跟我簽個同意書。我跟她約在今晚七點，我家附近的便利商店這邊……。」

眾人聽到這裡，個個都緊張地站了起來。「陳先生，我跟你說，我們大概三小時後過去找你。如果我們耽擱了，你也千萬不要跟那個人見面，懂了嗎？」吳P以鄭重的語氣說。

「知道了。但到底是怎麼一回事，我都開始緊張起來了。」陳胤竹不安地回道。

吳P看了下手錶，已經是下午一點半了，時間很是急迫。於是他籠統幾句回覆陳胤竹後，隨即招呼黃大仙與眾人立刻趕回台北。

由於怕留下擄人綁架的案底，黃大仙與他的員工不敢參與。只留下「鎮店三神器」並完成教學後便離開了。原本預期天后也會退出，不料她卻表示要留下出力。

「公然綁架這麼好玩的事情，怎麼可以沒有我啊。」天后豪邁地大笑著。

吳P苦笑。對方手上可是有把手槍的呀！如果不是人手不夠，他仍存點私心，希望別讓宋映貞上場，但他也知道她絕不會答應的。安全起見，他商請黃大仙調借五件防彈衣，同時依照五人的身體狀況分配適當裝備，還做了兩個看起來似模似樣的戰術規劃。

感覺萬事俱備了，X應該可以手到擒來。只是從先前打交道的經驗來看，這個X並不簡單，肯定會搞出些花樣來，四人聯手真的能制得住她嗎？

隨著時間愈逼近七點，吳P心中愈發不安，彷彿預見各種棘手的麻煩事。

行動永遠都會出意外

靠近古亭捷運站八號出口的牯嶺街上，有一棟外牆爬滿長春藤的九樓公寓，八樓便是陳胤竹那三十坪不到的租屋處。他有一輛二手豐田車停在地下停車場，但平日仍多以摩托車代步。

陳安然以中階警官身分聚斂了大半輩子，照理說應該家底頗豐，身後也只能傳承給這麼個兒子了。但看看陳胤竹的生活品質，卻跟一般北上打拚的年輕人相去不遠。陳安然的遺產都花在哪兒啦？

衛懷正蹲踞在此樓地下停車場旁的消防箱旁，手心邊冒冷汗、心臟噗通亂跳，然後腦袋還一邊胡思亂想著。

雖然是第一次幹這種綁架擄人的勾當，但對象竟然是自己的女友，想想也覺得很詭異。跟她分別這麼多天了，他突然無比思念起她的身影，雖然明知那軀殼裡裝著別人的靈魂，但他還是很期盼能再看她一眼。

已經七點十五分了。他略略探頭朝外看了看，離他約十公尺遠的陳胤竹，穿著一件顯眼的紅色運動外套，正拿著手機站在豐田車前，不耐煩地左右張望著。

吳P考慮到要是在外頭公然動手制服X，可能會像前次在大馬路上飆車追逐般，招惹來正義魔人或不必要的麻煩。於是向陳胤竹面授機宜，當X打電話來時，要求將會面地點改到自宅的停車場處，而X也爽快地同意了。

於是吳P立刻做好部署，確保停車場的電梯、逃生梯都有一把胡椒槍鎮守著，她們的主要任務是把X趕往唯一的車道出口，而衛懷跟吳P就埋伏在那兒，等著用拋射式電擊槍將X電癱制服。

「我全身痠痛、眼前時不時模糊的，怕待會使不上力。到時我盡量牽制祂，往你這邊趕，靠你放倒祂啦。」吳P鄭重其事地交待著，把電擊槍交到衛懷手裡。

就這麼一路等到了七點三十分，X仍然沒有現身，陳胤竹已回撥了七、八次手機都是無人回應的狀態。埋伏的眾人等得是心浮氣躁，衛懷偷眼看向吳P，他臉上一副憂心忡忡的神情，似乎隱隱覺得哪兒不對勁，但又不知道X在打什麼算盤。

吳P朝陳胤竹比了個打電話手勢，於是他再拿起手機撥號，但此時大樓的消防警鈴突然響起急促刺耳的警報聲，並有自動廣播不斷重複：「現在八樓發生火災，請儘速避難」，所有人都為之一愣。

「肯定是X在搞鬼想調虎離山，大家不要亂動。」吳P在LINE群組發布命令。

緊接著是陳胤竹的手機放聲大響。他翻面看了下來電號碼，臉色很是怪異，但仍迅速接通。接著衛懷聽見斷續的對話：「……你好，主委……什麼，是我的房間……好、好，我馬上上去……對，我人在樓下。」

電話一收線，陳胤竹便轉身往電梯口衝去。吳P見狀不禁咒罵一句，可是也只好從隱身處走出，示意其他人都跟上。衛懷知道，儘管已先一步布下天羅地網，但仍讓X掌握了主動權。明知是陷阱，但還是身不由己地往前走。

眾人集合在電梯旁，將陳胤竹護在中央。他說：「管委會說我的房間突然冒出濃煙，燒焦味道很濃，應該是有什麼東西燒起來了。」

宋映貞回道：「假如真失火了，你這樣貿然闖進去更危險。先別上去吧，等消防隊過來。」

「沒有那麼巧的啦，有人跟你約在地下室，然後你房間剛好失火的。有壞人在樓上等你啦。」天后也從旁幫腔。

雖然兩人說得有理，但陳胤竹已慌得六神無主，右手猛撳電梯的上樓鈕，邊說：「不行、不行……我一定要上去，不能等……琪琪還在裡面，我一定要救牠出來。」

琪琪是蘇慧旻的紅貴賓狗，自從她驟逝後，便由陳胤竹接手照顧牠。前兩個月吳P等人在進行訪談時，琪琪在客廳裡跑來跑去，可愛逗趣的形象還留在眾人腦海中。衛懷知道，就算現在房間裡可能燃著熊熊烈火，陳胤竹也絕不可能不做任何努力，眼睜睜地看著琪琪被活活燒死。畢竟這可是寄託已逝戀人情感的寵物呀。

很諷刺地，X顯然已經沒有前世蘇慧旻的相關記憶了，但這一招卻意外地達到攻敵必救的效果。吳P明知眼下勸不動，點了點頭說：「好，我們就跟你一起上去。」

眾人心中感到沉重萬分。現在的情勢可說是反客為主，由X取得主動權了。她肯定就躲在八樓的廊道甚至屋內，等著給予陳胤竹致命一擊。

雖然大家都知道火災時不要用電梯，但一來還沒看到濃煙火光、二來人人急於逃命，導致高樓層的用戶全都擠在電梯口。

電梯好不容易下到地下室停車場，吳P讓陳胤竹站在最內側，己方四人則站在前方掩護他。而當電梯升到四樓時卻「噹」地一聲停了下來。門一開，只見電梯口站了五六名表情焦急的住戶，等著要下樓。

「不好意思，我們要上去。」吳P說道，伸手猛按關門鈕。大概是住戶們急著搭電梯，上下樓按鈕都給一齊按了，才讓電梯停在這層樓。

一位大媽不樂意地擋住電梯門，連按兩下八樓按鈕取消了。「上去幹嘛，上面火燒得正大呢，快讓我們下樓。」

這下子陳胤竹不得不出面打圓場。他走到前方，伸手再按下八樓鈕：「吳媽，我們趕著上去救人，三十秒就好，電梯馬上下來！」

大概是他平常跟吳媽有點交情，這大媽不情不願地退出電梯外，然後在鄰居們不斷的咒罵聲中，電梯門關起，繼續往上。

「噹！」五樓電梯門打開，陳胤竹打躬作揖地請眾人放行，電梯繼續往上。

「噹！」六樓又是同樣情形，陳胤竹懶得多說，只嚷著要上樓救火救人，飛快地讓電梯門合攏。

「噹！」七樓電梯口前擠了十來位等著下樓的住戶。陳胤竹連解釋都懶了，猛按著關門鈕嚷著馬上下來。當電梯門正要合攏，吳P拉著陳胤竹向後退時，異變陡生！

擠在電梯口前的人群中，突然冒出一名戴著毛帽與口罩的年輕女子，她快步衝進電梯口，一手攔住電梯門，另一手持水果刀猛地刺向陳胤竹的胸口。接下來的這些事情全發生在眨眼間，情勢變化得凶猛又混亂：

那把水果刀幾乎全沒入了陳胤竹胸前的衣物裡，只剩五分之一的刀身與刀柄在外頭。

陳胤竹摀著胸口仰倒在電梯裡。

女子飛快地退回電梯口的人群裡。

衛懷下意識地扣動拋射式電擊槍扳機。

人群裡一位三十多歲的大叔臉色痛苦，渾身不斷抖動，慘叫著倒地。

不明就裡的其餘人等驚叫四散。

吳P認準女子身影，衝進人群追逐。

宋映貞打出一發胡椒彈，卻失準打在後方牆壁，一股濃烈辛辣的嗆人氣體瞬間瀰漫電梯口。

看似完美的圍捕計畫再次破產。X順利得手、想保護的目標中刀倒地，無辜牽連的路人更是前一回的數倍，現場陷入一片空前混亂！

力挽狂瀾的業餘綁匪

當眾人從地下室停車場進入電梯時，衛懷跟吳P兩人站在最前方，而他也把抛射式電擊槍緊握在手中。先前吳P已多次向他耳提面命，這把電擊槍只附一個備用針匣，換言之僅有兩次的發射機會，如果沒有九成以上的把握，就千萬不要扣下扳機。

只是當他看到趙薇芝忽然殺進電梯，他一時間竟有些走神：那原本可愛甜美的臉龐，現在卻換上一副猙獰狠戾的表情，他幾乎都快認不出來了……直到祂一把將刀刺進陳胤竹的身體，他這才總算清醒過來。

不過當他朝那熟悉的身影扣下扳機時，仍然慢了半拍。X早已飛快退回人群中，而那兩枚電擊探針便射進電梯口前的一位倒楣大叔身上。直到那大叔直挺挺倒地、全身不停抽搐時，衛懷還沒放開扳機。

「B計畫！」吳P朝電梯內低吼，接著朝X方向追去。此時宋映貞也打出一發胡椒彈，雖然偏離目標，卻歪打正著地驅離電梯口人群。她暗罵一聲，因擔心吳P安危也趕忙追了出去。

一股辛辣氣味嗆得衛懷涕淚齊流。天后掩住口鼻，一把將他手中的電擊槍拍落，那已僵直的大叔總算不再全身抖動，安穩地趴在地上，只是恐怕得幾分鐘才能站起身了。天后抬腿把大叔的身體推離電梯門，接著讓電梯升上八樓，邊說：「教授說B計畫，你聽到了。」

衛懷沮喪地罵了自己一聲。參與行動都搞得破綻百出、慘不忍睹，完全不是原本想像的那回事啊。他跟天后一把將陳胤竹攙扶起身，雖然那把水果刀直插向他的心臟，還好吳P事先讓他穿上防彈衣，黃大仙還貼心地安排具備防刺功能的高檔貨，這才讓陳胤竹倖免於難。

那把水果刀的鋼質較軟，插上防彈板後刃口捲了起來，造成深插入體的假象，由此可見X的力道之大。陳胤竹的胸口仍因這股衝擊而發疼，皺著眉頭忍痛起身。衛懷幫他將紅色外套脫下來，然後天后催促他走出電梯外：「你先去救狗狗，然後走逃生梯回到一樓，我們會再跟你聯絡。」

此時，吳P與宋映貞兩人正跟X在六樓逃生梯旁的走廊對峙著。當吳P追出電梯外時，X已經排開人群跑到七樓中段走廊，吳P朝祂打出兩發胡椒彈，一發打中盡頭牆面、一發正中祂後背，濃烈的胡椒氣霧在有限空間中爆散開來，頓時讓X速度緩了下來，但祂仍快步衝下逃生梯。

吳P掩住口鼻，跟著追下六樓。眼看X正往下一個樓層衝刺，吳P隨即拉開一枚三連發閃光彈安全栓朝下扔，可惜失去準頭，閃光彈幾個彈跳後，在五樓樓梯平台上炸開，迸發出刺目白光，把樓梯間照得如白晝般光亮。X不知是連發彈，正卯足勁正要繼續往下衝時，隨即被第二道白光刺痛雙眼。

X驚叫一聲，隨手推開六樓的逃生門衝進走廊。趁著逃生門快關上時，吳P丟出最後一顆閃光彈——直到目前為止，這群業餘綁匪在整場獵捕行動中唯一沒失去準頭的一擊——閃光彈準確地穿過門縫落進走廊，一路滾落到X腳邊，然後爆炸開來。三次連續高亮閃光，使得X的雙眼被閃瞎了，眼球刺痛不斷流淚，眼前盡是一片白茫茫，什麼也看不清。

祂停止前進，掏出手槍，沿著牆壁摸索，然後蹲踞在一間公寓門邊，側頭聆聽四周動靜。

「夠了，妳已經報仇了，可以放下了吧。」吳P無視祂手上的槍，緩步走向前，一邊勸降道。

「別過來，我開槍了。」X朝吳P方向舉起槍。

吳P故意揚聲道：「喔，妳槍比哪兒呀？妳真的能看得到我在哪嗎？」趁著他引開X注意力時，宋映貞也悄步走近，舉起胡椒槍對準祂。

X面露冷笑，忽然把手槍轉個向，對準自己的太陽穴。沉聲說：「你們不滾，我就對自己開槍。我倒要看看，這腦袋要是開了個洞，就算還魂了這身體還動不動得了。」

「別衝動、別衝動，一切好談！」吳P嘴上這麼說，卻朝宋映貞一使眼色，兩人放輕腳步，繼續往X身旁挪移過去。

那把黑星手槍應該如黃大仙所預測的，無法擊發了。不然X無須另外再找把水果刀來刺殺陳胤竹。

當兩人逼近X約三步範圍時，吳P伸出手指倒數三秒，接著兩人一同撲向X。但X發覺吳P不再出聲時便早有防備，此刻一聽見衣襟帶起的風聲，隨即扔出手槍、縮身滾開。

槍身正中宋映貞臉面，她呼痛退開。吳P撲了個空，忙伸手緊抓住X的左腳踝往回拖，此時X從側腰掏出一把折刀，手腕一翻展刀揮來，吳P右臂中刀，帶起一抹血花濺上一旁的牆面，他連忙縮手閃避。

「綁架，非禮啊，這裡有壞人，快來人救命啊！」X朝電梯方向連滾帶爬，邊喊著具九〇年代特色的求救語。原本電梯口那兒聚集了七八個急著下樓的住戶，但當他們看到廊道上突然冒出三連閃光外加濃煙時，誤以為火勢已延燒到這兒，全都一股腦兒擠進電梯裡。

不過這也讓天后確認了吳P與X所在的樓層。在胡椒槍的威嚇下，住戶們在五樓時全被趕出電梯外，電梯又再次回到了六樓。

此時X的視力已稍稍回復一些，眼前勉強能識別出光影。祂爬起身，往前方最明亮的電梯廂走去。祂沒去多想為何電梯會回到這裡、也沒把站在一旁的那位原住民大嬸放在眼裡，自顧朝倒在地上的那個紅色身影走去。

祂要把他翻過身來，盯著他的眼睛，告訴他這無關個人恩怨，純粹是「父債子償」。他父親上輩子造了這麼多孽，竟還換了個好死收場。既然如此，那就由自己代天行道，讓其子在此橫死償債吧！

人死恩怨消？沒那種好事！不管這人有沒有斷氣，她都打算把手中這把刀插進他的眼睛，嘲諷一下蒼天無眼，並讓這跨越兩代人的恨意畫下句點。

X威嚇地朝天后虛揮一刀，讓她退到電梯廂最後方。接著X伸出腳鉤住紅色外套的肩膀部位，讓倒地者翻過臉來，祂彎下腰來，用力眨了幾次眼，想好好欣賞著陳胤竹的死相，不料……對方居然朝祂咧嘴一笑。

穿著紅色外套躺在地上的人正是衛懷。當他被翻過身那一刻，重新填裝的拋射式電擊槍也對準了X。但顧慮到這是薇芝的身體，他將槍口放低一吋，謹慎地瞄準後才扣下扳機。

X此時總算勉強看清躺在地上的人不是陳胤竹。但當祂驚覺不妙想退出電梯時，兩枚金屬探針已經插進祂的左大腿，一股強大的電流侵入祂的體內，全身的肌肉都不聽使喚地繃緊、顫動，心中湧起瀕死的恐懼感，隨著祂的尖叫，整副身軀不受控地直挺挺向前倒地。

所幸，在祂的臉蛋將與電梯地板親密接觸的前一秒，天后先一步扶住祂的肩膀。衛懷鬆開扳機停止供電，X全身肌肉總算放鬆下來，但一時半刻仍使不上力氣。

為求保險起見，天后用束帶將X的雙手反綁，然後用身體壓制祂。宋映貞從後方走來，掏出一支咪唑安定對祂靜脈注射。完事後，四人都走進電梯，衛懷幫X戴上氧氣面罩，然後攙扶著祂，假裝要帶祂逃離火場。

「還好吧？這是比幾？」吳P攙扶著宋映貞，伸出手比個三字，憂心地問。

「是三，沒事，我沒腦震盪，只是點皮肉傷。」宋映貞被手槍砸中額頭，滿臉是血，看起來很嚇人。吳P滿臉疼惜地緊摟著她，很想伸手拭去那些血跡，但這正是偽裝成火場傷者的最佳掩護，電梯往下途經各樓時，其他住戶都不願踏進來，優先讓他們下樓。就這麼順利地回到地下室停車場，將X牢牢固定在後座上，眾人才總算鬆了一口氣。

為了抓住X，他們付出的代價也太大了。

只不過，真正的挑戰，現在才要開始。

來自外界的詭異干擾

連番努力後，趙薇芝成功地在客房門邊設置了第二個磁力線節點，目前她的活動範圍包括主臥室跟半個客廳，感覺不再備受壓抑。按照這樣的推進速度估算，若要抵達公寓大門，可能還要至少設置兩組節點才行。

她已經回憶起另一件能夠讓自己集中心緒的往事了，而她也測試過從原點漩渦中分離出小漩渦，不成問題。但出問題的是整個環境，不知怎地總有些狀況在阻擋著她。

首先是她感覺到結界裡出現了一些變化。包括天花板、地板與牆面，都有些破損剝落的狀況，一些裝飾性紋路被磨平了，而她最常在臥室門外背靠著休息的那堵牆面，甚至泛起一圈暗紅色光暈，略一靠近就能感到懾人高溫，使得她離開主臥室時不得不緊挨著另一邊牆面走。

此外，透過有限的觀察，這些怪異變化似乎也發生在她當前能活動的區域之外。還有像是原本可使用的床、椅、櫃子等家具，現在的形體也變得更為腐朽破敗，已經失去原有的功能。

更糟糕的是，某個時刻她正試著集中心緒、搬移磁力線漩渦時，整個結界突然劇烈地搖晃起來，彷彿有隻看不見的大手正試圖破開結構，奇異的紅光在環境中不斷竄流，同時她耳中傳來尖銳刺耳、頻率密集的唸誦聲，這場異變逼得她不得不退回主臥室角落，閉著眼睛、雙手蒙頭，直到這小世界終於恢復清靜。

在連續三個週期中，這樣的衝擊又再重複了四至五次，之後才消失。

天崩地裂的變化，帶給趙薇芝無窮無盡的壓力，沮喪灰心的感覺又再征服了她。她放聲尖叫的次數愈來愈多了，彷彿這樣才能讓自己免於被這些負能量壓垮。

吳P的靈學講義（十六）

前世今生的真與假

現階段我們只能從結界裡去臆想、揣摩靈體的存續方式，並沒有能力去探究真正的輪迴系統，更不用說關於其運行規則或機制了。不過在「趙薇芝離魂」這個特殊案例中，我們除了得知更進階的結界運行模式外，也意外地得以一窺因果業報的範例。

許多勸人為善的宗教書籍中，都有類似的論點：在現實界中，每個人的善行惡業都有鉅細靡遺的記錄，這些記錄會在輪迴系統中進行判定，再依照判定結果決定此人來世的貧富窮達。若是犯下如殺人、姦淫、奪產這類極端惡行的話，靈體需接受懲罰外，來世也必須以各種方式來等量償還給對方。

但這是真實的運作情況嗎？這樣的機制不就等同鼓勵「冤冤相報」嗎？更微妙的是，欠債與還債的雙方在隔世根本認不了債。比方我們怎麼知道今生的不順遂，是為了償還前一世的債務，或是他人正在犯下來世需償還我們的業報呢？

回到「趙薇芝離魂」這個範例。我們整理如下大事記：

一九九七年，錢秀月死亡，轉世為蘇慧旻。

二〇一五年，蘇慧旻邂逅陳安然之子陳胤竹，並成為男女朋友。

二〇一七年，蘇慧旻被郭志賢殘忍殺害，她在原地結界。

二〇二〇年，結界被破壞，蘇慧旻一度離開，但又因前世記憶覺醒，在結界消失前一刻返回，附身在趙薇芝身上，欲殺害陳安然復仇。

從陳胤竹這個角色，我們可以看到前世今生糾結的人際關係。但若輪迴果報這邏輯是成立的，那極待釐清的問題是，時年二十五歲的錢秀月，到底犯下了什麼滔天惡行，導致來世被殘忍殺害？我們並沒有在新聞報導上找到類似的重大案件。然後，郭志賢在她的前世又扮演什麼樣的角色？蘇慧旻的靈體與記憶又到哪兒去了？

如果錢秀月能夠提供更多訊息，絕對有助於我們一窺輪迴系統的真貌。

徒勞無功的異業合作

離開那棟大樓後，吳P飛車馳往最近的醫院急診室，讓天后陪著宋映貞縫針上藥，自己則載著衛懷跟X繼續上路。

「我們要去哪裡？」休旅車掉頭往木柵方向開去。衛懷看著陌生的路線問道。

吳P頭也不回地說：「你之前不是說，希望找其他領域的專家來幫忙嗎？現在既然人跟我們在一起了，我們就試試看吧。」

衛懷心中一熱，默默地點了點頭，吳P從後照鏡將他的表情看在眼裡。確實，突然要他放下心中的成見，跟向來痛恨的傳統宗教人士低頭求助，心中非常不是滋味。可是趙薇芝這個離魂事件，自己確實沒有相關研究，如果不多徵詢點意見，他也擔心無法順利解決問題。

或許，自己那位多年沒聯絡的親戚，能看在往日情分上，不念舊怨地幫這個忙？

休旅車開了大半個小時後，進入木柵山區，又沿著產業道路開了十來分鐘，終於抵達目的地。

「福元宮？」衛懷下車，看著這規模不大、但氣象儼然的山中宮廟喃喃自語著。

廟口前的小空地上方點了兩盞日光燈，小蟲子在附近圍繞飛舞，有三名穿著黃色POLO衫的中老年人正坐在長板凳上，邊喝著罐裝茶邊聊天。

居中那位胸口處繡有「福元宮副主委」的歐吉桑，看到這麼晚了還有車上來，以為是香客，正滿面堆笑起身招呼時，卻發覺車身上的「別仙樓」字樣，整張臉瞬間垮了下來。再看到吳P正下車往這兒走，他便視若無睹地坐回原位，突然提高音量跟同伴說：

「……沒啦，你這樣講不對啦，這年頭不是說書讀得多高就多有成就，就像有人當上了教授，假如看不起咱的傳統文化喔，老是自己在那邊黑白講，一樣都是撿角、沒路用啦！」

這番神奇邏輯聽著明顯就是在嘲諷吳P，但他不以為意，仍恭敬地走上前去，彎腰問道：「簡大哥你好啊，好久不見。主委在嗎？」

那副主委裝作沒聽見，自顧道：「……不管怎麼樣，還是要對祖先傳承下來的東西，多點尊敬，對不對？不是說你搞點亂七八糟的研究，阿都仔說兩聲好棒棒，就好像全世界都聽你的話了，對我們這些傳統文化都不放眼裡，這樣對嗎？」

吳P仍毫不動氣，又再把問題重複一遍。副主委這回嫌煩，翻了翻白眼，但仍不肯正眼看向吳P，故意對著另一方向的同伴說：「我聽到奇怪的聲音，是不是有什麼魔神仔在問我？你跟祂說啦，主委在裡面靜修，有什麼事去找她，千萬不要再來找我。拜託祂走側門進去，不然尊王一生氣把祂打成滿地灰也是很有可能的。」

副主委的一番話說得夾槍帶棒地，使得跟在一旁的衛懷想笑又不敢笑，憋得痛苦。他很好奇，這副主委看起來應該是個挺好客熱情的老好人，吳P不知怎麼徹底惹毛了他。

吳P領著他從側門入殿，三折兩轉後到了「香客止步」的內間，伸手敲了敲門朗聲喊道：「三嬸、三嬸在嗎？我是吳可翰哪。好久不見，來跟您問聲好。」

裡面原本悉悉簌簌的動作聲猛然停住。然後又再等了半分鐘左右，才聽到腳步聲慢慢挪近房門，然後在一聲超大的嘆息聲之後，門猛地給拉開一條縫。

一名穿著黃色POLO衫、六十來歲的矮胖大嬸，寒著一張臉，帶著戒備的神情盯著吳P：「這麼晚了，你來這邊做什麼？又來吵架？」

「不是啦，三嬸。這次是有事要拜託妳幫忙。」吳P也不多客套，直接領著她往外走，邊快速解釋了萊茵天廈事件始末。接著一行人走到殿外的休旅車前。三嬸僅是隔著車窗朝仍在昏睡的X看了眼，面色就變得格外凝重，不停地搖頭嘆氣：

「你到底在幹什麼？你都在亂七八糟忙著造孽啊？你把自己賠進去就算了，但好好一個女孩子怎麼會弄成這樣？只有一魂一魄還留著，冤親債主都上身了。不要說你對不起她，還有她的家人怎麼辦？就算魂回來了……」

吳P帶著歉意的眼神，無奈地看了衛懷一眼，三嬸見狀便突然打住，只是不斷低聲唸著

「造孽、造孽」。

衛懷聽得出她言猶未盡，忍不住插嘴問道：「主委，妳說就算魂回來了，然後呢？有什麼後遺症？」

「你知道這傢伙說的結界是個什麼樣的地方？」三嬸反問。

衛懷點頭：「知道，我還進去過。」

三嬸瞪大眼睛看著吳P，聲音拔高幾度罵道：「什麼……你現在真的不把人命當一回事了是不是？隨便一個路人都能往結界裡帶，當觀光旅行團啊？你整天就想著研究地府想瘋啦？那是人可以研究的嗎？」

「我懂、我懂，三嬸。這些都是有原因的，但我們先放一邊好嗎？」吳P猛搖雙手想安撫兩人：「現在的問題是，三嬸妳能不能幫我們把這女孩子的冤親債主給請走、然後讓她的靈體歸位……」

沒等吳P說完，三嬸又如連珠砲般罵了起來：「歸位？歸得了嗎？她現在的三魂七魄有在身體內嘛？原本的魂魄都在體內只是被另一個更強勢的魂體壓制了，那才叫『附身』，把那魂體請走就沒事了。但現在呢？女孩的二魂六魄被你留在結界，現在叫『借屍還魂』了，你是要歸什麼位啦？」

眼看向來冷靜的吳P都開始抓耳撓腮、猛抓頭髮，衛懷也大感不妙，忙問：「借屍還魂？

可薇芝還活著啊。她只是……肉身跟靈魂暫時不在一起……吧？」

「不在一起，那在哪裡？」三嬸氣急反笑地問。

「在……結界。」衛懷低聲道。

「對嘛，你也知道在結界，那是正常魂魄可以待的地方嗎？肉身雖然暫時在你們手裡了，但要怎麼把現在這霸佔的靈體弄走又不傷害肉身，對不起，我做不到，沒有人做得到。」

聽到這話，吳Ｐ與衛懷心中都是一沉。兩人同時問道：

「真的沒有別的辦法了嗎？」

「正常魂魄待在那裡會怎麼樣？」

三嬸的臉上浮現出憐憫的神情。無奈的眼神來回看著兩人，又再次嘆息。與她會面也不到十分鐘，但她嘆氣的次數大概已經破百了。她沈默數秒後，才幽幽說道：

「怎麼來，就怎麼去，你們自己想想吧。最後能不能成，就看這孩子的命了。」

吳Ｐ若有所思地佇立片刻後，沒再多問問題，掉頭便招呼衛懷上車。但當休旅車在空地上完成迴轉後，三嬸忽然想到什麼，走過來敲了敲駕駛座的車窗。

「三嬸，還有事？」吳Ｐ降下車窗問。

「是玄璣子。他這幾年一直在打聽你，說想當面好好道歉，看能不能做什麼補償。」

吳Ｐ臉上盡是厭惡的神情。「免啦，沒興趣。」

「就跟你通知一下而已。」三嬸自顧點點頭，退了開去。

休旅車加足馬力，往山下急馳而去。

關於那些前塵往事I

「捍衛地獄梗，胸懷神回覆！各位聽眾們，歡迎來到鏡文學贊助之衛懷～Talk秀。要知道，束縛我們的不是窮，而是不夠窮！這年頭物價飛漲，手機也常催著我們衝動消費，光靠一份薪水就注定是月光族的命。斜槓青年當道，正職外多個副業也是理所當然的，但是打工也是要有個底線的。比方說……

有位男子花了五位數金額參加婚友社活動，每次排一位女性約會對象，還要額外支付五百元茶水費，三年多來還是沒有找到女朋友。終於有一位女子良心過不去，向他老實招認『其實我只是來打工的』，還把人力銀行上的應徵鐘點職缺傳給他看。男子不禁大嘆，他以為是在跟女孩們掏心掏肺，但女孩們卻只把他當客戶訪談罷了。所以說，別再告訴我們什麼真心無價了，一小時不也值新台幣一百五十八元嗎？

但難免還是有人嫌鐘點費賺得慢。所以彰化一名女子打算一勞永逸，來場『吃一輩子』的打工。她決定跟前男友自導自演一起綁架案，好向現任小開男友勒索三百萬元。小開男友報警後，警方在兩天內便宣告破案。被逮女子表示，犯案時她是被惡鬼附身，她本尊完全不知情，但警方並不採信。如果這起擄人綁票打工成功的話，那附身的就不叫惡鬼，改叫財神了吧！」

——

「你也看到了，傳統領域的專業人士能力就這樣，想找他們幫忙？我看是不用指望。」休旅車正往古亭方向開，吳P冷冷地說道。

不過衛懷在意的是其他細節。他反問：「請你老實告訴我，正常的魂魄待在結界會怎樣？」

「……那不是正常環境，無論對肉身或靈體當然都是有害啊。但影響層面如何、多嚴重？我們之前沒碰過這種情形，我沒辦法告訴你實際上會怎樣。難不成我還叫牛頭馬面拘個靈體丟進去實驗嗎？」

「那你之前就應該先跟我說的啊。」衛懷有些忿忿不平地說：「你為什麼就不老老實實地跟我說，薇芝在那裡多待一秒，就多一分危險。我們更應該爭取時間去把她救出來啊。」

「這幾天，我們已經無日無夜地為這事奔波了。別說我，就連映貞也把命都豁出去了，你還嫌我們做得不夠多嗎？」吳P有些不耐煩地說：「我實在跟你說，如果我們不能想出辦法讓薇芝回到她自己的身體裡，你擔心這些都沒意義啊，我們只能一步一步盡力去做。你放心，如果沒把她救回來，這輩子我再也不碰結界。」

「希望你以後教學生也能教得心安理得。」雖然明知吳P這句話已押上自己的職業前程，這幾天他跟老婆也是拚了老命想救出薇芝，但衛懷總覺得要不是由三嬸提點，自己恐怕還被吳P蒙在鼓裡。因此如鯁在喉、不吐不快。沈默片刻後吐出這句。

聽到這句嘲諷，吳P似乎想回嘴幾句但忍住了。沿路上，兩人心情都格外惡劣。休旅車開回醫院急診室，宋映貞前額縫了七針，蓋上大片紗布，除了一圈明顯瘀青外沒有大礙。由於天后的體力實在撐不住了，於是她在最近的黃線捷運站下車回家休息，其餘人等則回到別仙樓。

X被帶進小會議室，直接以會議桌當床板。衛懷將她的雙手、雙腳捆上束帶後，又再纏上一圈封箱膠帶。畢竟在這關鍵時刻，不容許再出任何亂子了。

「我來看著她，你們先去休息吧。」衛懷說道。畢竟是親密女友，由自己來守護是最恰當的。

吳P朝X的臉瞥了眼，似乎有什麼話想說，但最後只交代了無論發生什麼情況，都不能解開X的手腳束縛後，便跟宋映貞先離開了。衛懷並沒有像吳P一樣，注意到X緊閉的眼皮下仍在偷偷滾動的眼珠。

周遭恢復一片寧靜。衛懷以處理家事為由，先向行銷公司請了當週的假後，又再滑了十來分鐘的手機，開始有些昏昏欲睡。意識朦朧之際，X突然出聲了：

「喂、喂，衛懷哥。」

連續叫喚四、五聲後，衛懷才迷迷糊糊地醒過來。「怎麼？」

「人家想去洗手間啦。」X以楚楚可憐的語氣說：「至少幫我把兩隻腳解開嘛，讓人家方便一下，絕不會亂跑的。」

一來是為了苦等肉身的薇芝、二來是為了被平底鍋痛打一頓的自己，衛懷對錢秀月只有滿滿的憤怒。當然薇芝要是知道自己的飄飄長髮被剪成這副鬼模樣，肯定也會跟她拚命。他想也不想地拒絕了：「妳就在這裡解決吧，我幫妳清。」

「人家是女孩子耶，搞得這麼髒兮兮好嗎？你很生氣我理解，但你連女朋友的形象都不管啦。」

衛懷不吭一聲。

「……你很愛你的女朋友吧？我就這麼憋著，憋到腎都壞了，你不為她心疼嗎？」X繼續遊說道。

衛懷仍不理會。

X有些動怒了。「好吧，你自找的。我數到三，你不幫我解開，我就咬舌自盡。反正我報完仇了，不需要這身體了。」

衛懷臉色大變，有些緊張起來。這全給X看在眼裡。她微微一笑：「我用力把舌頭咬斷，身體的血都流乾了，你女朋友怎麼回得來？就算救回來，以後講話都不清不楚了喔。」

她嘲弄地看著衛懷那陰晴不定的臉色。故意沈默片刻後，張大嘴吐出舌頭，開始倒數：「一、二……」

「好、好。我抱妳去洗手間，可以吧？」衛懷忙出聲道：「手腳還是不能幫妳解開，我把妳抱到定位上，褲子幫妳拉下來，剩下的妳自己解決，行吧？」

X故做嬌羞，討價還價幾句，最後妥協道：「好吧，假如你們幾個這麼怕我一個弱女子，那就照你的方式做吧。」

衛懷搖了搖頭，站起身靠向會議桌，彎著腰將兩手伸向X的後腰與後頸處，X也自然而然地將頭靠向他的右肩，正當衛懷要發力上托時，只聽得後方傳來喝止聲：「你想幹什麼？」

衛懷放開X，轉身看向會議室門口，吳P正一臉凝重地看著他們。

「她說要上廁所，要我幫忙解開束帶，我當然不可能聽她的……」衛懷還沒說完，隨即給吳P打斷：

「我不是跟你說話！」

吳P邊快步上前，一把用力掐住X的下顎，讓她嘴巴大開後，從她的舌頭下方拉出一支半邊被拉直的迴紋針。

那瞬間，衛懷忽然覺得脖子一涼。

「舌頭挺靈活的啊，還能扳直迴紋針？想當凶器還是開鎖啊？」吳P冷笑道。「錢仕達先生……不對，應該說是錢秀月小姐吧？」

看到把戲被拆穿，X忿忿地閉上眼睛，不想再說話。但聽到自己前世的本名被提起，她的嘴角露出一抹淺笑：「你們也被我騙得團團轉吧，不然陳安然的事情鬧得這麼大，早該找到我了。我還真希望附身到一個男人身上，或許這樣真能幫我爸報仇了。」

「既然妳這麼有精神，不如來聊聊？有些情報妳肯定很感興趣的。」接著他轉頭朝衛懷說：「你去休息吧，我跟她聊一個小時就好。」

關於那些前塵往事 II

接連幾天的東奔西跑，外加一場耗去他大半條老命的「結界躲貓貓」，其實現在的吳P累個半死，只想打地鋪躺平，好好睡上個八小時。但在眼前的，可是千載難逢與轉世者對話的機會，之後也不會有太多的交流時間，因此對學術研究的熱情，在他的胸膛中熊熊燃燒著，使他變得精神百倍。

吳P很希望藉此一窺因果業報的堂奧，也許未來可以弄篇論文或設計新的研究方向。他大致了解「錢秀月」、「蘇慧旻」的前後世關聯了，但其中還少了一片重要拼圖：

錢秀月到底犯了什麼滔天大罪，導致來世的蘇慧旻被殘忍殺害？如果不先釐清錢秀月的生平，就無法判定何為因、何為果。錢秀月如果真的犯下這樣的重罪，但並未見諸媒體的話，那只意味著該罪行尚未被發覺、或者是人間無法制裁的罪名。這是吳P最為好奇的地方。

只是要怎麼讓X心甘情願地吐露他想要的資訊？吳P費盡思量。眼看X閉上眼睛拒絕交流，他放軟音調說：「這樣吧，如果妳配合些，回答我幾個問題，那麼我就幫妳把手腳解開，讓妳自由活動？」

X冷笑一聲。「可能嗎？你們巴不得讓這身子的主人早點回來，捨得給我自由活動？」

當然不可能。但吳P只求引起她興趣、讓她開口，便算達成目的了。他思考片刻，問：「我想知道，妳當年對陳安然一家到底做了什麼，怎麼下輩子的命運這麼悽慘？」

「你拿什麼籌碼來跟我談？」X反問。

「嗯……北成路二段那邊，住的是妳媽吧？」

「她有社福機構照顧，不愁吃穿直到送終，不勞你費心。」

「或者……妳會想多了解妳轉世後的蘇慧旻的遭遇？被妳一刀殺了的那個陳胤竹，其實是她的男朋友呢。」吳P說。

X笑得坦然。「這輩子、下輩子，有差嗎？怎麼個遭遇還不都一抔黃土，有什麼好了解，反正都要下地獄。」

吳P設身處地想了會兒。「不然，我來試著幫妳父親平反？他明明沒殺人卻被判死刑，妳也不捨得讓他背負這冤屈吧？」

X的臉色變得柔和些。「……都三十年的破事了，有沒平反，沒意義吧。再說了，你做得到？」

「也許妳母親不那麼想？丈夫的清白名聲，對她或許很有意義？」眼看這誘因奏效，吳P再加把勁：「我做不做得到，就看證據夠不夠了。我認識幾個警界的有力人士，只要我們找到關鍵的實質證據，我相信一定能夠平反的。」

這回X不再說話了，但看得出來她對這提議有些心動。

雖然吳P的話說得誠懇，但他心中也明白希望不大，不會有誰對這三十年前某個小角色的冤案感興趣的，他只希望能讓X多說些話。眼看時機差不多，他說道：「這樣吧，我看妳很累了，那麼我就幫妳說說當年的事。妳覺得哪邊不對的，可以隨時打斷補充，怎麼樣？」

當年警方公布給媒體的訊息是，錢仕達跟古仁國是破貓老大的手下，他們某晚酒後發生口角，相互鬥毆，導致古仁國死亡。乍看是個很普通的傷害致死案件，但要是知道古仁國的真實身分，是臥底警察梁志文的話，箇中真相肯定就沒那麼單純了。

「古仁國的死，很可能是陳安然把情資洩露給破貓，讓他找人去下手，甚至是陳安然自己下的手。而你父親只是被破貓故意派去現場頂罪的人，是吧？」這部分的線索不足，吳P適時打住。

「……是陳安然自己下的手。那個臥底警察抄到破貓一本行賄帳冊，裡面有幾個分局高層跟陳安然的名字，說穿了就是個白手套。臥底警察想找政風單位爆料，陳安然找他在車上談判，然後失手殺了他……最扯的是，臥底警察是死在車上，但破貓卻叫我爸去他家裡，那個命案現場完全是陳安然自己事後設計出來的。」X恨恨地說。

「為什麼要妳爸去頂罪？」吳P問。

「因為破貓一直懷疑我爸手腳不乾淨。」X一臉黯然道：「我有慢性腎病，那年代沒有健保，從小他就花很多錢在我的醫療費跟營養品上。因為有一次急用錢動手術，他挪用了收來的保護費，之後破貓就一直疑心我爸有問題，但又擔心他知道太多幫派內的事，所以才這樣借刀殺人。」

當然那時年方十九的錢秀月，並不知道當中的來龍去脈，只是看到父親被冤枉入獄，心中十分焦急，無計可施下，遂接近承辦此案的陳安然警官，希望能夠得知更多案情內幕，甚至不惜獻身只盼還父親清白……。

「是他故意來接近我，不是我去接近他。」X一臉悔恨的笑容。「到頭來才知道是請鬼拿藥單啊。」

跟陳安然交往後，錢秀月才發現，之所以找錢仕達頂罪似乎還有其他理由。錢秀月記得，在事發前兩天，破貓曾經跟幾個兄弟來家裡拜訪父親。之後她因為放在洗手間馬桶水箱蓋上的花盆方向不太對，掀了蓋子一瞧，赫然發現裡頭有把手槍。她大驚之下把槍藏到屋外的水錶箱下，打算等父親回來再當面說，但之後就發生那件事了。

「妳的意思是，破貓也想把其他案件栽贓到妳父親頭上。所以之後警察有去妳家搜索吧。」吳P問。

X點頭。「沒錯，他們搜了整棟屋子，馬桶水箱蓋也被翻開了，但最後都沒找到那把槍。之後我開始調查陳安然，才發現他前一年辦過羅東農會搶案。有一個歹徒拿黑星手槍搶走四十萬，過程中開了三槍並打傷一名警衛。我猜那支手槍就是藏在我家的那把。」

昨晚的追捕中，宋映貞也不忘把手槍收起來了。吳P打算透過黃大仙把這槍交給警方，做個彈道比對應該就能確定這把槍犯過什麼案子，但若想光憑這點作為平反證據，顯然還差得太遠。

「然後，陳安然告訴我，他也相信我爸爸是清白的，只是被他的老大破貓陷害，他一直努力奔走、四處蒐證，但是破貓勢力太大，他需要更多的資源來跟他周旋。然後……就這樣騙走了我的錢跟身子了。」

X的臉上浮現出悲哀的神情。

關於那些前塵往事 III

之後錢秀月一直把破貓跟他的爪牙當做假想敵。那年代的影視小說有很多「報殺父之仇」的橋段，有感於自己的弱小，錢秀月除了開始慢跑健身外，也透過陳安然的安排，去上了些如柔道、擒拿術、刑法概要與警察實務等培訓課程。

「那時候已經有不少女孩子去考女警，但是我有慢性病，當不了。反正我是想透過法外途徑去教訓破貓，所以一直很認真學著，也跟那個陳安然討論過很多。」

直到一九九三年錢仕達被槍決伏法後，錢秀月居然還傻傻地相信，陳安然已經傾盡全力想挽救父親的性命，只恨破貓勾結了檢警從中作梗，他奮鬥到最後一秒仍獨力難支，唯有眼睜睜看著他的父親被拖進刑場。

「你相信嗎？他居然在我面前痛哭，然後我還安慰他，說我這輩子會記得他的恩情，來世做牛做馬報答他。」X咬著下唇恨恨地說道，但隨即冷笑一聲：「不過你剛說過我來世還是當個女的，然後他兒子是我男朋友，但又被我一刀殺了？哈哈，這是一筆什麼糊塗帳呀。」

吳P也不禁苦笑起來。這種詭異的輪迴人際關係，要不是真發生在自己眼前，自己肯定也不會相信的。他試著把話題拉回來：「然後妳發現了……古仁國的真實身分，才清醒過來？」

從錢秀月的檢舉函被藏在古仁國的故居裡，便可以推測出，錢秀月很可能是從古仁國的真實身分中，發覺陳安然一直在欺瞞自己。X點了點頭，說：「一九九四年的情人節，他把我找去他家陪他，沒幾分鐘後他同事就把他叫去處理突發事件。我偷偷去他書房翻相簿，突然看到一張他在念警察大學時放假出遊的照片，我在一張合照裡看到了古仁國。那瞬間，我知道自己被騙了！」

陳安然很可能在背後主導殺害了古仁國跟自己的父親。比起破貓，這個陳安然更可恨！他居然還覬覦著錢家的微薄家產，連自己的身子也霸佔了，然後還把她騙得團團轉好取樂，她竟對他不住地感恩戴德。

錢秀月氣得全身發抖！

「當時的妳，應該可以趁他不注意，偷偷殺掉他吧？但妳覺得……這樣太便宜他了？」吳P試探道。

「哼，我隨時隨地都能取他那條狗命，但我要他先嚐遍人間痛苦後再上路。」X咬牙切齒道。

「所以妳暗中蒐集他跟破貓勾結的證據，隔年向政風單位檢舉，可是都沒有用吧？」吳P接口道。

「他們官官相護，當然沒用。那封檢舉函的唯一用途，就是把我自己判了死刑。」

「嗯？」

X並未回答，自顧說道：「我也知道不可能靠一封檢舉函扳倒陳安然。於是那陣子我使盡渾身解數，全力討好他，甚至還獲得他老婆的信任，讓我幫她接送女兒上學。呵呵。我那時也才知道，為什麼陳安然這麼貪婪，因為他除了在外頭包養兩個情婦外，母親也得了肺癌，每個月光醫療費就要五萬多元。」

「接下來我佈了一年的局，把陳安然的大小金庫連同他家的兩間房，全都騙到手了。然後我把大部分的錢，捐去一個他絕對不敢去追回來的地方。」X露出狡黠的笑容：「……我當做政治獻金，匿名捐給了當時的一個民進黨立委，打警政弊案很出名的那個。」

吳P暗讚了聲，這確實是讓陳安然追悔莫及的好方法。

「他家的財產包括他老母的救命錢、女兒的大學基金、太太的買菜錢，全都一毛不剩了。然後我還把之前跟陳安然偷偷錄下的性愛影帶，貼上了全家福影片的標籤，悄悄地放進警局會議室跟他家的錄放影機中……我就做了這些事，你說，跟陳安然做的那些事比起來，我有這麼傷天害理嗎？不到三個月，氣急敗壞的陳安然就找人把我撞死了。」

對照一下黃大仙提供的事件列表，當時的錢秀月不會知道，她身亡後的半個月，陳安然的母親就因為癌細胞擴散全身而病逝，如果不是救命錢被捲走，她或許還能繼續用藥物壓制癌細胞，多活上兩三年。

隔年由於破貓金盆洗手，加上陳安然醜聞纏身，他外頭的金流被斷，只能暫時靠本薪過活，也跟老婆暫時分居。而他女兒在補習班打工時，因為擦窗戶不慎從三樓摔下，從此癱瘓在床。接著就發生了老婆帶著女兒自殺的憾事。

聽完這命運多舛的奇女子遭遇後，吳P也不禁搖頭嘆息。蘇慧旻的悲慘結局，是因為錢秀月在前世所種下的惡因嗎？為了想幫父親跟自己出口氣，她捲走了陳安然的家產，間接導致三條人命的逝去。吳P不敢斷言，這輪迴系統的規則或許不是他這個凡人能揣摩一二的。

「故事好聽嗎？可以放開我了？」X斜眼瞧著吳P，以挑釁的語氣說。

吳P搖了搖頭：「不能放開妳，只能勸妳放下。」

「臭男人！」X嗤笑著，閉上眼睛不再說話。吳P看了下錶，已經凌晨三點半了。他決定小睡一會兒，畢竟明天還有很多事得做呢。

毀天滅地的前奏

終於要結束了嗎？這個小天地要崩毀了嗎？有什麼恐怖的事要降臨了嗎？

結界外的干擾大概只消失了兩個週期，在趙薇芝前一次休眠時，一股前所未見的劇烈震動驚醒了她，幾處暗紅色的燒灼區域又浮現出來，接連不斷的刺耳梵音又環繞在她耳際。

最可怕的是，那干擾變得更具攻擊性。每隔一段時間，就會聽到一聲巨響，像是有把巨鎚在結界邊緣上用力敲打，緊接著周遭便隨機出現數十道長短粗細不一的裂縫。每當有裂縫出現，黑氣便飛快地由內向外流出，同時也有灰色霧氣自外流入，每道裂縫都會透出耀眼白光，照在身上會產生強烈燒燙感，並會讓該部位久久使不上力，這逼得趙薇芝不得不左躲右閃。

結界的外層似乎具有癒合能力，流動的磁力線會逐漸填滿空隙，因此大小裂縫最多在數十秒內就會消失。只是那巨鎚數十次的反覆重擊，結界的癒合能力明顯地變得愈發遲緩了。

持續不斷的衝擊下，她週身的黑氣都快消散了，芒尖也幾乎消失無蹤。她感覺之前積累的力量已一絲不剩，自己如剛進入結界般虛弱。

半個週期後，衝擊規模愈來愈大，趙薇芝極度驚恐不安。結界彷彿下一秒就會崩毀、自己也將被迫暴露在灰氣跟白光下，跟著煙消雲散。

她嘗試鑽進衣櫃躲避，但不知為什麼，這衣櫃跟其他家具一樣，喪失了功能性，完全無法達到遮蔽效果，時不時地有白光照射過來。

她無助地蜷縮在角落，把臉深埋在雙膝中，緊抱著頭，期待這惡夢快些過去。

這是她第一次感受到死亡的威脅。

面對雜音、回歸初衷

許多人都曾問我，為什麼要選擇親身進入結界這種危險方式，來進行驅鬼、除靈？明明有很多在現實界中便能安全成事的例子。我總告訴他們，因為這是目前唯一「雙贏」的作法。但說到真正原因，其實跟先父在我青少年時期，因為一場意外身亡後所引發的後續事件相關。從此我便下定決心，要尋找人靈雙贏的解決方案，當同樣的情境發生在其他家庭時，能夠不再繼續製造遺憾下去。

因為當那無可挽回的遺憾生成後，或許還會成為某人或下一代生命裡的「最大遺憾」，陷在這種無窮盡的迴圈裡，不就等於硬生生地在人間製造更多悲劇嗎？

雖然雙贏局面看來很不錯，但由我們出手，自然是擋了那些傳統宗教驅鬼除魔的財路了，這種非主流的手段也會遭來許多非議。目前靈學仍在初期研究階段，還無法深入人心、影響輿論，因此我一直採低調行事作風，即使有家屬相求，我還是會希望他們先循傳統手段，若他們無法解決時再來出手。

當然，儘管都做到如此地步，但隨著我們解決的棘手案件愈多，外頭的噪音也愈大。許多宗教、宮廟或利益團體都要求我們停止服務。小隊成員們的心緒難免會隨之擺盪。但當你因為這些事情迷惑的時候，不妨暫停下來、捫心自問：你不惜涉險進入結界的初衷是什麼？

不就是為了助人、助靈，不再讓遺憾發生嗎？

理論與現實的差距

隔天早上十點，眾人收拾好裝備在辦公室裡集合。吳P低聲宣布道：「早上陳先生來電報平安了，他的公寓雖然給燒毀大半，不過人狗均安，琪琪只受了點驚嚇沒大礙。當然，這可千萬不能給X聽到。接下來都準備好了吧？那我們出發了……。」

「等等！我有問題。」衛懷突然舉手發難：「我想提的問題很重要，可以先搞清楚後再上路嗎？」

其餘三人互看了眼。吳P聳了聳肩，放下手上的工具包，隨意地坐在一旁的辦公桌上，做了個「悉聽尊便」的手勢。天后拍手笑道：「好哦，小鮮肉先生要告白了，對不對。」

衛懷有些不自在地清清喉嚨說：「首先，我很感謝各位，如果沒有大家的通力合作，我們不可能抓到X、而且進入結界裡見到薇芝。只是我總感覺，你們可能是因為我剛加入，或顧慮到我太過擔心，所以對我隱瞞了很多事。但這樣對我或對薇芝來說，都很不公平……」

宋映貞納悶地看了吳P一眼，疑惑地問：「你說對你隱瞞了很多事……能不能舉個例子說說？」

「好，剛好這也是我想問的問題。我們現在最要緊的任務有兩個，就是把錢秀月的靈體移出薇芝的身體、然後讓薇芝回到她自己的身體，這樣沒錯吧？」

「順序是這樣沒錯。」宋映貞點點頭。

「那首先請問，你們要怎麼把錢秀月的靈體移出薇芝的身體？那些道教廟主都說做不到了，還是你們做過什麼研究、找了什麼文獻能做到這事？」衛懷問道。與此同時，他緊盯著三人臉色，果然又出現如上回談到「靈體在結界的副作用」般，出現閃躲、不安、窘迫等表情。

衛懷冷笑：「你們現在應該去照照鏡子，這是又要編故事或故意跳過、把我蒙在鼓裡的預告表情嗎？」

宋映貞不悅地說：「衛先生，你這樣說很不公道，我們都把手邊的事放下了，吳教授也把課都停了，只為了趙薇芝的事在奔波。既然我們的目標都一樣……」

「可以、可以了，我來說吧。」一直專注聆聽未發一語的吳P，按住宋映貞的肩膀示意她停下，接著對衛懷說：「有沒有什麼文獻或研究提到要如何把佔據他人肉身的靈體趕出去？我還真去查過，並沒有，而且以後也應該不會有。」

「福元宮的三嬸說這一點她做不到，也說其他同行的做不到，理由跟沒人去研究這一點一樣，因為要做到這點並不難，只是手段有些激烈……所以沒人會多花時間精力去研究。」

「你們知道方法了？是什麼？」衛懷驚訝地問。

要怎麼把靈體趕出一具肉身？這答案或許小學生都知道，但衛懷顯然是關心則亂，沒往那方面細想。

「死亡。如果肉身的心跳停止，靈體就會脫離。」吳P回道。

衛懷張大嘴巴，不敢相信這個答案，半晌後才訥訥地問：「你是要我的吧？我們是要去救薇芝、不是殺薇芝好嗎？你們是在開玩笑的吧，居然……」

「聽我說完。講課的時候不要打岔好嗎？」吳P也來了脾氣，說：「當然不是去殺她，而是用些沒有後遺症的方式，讓她短暫地死亡，等錢秀月的靈體離開後，再把肉身帶到趙薇芝靈體附近進行急救，等肉身的生理機能恢復正常，她的靈體就能歸位。」

雖然是「短暫死亡」，但要是時機不對或發生失誤，就有可能變成「永久死亡」了，兩者不過數分鐘之隔。施行此法有頗高的機率會白白擔上謀殺罪名，也難怪三嬸說沒人做得到了。

「……不是吧，只有這個方法了嗎？太扯了！」衛懷震驚了數秒，打開手機查了會兒，問道：「一定得真死不可嗎？假死行不行？比方這裡有寫河豚毒素，能讓人心跳變得很緩慢，進入假死狀態？」

看著三人都搖了搖頭，衛懷長嘆口氣，改口問道：「好吧，假如非得那麼做，那你告訴我，肉身要死亡多久才能讓錢秀月離開？急救成功後薇芝就確定會回到身上？要是那個錢秀月又搶先一步回來怎麼辦？……」

「衛先生，我說過了，這完全沒有前例，之前沒人這樣幹過，所以你要我確定這確定那的，我不可能會有答案的。」吳P幽幽回道。

衛懷翻著白眼，抱頭喊道：「不是啊，人命關天耶，而且這是趙薇芝的命，但是你們現在什麼都不能確定，你要我怎麼相信你們？」

「你這樣講就沒意思了啦，衛先生。」天后不以為然地幫腔：「我們是幫你的人，我們都很同情小妹的遭遇，我那麼多天沒回家，朋友都以為我怎麼了，可是我都很努力在做事，對不對？假如連吳教授都不知道怎麼辦，我們更應該一起努力去找辦法，吵架沒有用，是不是？」

衛懷怒氣沖沖地說：「假如……假如你們一開始不要帶她進去結界，不就什麼事都沒有了嗎？」

現場陷入一片沈默。因為這是先進科學的代價啊！吳P很想這樣大聲地對這傢伙說。歷史上，新的發明出現，難免會衍生出更多前所未見的問題。對，因為飛機上天了所以才發生空難，但這該是指責萊特兄弟的理由嗎？電力廣泛使用提升人類生活品質，但總不能因為每年總發生觸電意外，就把人類打回中世紀吧？對，這結界驅鬼手段很新穎，只是現在發生了大家不樂見的事件了，不過……

偏偏這大道理誰都可以講，就只有發明者不能講，得乖乖地概括承受。吳P放軟音調，說：「先別擔心這麼多了，不如我們回去萊茵天廈看看吧。不管要怎麼做，終究要設法先把結界破壞掉，不然討論再多也沒用。」

衛懷擔心的錢秀月重複上身問題，吳P也考慮過了。目前的想法，是利用結界來做分隔帶。讓X在結界外斷氣、然後把肉身帶進結界急救，這樣就能解決錢秀月再上身或留在結界的問題了。

四人帶齊裝備，並押著昏睡中的X一同上休旅車，準備再次進入四〇二室結界做最後一次查探。

這回他們也想把X直接帶入結界，如果能讓趙薇芝回到自己的肉身，再循「鬼附身」的傳統套路來解決或許更簡單些。當然若能重現結界與靈體的依賴性原則，讓錢秀月直接回歸結界，那就一舉兩得了。

不過就算是跟他們出過沒幾趟任務的衛懷也知道，這夥人在現場的運氣向來有夠背，行動中永遠是意外頻傳、狀況連連，不出人命已是謝天謝地，別指望會發生什麼好事。

老熟人相見不歡

由於出發前的一番激烈爭論，使得前往萊茵天廈的路上，車內聊天都有一搭沒一搭的，氣氛很是尷尬。不過衛懷並不後悔，即使可能打壞關係他也不在乎，畢竟現在的薇芝只能靠他發聲了。

只不過出乎他意外的，抵達目的地後，氣氛變得更加詭異。原本笑臉迎人的總幹事，看到吳P一行人前來，臉上盡是不耐煩的神氣。

「你們又來幹嘛？」在社區大門前，總幹事沒好氣地問。

助手座上的宋映貞降下車窗，陪著笑臉招呼道：「總幹事您好啊。我們再去C座四〇二室看看，做最後收尾。」

「用不著你們啦，回去吧。」總幹事擺了擺手：「那邊這兩天在作法事，屋主親自坐鎮，你們不用再來招搖撞騙了。」

車上四人面面相覷，搞不清為何對方突然冷嘲熱諷起來。不過聽到「法事」這兩字，擔心會破壞自家的計畫，宋映貞還是耐著性子問：「總幹事啊，你怎麼這樣說啦，我們真的沒有騙誰好嘛。上次問過你，你也說都處理好啦，為什麼還要作法事？」

總幹事怒氣沖沖地罵道：「你們還敢說！科學驅鬼咧，騙誰啊？上禮拜安靜沒幾天，又開始鬧了起來。之前是大哭、現在是尖叫，十點多就開始在那邊吱吱鬼叫，啊個一整晚！嚇死人啊。吳教授啊，我們花錢是想請你們把鬼趕走，不是叫祂換節目的，好嗎？」

「不是啊，如果沒處理好，你真的可以通知我們……」

「不用通知啦，屋主都對你們沒信心了，通知個什麼啊。」

吳P拉住仍要辯駁的宋映貞，傾身朝總幹事說：「你誤會了，我之前有跟屋主聯絡過，要跟他租房，今天過來是談這事的。」

總幹事搖了搖頭，似乎想說點什麼，但還是做罷了。「好、好，你去停車，我跟你們一起上去。」

吳P將車開往社區停車場。眾人決定暫時不拿裝備，先上樓確認一下情況再說。但當他們走向停車場另一端時，旁邊停放的一輛黑色賓士車，忽然降下後車窗，後座坐了一名穿著絳紅色唐山衫的老人。他鬢鬚飄飄、目光矍鑠，有幾分仙風道骨的感覺。當時吳P已經走過去了，而老人還特地轉頭朝他背影看了眼。走在後頭的衛懷則跟老人打了個照面，也因其不凡氣度而留下印象。

總幹事陪同吳P等人往C座四樓走。一出電梯口，就看到四〇二室的廊道前擺了張法壇桌，放上素果酒水與各式法器，穿著黃色道袍的道士正搖頭晃腦地邊搖攝魂鈴、邊唸誦經文。旁邊除了屋主外，還站了兩名像是助手的男子，其中一人恭謹地捧著一塊長約二十公分的深褐色木牌，上頭以硃砂寫就一串龍飛鳳舞的咒文。

吳P一看到那木牌就面色凝重，低聲道：「那是雷擊木做的五雷令，看來有幾分道行啊。」

衛懷一聽到「五雷」這兩字便如遭電擊般跳了起來，忙問：「這就是你之前說的，會把靈體震得魂飛魄散的五雷符嗎？」

「應該是，不過……」吳P話還沒說完，衛懷就如發瘋似地衝上前，大喊著「住手」！一邊推開道士，猛地掀翻了法壇桌，各類水果法器叮叮噹噹散落一地，現場眾人全都傻眼了。

那道士見狀大怒，隨手抄起桃木劍揮來，衛懷一個矮身險險躲開，但隨即被兩名助手架住，壓制在牆角。吳P等人忙快步趕來助陣。

「你們哪兒的呀？擺壇作法也來搗亂，會禍延三代的你知不知道。」道士破口大罵，一邊朝屋主說：「林先生，麻煩打電話給警察，我絕對刑事民事都要追究。不像話啊。」

吳P趁亂偷眼看了一下四〇二室內的陳設，發現裡頭的家具都被清空，屋內原有的木工裝潢也拆得七七八八，但還沒完全收尾就開始做法事了，大概是如總幹事所說，裝潢工人被突如其來的「尖叫聲」給嚇跑了，屋主不得不另找高明來驅鬼。

「等等、等等，道長，林先生，先聽我們說幾句。我們沒有惡意。我們是別仙樓的人……」吳P掏出名片，趕忙上前打圓場，但自我介紹還沒走完，就給道士揮劍打斷了。

「別仙樓的？騙子啊，這夥人就是詐騙集團，同道都傳開了。搞什麼科學驅鬼還發表論文，全都是瞎扯蛋。這回連我的鍋都想砸啊，絕對不會跟你們善罷甘休。」

接著換衛懷怒吼：「……我警告你們，裡面被困住的，是我的女朋友，誰敢讓她灰飛煙滅，我保證讓他也灰飛煙滅。」

「少年仔，這麼囂張喔。」助手之一不以為意地調侃著。但下一秒，他的臉色變了。天后大步朝他殺來，一把抓起他壓制衛懷的右手，反剪至背後，接著用自身體重優勢來個貼牆壓制，把他痛得齜牙咧嘴。

衛懷眼看只剩一人壓制自己，隨即狠踩對方的腳背，趁著他跳腳時一把將他推倒在地。道士、屋主紛紛上來幫手，吳P不得不抄起地上銅錢劍格檔，總幹事忙攔著他，原本的口角在轉眼間快升級成群毆了……。

站在一旁的宋映貞看到這混亂場面，簡直是欲哭無淚。原本的任務已經夠麻煩棘手了，現在又因衛懷的一時衝動，惹出更多風波，都不知道該怎麼收場了。她想起吳P先前交代的，於是尖叫道：「別打了。住手，全給我住手！」接著她轉向屋主：「我們是來租房子的，不是來打架的。你平常都這樣修理房客的嗎？」

屋主回過神來，反唇相譏道：「什麼房客？我答應租妳了嗎？一個月五萬塊妳租不租。」

吳P邊努力掙脫被總幹事緊抓住的雙臂，邊回道：「這裡的房價頂多一個月二萬二，你坐地起價啊？」

「你問我我問誰？問鬼嗎？」屋主愈說愈激動，指著公寓裡頭說：「找你們這些裝神弄鬼的來幫忙，給我白耍三年，搞到鄰居抗議、房價大跌。不租個五萬合理嗎？」

「原本屋內的靈體我們已經請走了，現在裡頭的是另一個靈體。再給我一個禮拜，我保證將祂請走。」

那道士聞言哈哈大笑。「看看、看看，這詐騙集團真是吹牛不打草稿啊，天底下還有你這樣把舊鬼先請走，又再找個新鬼放進來，你當幫忙找新房客啊？還有沒有點職業道德了。」

屋主也搖頭說：「之前給你們多少時間了？一個月都搞不定，你現在跟我說一個禮拜？」

道士朝剛掙脫衛懷壓制的助手喊道：「快給我報警，把這些礙事的傢伙趕走。」

「且慢！」一個深沈厚實的嗓音鎮住全場。眾人轉頭朝後方看去，那位坐在賓士車裡的老人高舉右掌喊了聲，接著手持枴杖、左腳一步一拖地走上前。令吳P一行人驚異的是，應該在休旅車內昏睡的X，居然也在老人後邊亦步亦趨。

宋映貞跟天后趕忙衝向電梯，包抄X的後路。衛懷也跑到X的身邊陪著。那老人似乎看穿他們的意圖，微笑道：「無妨、無妨。錢小姐已了卻塵緣，不再執著。」

之後吳P等人才知道，原來X趁他們離開休旅車後，就立刻掙脫手腳束縛，開了車門往社區外跑，但路上卻被賓士車給攔下。之後經玄璣子「點化」，X便乖乖地跟在他身後，不敢離開半步。

這老人氣度不凡，衛懷、宋映貞等人一看到他就心生折服之意，願意聽他說上兩句。但吳P卻是緊握雙拳，臉色變得很難看。

老人接著轉向道士，行了個拱手禮：「在下玄璣子，今日不請自來，還盼各位海涵。」

原來是那個用五雷符把吳P父親震得魂飛魄散的玄璣子！難怪吳P一副想上前拚命的模樣。他的同伴們也都以戒備神情緊盯著他與X。

那屋主跟總幹事都沒聽過這名號，一臉莫名所以的表情。倒是那道士跟兩名助手登時肅然起敬。道士連忙拱手回禮，接著快步走到玄璣子跟前，兩人附耳低聲幾句後，那道士走回屋主身旁，從助手那兒拿過一個皮夾，數了幾張鈔票遞給屋主，接著招呼助手們收拾法器道具，十分鐘不到就打包完畢，拉著小拖車往電梯方向走。

「喂，道長，不是啊，哪有現在突然變卦的呀……你走了我怎麼辦啊？」屋主朝他們喊道，但那道士不理會，自顧進了電梯。眼看自己瞬間變得勢單力薄，屋主也不安地「嘖」了聲，裝作去追人的模樣離開現場。

總幹事這時也看得出來，這位玄璣子估計在道士同行中是個輩份極高的人。玄璣子朝他微笑，對他說：「總幹事先生，我跟這幾位朋友說說話，您方便把公寓鑰匙留下，我再進去轉轉？」

總幹事點了點頭，遞上鑰匙後，也追著屋主的腳步離去了。

當玄璣子換上一副「多年後故人相逢」的表情轉向吳P時，卻只見他面若寒霜地先潑了盆冷水：「省省吧，我不會領你的情，我這輩子也不可能原諒你，你不用在那邊白費功夫。」

玄璣子則是回以看透世情的微笑。「我只是很自私地想彌補一點當年的過錯，不奢求你的原諒，也不是自作多情。」接著轉向X說：「但若你允許，我希望能對這兩位女孩略盡棉薄之力，讓她們各自前往該去的地方……」

「不需要，你走吧。看你今天幫忙解圍就算了，不然我以前發過誓，見你一次就要打你一次。」吳P惡狠狠地瞪著他。

「大師，請幫幫我、請救救薇芝，求求你，拜託了！」衛懷一咬牙，突然衝上前，朝玄璣子噗通跪下，抱著對方的大腿祈求著。

這下子氣氛更尷尬了，無憾小隊的成員個個臉色難看，完全不知怎麼收場才好。

難得成眠的時光

來自外界的干擾已經停止了三個週期，趙薇芝總算有些精神，繼續研究第四個節點漩渦的設置處。誰知當她感到倦意，打算回到主臥室角落休眠時，一種比之前都更恐怖的外界干擾忽然襲來，結界裡的所有物事包括滾滾黑氣，都開始了不規則的抖動，地霧翻騰不止，節點輸出的磁力線非常不穩定，結界邊緣變得扭曲。

這次的干擾不像之前一般大張旗鼓，屢屢以重鎚敲打試探，更像一雙看不見的巨掌，將整個結界包覆在掌心中，緩緩施以強大壓力，試圖將它如雞蛋般一舉壓碎。一股低沈不祥的「嗡嗡」聲迴盪在四周，反覆刮擦著她的心緒與意志。

異樣的變化讓趙薇芝格外恐懼。她鼓起全身的力量，苦苦抵抗著，但在那強大的壓境外力下，她的努力彷彿螳臂擋車。

這一次，真的躲不過了嗎？……身上的力量逐漸透支，環繞身旁的黑氣消散得不剩半分，她感到絕望了。

正當她頹喪地放棄抵抗時，忽然間，一種熟悉親切的氣息從大門處傳來，讓她在這孤單冰冷的地方，感受到一絲久違的暖意。

她看到一絲希望火焰在閃動。就這樣吧，她也感覺好累了，於是走回主臥室的角落，抱膝坐下，瞬間進入休眠。

吳P的心情雜記(一)

萊茵天廈的意外會面，並不是這四十年來，我跟玄璣子這人渣的再次碰頭。早在大學時期我明白父親的遭遇後，我就發誓一定要討個公道回來。不都說「殺父之仇不共戴天」了嗎？要是有人甚至讓父親死後不得超生，身為人子的我豈能輕饒呢？

於是我用盡各種手段，從新聞媒體挖掘資料、去徵信社打工，甚至隔幾年就安排學生去做田調，研究玄璣子的一切，試圖找到他的弱點。所以我知道，他在父親的事件之後又動用了三次五雷符，也曾被同道前輩警告過，但他不以為意。之後他碰上嚴重車禍——座車在高速公路上莫名其妙地撞上分隔島，車子翻滾了四圈，他失去了左腿，以及一位視如己出的年輕徒弟。

同道盛傳他是殺孽太重有傷天和，因此遭到天譴。無論傳言是否為真，至少我很開心，冥冥中自有主宰為父親出了口氣。

玄璣子出院後，不復往日的意氣風發，低調收斂了不少。從此再也不幫人驅鬼，在鄉下地方當起廟祝。或許是為了彌補自己之前犯下的錯誤，玄璣子曾透過其他人找上我跟母親，表達想登門道歉之意，但我們都予以嚴拒，連電話也不肯接。

他不會知道，每年我都會透過各種方式觀察他，了解他的最新動態。雖然已經沒有什麼親手復仇的衝動了，但我也對「因果業報」的理論開始動搖。儘管法律罰不到他，但這人渣滿手血債，怎麼輪迴系統卻還放任他活得好好的呢？

所謂的國仇家恨、血海深仇，不過這般哪。我這輩子不可能跟他握手言和或是接受道歉，不然怎麼有臉跟先父交代呢。別忘了，我的人生也因為他而被迫轉彎了。

玄璣子的錦囊妙計

吳P一行人離開萊茵天廈時，個個心情都很不好，車內氣氛比來時更糟，幾乎是一片死寂，令人尷尬不已。休旅車並未抄近路返回公司，而是特意繞向光華商場，停在之前趙薇芝下車的巷子口。

「你回去好好研究，也調查一下薇芝過去的事。時機到了我們找你。」吳P朝衛懷說道，他的口氣明顯變得過份冷淡。衛懷臉上一陣紅一陣白，他深情地看了一眼熟睡中的X，然後默默地下車。

雖然衛懷在人行道上朝車內揮手道別，但其他人連聲「再見」都沒跟他說，甚至不肯拿正眼瞧他。直到休旅車再次起步後，後座的天后才冷冷地迸出一聲：「叛徒！」

對吳P來說，今天的探路行動簡直就是連番惡夢！首先是四〇二室的內部有了大變動、屋主甚至不惜動用五雷符來驅邪，儘管他一眼看出那是未必有用的簡化版符咒；然後是全世界他最痛恨的玄璣子出面打圓場，因為承他的情，所以爭取到一週的時間來拯救趙薇芝。儘管他死都不肯接受玄璣子的好意，但那人還是堅持送上一副錦囊，說這在之後的拯救行動中會有大用？

好不容易把這礙眼的仇家給打發走了，但事情還沒完！他們帶著X進入結界，赫然發現原本最難搞的「戈耳狄俄斯之結」不但還在，而且居然還另外多出兩組遺憾機關！之前留下的解鎖暗示根本沒用，趙薇芝在結界中依然很努力地擴張地盤，但卻為他們的救援行動帶來更多麻煩。最後他們希望X能主動離開，好讓沈睡中的趙薇芝回到身體，可是怎麼嘗試都失敗了。無奈之餘，眾人只好先退出結界。

為了避免之後出現預期外狀況，他們還是依照標準流程，在四〇二室布置好紫外線燈來鞏固原本的陽道，然後才離開萊茵天廈。雖然玄璣子說X在他的點化下已「了卻塵緣」，但眾人不肯輕信，還是對X曉以大義後，將她的手腳捆起、打了鎮靜劑讓她安睡。畢竟她還是不知道，心心念念想殺的那個陳胤竹，其實還活得好好的。在這關鍵時刻，吳P不敢再承受X逃脫的風險了。

休旅車開回別仙樓，眾人把裝備拖上樓。在電梯裡，宋映貞手上還拎著玄璣子送的那個錦囊，吳P看著十分礙眼，嘲弄道：「這髒東西不直接扔了，還帶進門，不怕公司被污染？」

宋映貞忍不住回道：「講句不好聽的，你是國中生嗎？我們現在面對之前沒碰過的麻煩，就是要盡可能蒐集各種解決方案，有人來幫忙我們都很感謝，更何況是專家給的建議呢？恩怨情仇先擺一邊，把薇芝的事處理好再說，行嗎？」

吳P冷哼一聲，吐嘈道：「沒錯，我偏偏就是要對人不對事。那老東西以為自己穿越回三國了嗎？自以為是諸葛亮啊，還搞什麼錦囊妙計？我們的觀念比他先進太多，他給的東西能幫得上什麼忙？」

天后呵呵笑道：「假如他的建議不裝在袋子裡，還不是給吳教授一把抓來撕掉？」吳P沒好氣地瞪了她一眼，她識趣地閉上嘴，趁電梯門打開時，連忙攙扶著X躲進會議室。

玄璣子在臨別前，想跟吳P握個手，但他死也不肯伸出手，於是玄璣子只好將名片跟錦囊轉交給宋映貞，吳P一把抓過名片就撕掉，還將碎屑當面扔在玄璣子身上。但這老人不以為意，拱了拱手微笑道別，拄著楞杖踽踽離去。

「這老東西肯定是一腳踏進棺材了，所以想博同情求原諒，希望身後少下幾層地獄罷了。我就是不讓他如願，十八層地獄下好下滿，沒得商量！」一見到玄璣子就理智斷線的吳P，已經沒有任何學者風範了，反倒有幾分像是個氣呼呼的小孩。

宋映貞翻了翻白眼，自顧走進辦公室後，就將錦囊裡的東西全倒在桌上。裡頭有一張彧門符、一個六孔陶笛、一支手機隨身碟跟一張玄璣子的名片。吳P看到名片又想撕，宋映貞倒是眼明手快地一把抄起，抱怨道：「吳教授請自重，別再賭氣了，仇人相見眼紅也要有個底線。你成熟點好嗎？」

「就這些神神鬼鬼的東西，有什麼用？但老東西還會用隨身碟，倒是讓人大開眼界啊，裡面放的應該是病毒吧。」吳P嘲諷著。

宋映貞拿起隨身碟插上自己的手機，查看檔案。隨身碟內只放了首MP3，曲調非常單一，以五十多組音符組成，之後便是無限循環。

「這個好像是台灣傳統的招靈曲。」天后說道。

「就是台語的牽亡招魂歌啦，清代就有的了。」吳P不屑地說：「這老東西肯定不知道，結界裡用不了電子產品，還建議咱們點歌開趴呢。」

宋映貞若有所思地看著那個六孔陶笛，其他兩人也瞬間聯想起這道具的用意了。吳P轉而拿起那張彧門符，看著後方硃砂筆寫的「生者進、亡者禁，出將入相顯靈通」，笑罵道：「這老東西是想把這玩意兒貼在咱公司門口，來個鎮宅避邪的嗎？」

「生者進、亡者禁，意思就是人能夠通過，但靈體不能吧？像是人鬼之間的半透膜啊。」宋映貞說。

吳P聳肩道：「隨便他了，這玩意兒都是裝神弄鬼用的。」

宋映貞拿起彧門符反覆看了看，沈思片刻後說：「我們之前有規劃過，要怎麼把錢秀月的靈體趕出肉身外，同時又避免她再次附身吧。」

「就是讓肉身在結界外死亡，然後帶到結界內進行急救，用結界來將錢秀月跟趙薇芝的靈體進行分隔啊。」吳P隨口回道，他不明白為何宋映貞提起此事。

雖是寥寥幾句的內容，但實際執行的難度非常高。無憾小隊能想到且可操作的無副作用致死手段，就是「窒息」。但人體缺氧三分鐘，就會對大腦的記憶區域造成傷害；缺氧五分鐘，會導致大腦皮層破壞、腦幹損傷，可能會成為植物人；若缺氧達十分鐘，基本上是神仙難救，肉身徹底死亡、靈體進入輪迴系統，吳P等人也準備吃牢飯了。

因此若真要這麼操作，時間必須比軍事行動計算得更為精準，甚至要以秒為單位，也許三五十秒的差距，就有可能以悲劇收場了。

宋映貞對吳P說：「你記得嗎？今早進入結界時，我還很驚訝地問你，為什麼趙薇芝的靈力可以增長得這麼快，她全身的黑氣非常濃密，而且共設置了三組遺憾機關。要是換做其他人，至少要一個月以上才會有這樣的成績吧。」

吳P點了點頭，記得自己是這麼回的：「可能是趙薇芝跟其他靈體不一樣，是被迫留在結界的，求生意志很強烈，所以才會盡全力擴張活動範圍吧。」

但現在宋映貞重提此問題，加上自己在結界的後續觀察，他發現答案似乎沒那麼單純。趙薇芝之所以能達到其他靈體兩倍以上的工作效率，很有可能是因為……

想到這裡，吳P的臉色驟變，失聲道：「……是時間流速。她的時間流速比現實界還快！」

如果真是這樣，那麼原先規劃以結界作為兩靈體的分隔手段，就不再可行了。因為當肉身在現實界死亡後，進入時間流速更快的結界時，原本應有三分鐘的急救時間，很可能被壓縮到一分半以下甚至更短，風險將高到讓團隊無法承受。

此刻，吳P不得不正視玄璣子留下的那張或門符了。

親密愛人的往事

幾乎是被伙伴們攆下車的衛懷，正低著頭循紅磚人行道往光華商場走，心情格外沮喪。雖然在拯救薇芝這件事上，有吳P等人的捨命相助，他們的心情跟他一樣急切，而且還有各種看似科學的道具與手段為後盾。但或許是傳統觀念的影響，他心中其實對他們跟另一世界打交道的能力，仍然存在諸多質疑的。

也因此，當玄璣子以「世外高人」之姿現身時，他便下意識地認為這老人會是薇芝的終極救星，沒多理會對方跟吳P間的恩怨情仇，就算是下跪抱大腿，也要求他伸出援手，讓心愛的薇芝恢復原樣。

但沒料到，他期待能靠一場法事就能搞定所有大小事的玄璣子，似乎顧慮到吳P等人的心情，推辭道：「這是很罕見的借屍還魂狀態，我也未必能圓滿處理，從旁幫點忙倒是行的。」

誰知那個吳P還真的完全不領情，對玄璣子的建議不屑一顧，仍堅持著那套「先弄死再急救」的荒謬作法。到頭來衛懷等於白白「背叛」了一場，也只好嘗盡吳P等人的冷落。

但他自認問心無愧。只盼薇芝能完璧歸來，要他跟誰下跪請求，或白目開罪誰，他全都不放在心上。

當眾人進入結界，看到原本的遺憾機關由一組倍增成三組，大夥兒當場都石化了。吳P要他好好記下另兩組機關的特徵，再從薇芝過往的生活經驗或是親友訪談中，尋找破解的線索。最讓他們頭疼的第一組糾結如團亂麻的纜線，仍沒有絲毫進展。

「戈耳狄俄斯之結不是不能解，而是太花時間。」宋映貞解釋道：「等於我們得指派一個人從頭到尾在這裡解線頭，但就算十五分鐘全花在這兒，他也未必能解開。」

衛懷好奇地摸了下這約莫拳頭大小、以電視同軸纜線結實纏就的線團，發現能夠觸碰到實體。吳P說：「運氣不錯，這不是擬像化物品。而且電纜線很粗，比起麻繩或棉線，是有機會解開的。」

「我們不能跟亞歷山大大帝一樣，把它一刀斬開，不是更省事嗎？」衛懷問。

吳P掏出一把大型折刀遞給他：「你斬啊。」

為了避免破壞繩結的完整性，衛懷試著從未纏繞的纜線末端下刀，但當他割開一段時，卻發現無法拿起纜線，斷開處瞬間被一道扭扭曲曲的黑色線段給補上了。他伸手去碰觸那條新生成的線段，手掌卻直接穿了過去，摸不到實體。

「這條是擬像化物品？」衛懷訝異地說。

吳P的聲音透過導音索傳到他耳邊。「現在明白了吧。用各種外力破壞它，只會造就出更多擬像化的線段。想戴著磁力手套去解結，絕對是不可能的任務。」

「我明白了。這個機關就交給我了，我回去後會多多練習，我一定會在十分鐘內解開它。」衛懷自告奮勇地接下這個任務。直到退出結界前，他都死死盯著那團線結，試著把它纏繞的樣貌深烙在腦海中。這也是為什麼他在回家前，得先跑一趟商場內的五金百貨行了。

他買了一條十米長的同軸纜線，還沒走出店家外，就迫不及待地拆開包裝，把纜線依照記憶中的圖像打成一團亂結。雖然未必一模一樣，但他並不擔心。他打算從現在開始，不斷地試著纏結、解結，而且每個結都綁得紮紮實實，哪怕是上百次、上千次的練習，直到進入結界前的那一刻。

除了這個結合戈耳狄俄斯之結與雨傘的遺憾機關外，還有一組行李箱機關，以及另一個看似音樂盒的機關。後者是擬像化物品，但特徵頗為明顯，因此勉強還能認得出來。衛懷感覺這三樣物品都似曾相識，他打算連夜下彰化一趟，拜訪薇芝的老家，看看能不能找到一些破解的線索。

「遺憾機關的線索，大多數跟人生裡的重大事件是息息相關的。所以除了要搞清楚事件的來龍去脈，以及當事人的想法外，關鍵物品的名稱、數量、用法、顏色與年代等，尤其是關鍵數字，任何可以被量化的東西，全都要詳細記錄下來。」宋映貞耳提面命道。

衛懷坐在客廳沙發上，邊開著電視新聞台、邊試著解開第八回線團。他發現，要將十米長的纜線綁成拳頭大小的線團，每個結都必須打得結實緊密、每條線路都要繃到最緊，這意味著解開每一個結，手臂手指都得使盡全力。

第十二回解線團。衛懷的兩支食指開始紅腫破皮，不得不纏上ＯＫ繃。他找來一支木筷當輔助工具，用來撬開緊緊糾結的線頭，但撬沒幾次就斷裂了，效果不太好。

重複又單調的操作，讓衛懷的腦袋開始有些餘裕去思考。過去幾天，追捕X是他們最明確的目標，現在總算能稍稍平靜下來，但這更讓他想念薇芝了……。

第十八回解線團。電視纜線因為頻繁的拉緊、鬆綁，原本硬實的膠皮開始軟化，纏繞時也變得更緊，讓衛懷得花更多力氣拆解。他試著找來一字螺絲起子當槓桿，插進糾纏的線頭裡再用力扳開，製造可伸入指頭的空隙。雖然效果比筷子要好些，但一不小心就會割裂纜線的塑膠皮，不太理想。

他努力回想最後一次與薇芝的談話，最後似乎變成吵架了吧？就是發生在客廳裡，話題是跟搬家有關。薇芝想在合約到期後就搬回彰化老家，方便照顧母親並節省生活開銷，但衛懷認為台北工作機會比較多，容易累積資歷，更何況兩人住不到一年又要搬，很不合乎經濟效益……。

所以那應該是一場並不愉快的談話吧？如果這是他對她、她對他的最後回憶，那該有多遺憾？

第二十三回解線團。衛懷的食中兩指都痛到受不了了，手掌也酸疼發麻，他找來尖嘴鉗幫忙，果然是拆結神器！插進線頭往外一張，就能撕開一道空隙，然後再用鉗口拉起纜線就能解開線結，省力許多。

此時外邊太陽已西下，室內變得一片昏暗。衛懷甚至連晚餐都忘了吃，仍專心地在重複著打結、解結的動作。

第二十六回解線團。因為纜線軟化變得稍平扁，兩股線頭咬得很死，他好不容易用尖嘴鉗撕開一道口子，把右手食指插進，一把發力朝外拉開，他忽然感到一陣錐心刺痛，線團上多出了斑斑血點。他抽起食指一看，原來他沒注意到線頭下方還有另一條線，恰好卡住他的指甲上緣，結果一用力就把指甲蓋整片掀起來，半截指頭全鮮血淋漓。

衛懷趕忙把指甲壓回原位，抓起幾張衛生紙壓住傷口止血。忽然間，一股沮喪的情緒排山倒海而來，他覺得自己又再次搞砸了。一次又一次地把所有事情都搞到一團亂，連並肩作戰的伙伴們全都得罪了，會不會就是自己親手葬送了薇芝的一線生機呢？

陷入一片漆黑的客廳裡，衛懷無力地癱倒沙發上，掩面痛哭起來，久久不能自己。

另一種奇異力量

趙薇芝悠悠醒轉過來，新的週期又開始了。不過這次有點不同，因為她能感受到，在她休眠期間，曾有人進來過，而且是熟悉的人。

每當意識到自己不曾被遺忘，有人正為了她而奮鬥不懈時，她總會感到被鼓舞了，多了一份堅持下去的勇氣與希望。天曉得，在這冰寒孤絕的地方，這兩樣東西是多麼地罕見！

既然他們在努力，那麼自己也應該更積極才是。她感覺週身的黑氣慢慢恢復了些，芒尖能展開到五公分左右。她走出主臥室，打算繼續擴張結界邊緣，這回想推進到客房裡，因為她發現自己能夠控制房門的開闔，或許下次外界干擾又開始時，可以藉由關上門讓自己好過些。

不過當她試圖走近客房房門旁，也就是先前設置的第三組節點外圍時，奇怪的事發生了：明明還差三步才會抵達邊界，但她像是撞上了一堵透明的牆，怎麼也邁不開步伐。她伸手去觸碰試探，確實有道堅實卻無形的障壁橫亙在前，而且一路延伸過客廳中段，形成一道半圓形的封閉區段，就連靠牆處也沒有絲毫縫隙。

趙薇芝目瞪口呆，無法理解這到底是怎麼回事。難道自己無法再繼續擴張，與努力搭救自己的朋友們會合了嗎？

原本昂揚的心緒忽地變冷。她無力地坐倒在地，又有想放聲尖叫的衝動。

第五部

結界的時間流速

或許絕大多數的人認為，結界所在的次元，只是意味著有別於現實界的不同空間罷了。但現實界是由三個空間軸與一個時間軸所組成的，而位於不同空間軸的結界次元，有著專屬的時間軸，自然也是很合理的。

不過就目前我們觀察過的各種型態結界中，絕大多數的時間軸是很貼近現實界的，也許快慢數毫秒至數秒間，我們短暫出入並無法感覺到差異。在極少數的狀況下，才會出現以倍計的時間流速情形。

在進行結界探險時，我們有兩種方式可以得知兩個次元間的時間差。第一種是第三方觀測，比方我們在結界裡待了十五分鐘，但留守在現實界的天后，發現我們進出的時間僅十二分鐘，由此可推知該結界的時間流速約為現實界的一．二五倍。

第二種方式是我們應用在結界的特殊計時法，也就是觀測三彩香的煙束。當煙束流經兩種不同的時間帶時，會出現煙色濃淡、飄散速度與連續性的差異。以趙薇芝這個時間加速的結界為例，三彩香的煙束進入後，煙色會變淡、飄散速度會加快，煙束會被均分成一段段的不連續狀態。

反之若進入時間減速的結界，三彩香的煙色會變濃、飄散速度變慢，煙束型態保持連續，但在現實界的入口處會因為煙束無法順暢流入，而造成煙霧瀰漫的狀況。
如果出於某些因素，想進行現實界與結界內的協同行動，千萬記住，時間流速是個非常重要的因子，尤其是那些一、兩分鐘便是生死分界的，更須萬分謹慎。

破綻百出的模擬行動

因為救出趙薇芝的變數仍然很多，吳P不得不打起十二萬分的精神，把每個能掌握的前置作業都做到最完美。他每天早上都親自跑一趟萊茵天廈，把相關裝備陸續運過去，並確認每支紫外線燈都運作正常。

只是原本的法事被取消了，讓屋主心中老大不爽，硬是向他索要了五萬元的補償兼租屋費。此外，總幹事也堅持要等這些事都了結後，再觀察兩個月。等到四〇二室不會再出現其他新型態表演節目，才願意撥付尾款。

這些，吳P都不怎麼在乎，因為光是這幾天黃大仙的那一堆「特急件」業務費，就已經將近一百五十萬元了。眼下他只求盡快將趙薇芝完好地救出來。

為此，他將進入結界的日子訂在三天後。比起先前其他的案子，這個生死攸關、難度破表的案件，前置作業時間反而更短。這是因為一來擔心趙薇芝的靈體被結界侵蝕、二來則是顧慮拘禁X的時間愈長、愈有可能讓她有機會逃脫。

雖然先前X表示，願意配合團隊行動，協助救出趙薇芝，但吳P卻不敢輕信。畢竟要一個靈體白白放棄肉身重生的機會，就如同要求一個中樂透頭獎的人放棄手上的彩券一樣，不能確定她何時會變卦。更何況要是她知道陳胤竹其實還活得好好的，會不會又來個大暴走呢？

這場無憾行動的最大問題，就是人手不足。之前的案子中，三人只要分頭解除三～四組的遺憾機關，然後用震撼彈破壞結界、讓靈體回歸輪迴系統就告完事。但這回除了同樣的操作外，還多了讓X窒息致死、急救回魂等步驟，而衛懷大部分的時間都在對付戈耳狄俄斯之結，充其量只能算是三分之一的人力。

更糟的是，另外兩組遺憾機關分別是行李箱與音樂盒，都是前所未見的固定鎖型態，吳P也沒太大把握將其解開。趙薇芝絕對是個很有創意的女孩，但她會不會反而被自己天馬行空的創造力給害死呢？

由於這回牽涉到敏感的生死問題，所以吳P不敢找自己的研究團隊幫忙。既然無法增加人手，那麼就只能要求進入結界的每個人，把每個動作都練習到如神經反射般熟練，好提高作業效率了。

吳P等三人花了半天的時間擬好計畫，並在白板上做了沙盤推演後，就開始規劃未來兩天的重頭戲：模擬演習。他們將辦公室內的所有桌椅都搬到走廊上，清出大片空間。接著按照C

座四〇二室的格局，在地板上用紅色膠帶貼出隔間牆，並將類似的家具擺放到對應位置。於是十來坪大小的辦公空間，儼然就是個等比例縮小的四〇二室平面圖了。

接下來，吳P與宋映貞兩人踏足假想的客廳、主臥室與客房等地，並搬來了雨傘、行李箱與音樂盒等道具，預想了幾種可能出現的固定鎖形式，讓演習更為逼真。他們按照原先的規劃試著跑了趟流程，感覺可行性很高。

「好，這樣看起來差不多了。」布置完場地也差不多近傍晚時分，吳P滿意地檢視後，說道：「明天就把那個衛懷找來，大家一起操練吧。不管線團再怎麼複雜，我得督促他在十分鐘內解得一乾二淨。」

天后聽到這名字，還是有些不開心。嘴裡嘟囔著：「一開始看這男孩子老老實實的，沒想到會吃裡扒外，跟不認識的人第一次見面就把我們都賣了，枉費我對他那麼好。」

宋映貞苦笑：「妳要體諒他啦。他這麼愛著他的女友，一點希望都不肯放過，自己的尊嚴都不顧了，哪還會想到什麼出賣、背叛的，真沒那個意思吧。」

吳P也跟著緩頰說：「我不會怪他啦。這種事我們之前確實沒碰過、沒研究過，他對我們缺乏信心也是可以理解的。只是啊，我們現在有共同目標了，把趙薇芝救出來前，妳還是要繼續對他好，可以吧。」

「你們這樣不行，太好心了，都濫好人啦。」天后大搖其頭道：「在我們族裡，這種人會被族規懲罰，是要被放逐的，丟到另一座山去。」

宋映貞一聽也樂了：「那叫他請你吃飯，可以消消氣嗎？不要把他一個人丟到深山裡，太可憐了。」

「嗯，可是他的罪名很嚴重咧……至少要請我們烤肉吃到飽，還要有酒喝到夠才行。」天后認真地回道。

兩人聽了跟著大笑。接著吳P的手機響了，他一看螢幕，是黃大仙打來的。

「老師，手槍的事照你說的辦了。我們說服了忠孝路十八號的那位屋主，讓他『意外地』在水銇箱裡發現一把老手槍，報警處理了。」

「嗯，幹得好，多謝了。」吳P回道。

「不過就算那把槍真的牽涉到當年農會的搶案，但也過了追訴期，警察應該不會追查下去吧。」

「咱們能做的就是盡人事，無法操之在己的，就靜觀其變吧。」

「另外你上次提到幫錢仕達翻案的事，我跟警界朋友談過了，看來是不太可能實現的。」

吳P嘆道：「嗯，沒辦法，我們也沒找到什麼有力證據呀。」

「是啊。另外當年經手過這案件的人，大部分應該都已經過世或退休了，但還是有幾個在崗位上，翻案成功的話他們應該會有麻煩，單位對這種情況也很敏感……你知道的。」

黃大仙掛斷電話後，吳P不禁長嘆一聲。看來前世的恩恩怨怨，也該到此劃下句點了。其實那些角色中，最為報仇心切的，莫過於化名古仁國的臥底刑警梁志文了吧！但他卻因為這樣的執念而困守結界，無法透過輪迴轉世來遂願，這是多麼悲哀又諷刺的安排呢？

關於薇芝的人生脈絡—

衛懷在隔天一早便搭高鐵南下彰化，當然他也不忘帶上那已鬆軟如麵條的電視纜線。他前一晚徹夜練習，目前六十個結頭有把握在十三分鐘內全解開，算是相當顯著的進步了。儘管他的雙指紅腫僵直、雙臂肌肉陣陣酸疼，但他仍在噴了些運動消炎劑後，繼續在車廂內反覆練習。他打算練到在十二分鐘內解開八十個結頭，確保能超過遺憾機關的極限，這樣他才有百分之百的把握進入那個結界。

要救出薇芝，或許只有那麼一次的最佳機會，不能容許百分之一的失誤！

衛懷反覆綁結、解結至第八回後，便抵達了高鐵彰化站。趙薇芝的老家在溪湖鎮上，他之前曾陪著她回來兩次，都是在火車站轉搭客運回家的。但眼前時間寶貴，他不惜花上五百多元，直接搭站前的排班計程車過去。

趙薇芝只有一個弟弟，是竹科園區的工程師，大概隔週才能返鄉一趟。因此自從趙媽媽的男朋友過世後，她便獨居在溪湖鎮家中。事前沒聯繫，就突然跑來拜訪女友老家，感覺有些突兀。還好，衛懷昨晚已經擬好一套說詞了，非常完美，應該會讓趙媽媽樂於如實相告。為避免失了禮數，他還特地去水果行買了趙媽媽愛吃的水梨禮盒。

趙家是獨門獨院的三樓平房。門外小徑似乎久未清掃，滿地落葉、灰塵有著寂寥荒廢的感覺；前院無人收拾的晾曬衣物層層疊疊、小花園的雜草甚至比盆栽更茂盛些。老人家獨自住在這兒似是有些照應不過來，難怪趙薇芝一直考慮幫母親聘外傭，幫忙打理內外兼作伴。

嗯，想起她之前曾提過母親的失智症狀，衛懷心中也有些忐忑。他順了一下髮型跟服裝後，按下門廊邊的電鈴。等了數分鐘，趙媽媽才來開大門。直到她在第一時間認出自己、且叫對了名字，眉開眼笑地歡迎他時，他這才放下心來。

「趙媽媽好，沒先跟您說一聲就臨時跑來了，真不好意思。」衛懷遞上水梨禮盒，恭敬有禮地說道。

趙媽媽接過禮盒，滿臉堆笑道：「人來就好了，不要這麼見外。哎，怎麼就你一個人，薇芝沒一起回來呀？」

「趙媽媽，這次只有我一個人來了。」衛懷故做神祕地湊近說：「是這樣的，我年底時想跟薇芝求婚，打算辦個活動給她驚喜，所以先來拜訪趙媽媽，多了解一些她之前的事情，我好做安排，讓她更感動。趙媽媽能幫幫我嗎？」

當然這不僅僅是個藉口而已。他也打定主意，等這些亂七八糟的事情告一段落後，就要向她求婚。他不希望兩人未來的人生還會出現其他阻隔，一再拖延，到頭來空留遺憾。

趙媽媽聽著一愣，但隨即笑逐顏開：「好、好。你很有心啊，也是個好孩子，趙媽媽一定要幫你的呀。」

開場順利！衛懷心中踏實不少，今天的調查應該也會很成功吧。兩人前後腳踏入前院，趙媽媽就把禮盒塞回他手中：「你先幫趙媽媽拿進廚房，再去客廳坐坐。等薇芝回來，就馬上切給你吃啊。」

衛懷一臉狐疑地照辦了。只是當他坐在客廳的藤椅上，準備等著跟趙媽媽話家常的時候，卻看到她站在門邊，一臉納悶地看著他：「欸，你是薇芝的男朋友吧……今天怎麼突然來了？薇芝人呢？」

衛懷哭笑不得地把方才在門邊的話重述了一遍。看來，是他自己想得太過樂觀了，今天的調查難度應該也不輸那個該死的戈耳狄俄斯之結吧。

關於薇芝的人生脈絡II

在客廳裡，衛懷應付了幾次趙媽媽的雞同鴨講，並吃了幾片水梨後，總算將話題導向今日的來意：

「趙媽媽，每當下雨的時候，薇芝總愛說，她很想念小時候的一把粉紅色雨傘，傘面到傘柄都是粉紅色的。您有印象嗎？」

「喔，小時候的雨傘呀？」趙媽媽偏著頭想了一會兒。「有啦，她剛上小學那時，她大伯在國外給她買的生日禮物。她很喜歡，有陣子天天都帶著上學。不過那把傘好像在小六時就在火車上弄丟了。」

「原來是這樣呀……」衛懷沉思著。難道是弄丟這把心愛的傘，是薇芝生命中的一大遺憾，所以她才層層繞繞地打上這麼多死結，想把這傘永遠留住嗎？不過他直覺事情不該這麼單純，於是試探地問：「趙媽媽，每次薇芝提到這把傘，就一定會想起您，背後是不是有什麼故事呀？」

由於宋映貞曾交代，在訪談時要搭配錄影、拍照，盡可能留下可視化記錄。所以衛懷也一邊開了手機錄影。此刻透過螢幕，他發現趙媽媽在聽到這問題後，臉色忽地黯淡下來。

「那個哦……又不是什麼開心的事，不用講啦。」過了半晌，她有些為難地回道。

衛懷聽了差點沒摔下沙發。只是這答案對他來說很重要，因為當他費盡九牛二虎之力拆除戈耳狄俄斯之結後，他得知道那把雨傘是否還暗藏著什麼機關，不然一切努力就白費了。他不得不跟趙媽媽軟磨硬泡、三催四請，總算讓她鬆口了：

「唉，二十幾年前的事，我也記不清了。」趙媽媽語帶閃爍地說：「應該是在新竹的夜市吧，她跟大人逛著逛著就走失了，那時還下著雨，我們急得來來回回地找，還好最後總算在一條暗巷找到人了，她很害怕地撐著傘躲在裡頭，蹲在街角哭……天公保佑喔，那時候有找回來，不然你今天就沒女朋友了。」

「是、是，感謝趙媽媽。」衛懷莞爾道。「您這邊有那把傘的照片嗎？我想跟她求婚時做把放大版，她肯定感動到不行。」

「喔……有，記得她剛拿到傘時，就吵著要拍照。但放哪本簿子了，我得找找……」趙媽媽站起身往兼具庫房功能的客房走，但走沒幾步，忽然又轉身問：「欸，我要幹嘛去了？」

「您說要去把薇芝小時候的相簿拿給我看。」衛懷回道。

「哦，對、對。」趙媽媽點了點頭。一陣翻箱倒櫃後，她一口氣抱來八本相冊回到客廳。

衛懷翻到第三本，就在一張趙薇芝與父母的泛黃合照上，看到了那把粉紅色小傘。以今日眼光來看，那傘的作工依然相當精緻，收合時還有條兩端帶白珠的粉紅緞帶，能將傘面平整地捆束起來。

趙媽媽看到照片，拍著額頭說：「喔，我想起來了……那時候雖然把傘留在火車上了，可是這條傘帶有帶回來。她一直很寶貝地收在抽屜裡。」

衛懷聞言大喜，這可能是破解機關的重要道具。他以想查看「布面質料」為由，說服趙媽媽帶他進去趙薇芝的房間。約莫六坪大的書房兼臥室，雖然仍保留著書桌、梳妝台跟衣櫃，窗邊還有兩個蓋上塑膠布的書架，不過大半空間都被堆滿雜物，連那張單人床也無法倖免。

「薇芝上台北唸書後，他弟就愛把用不到的東西往這邊堆，講都講不聽……還好他不會亂動他姐的東西，這半邊倒還保持原樣。」趙媽媽邊絮叨著，邊打開抽屜翻找，果然找出了那條粉紅傘帶。衛懷如獲至寶地將它放進背包裡。

衛懷注意到，書桌上擺了一張極光照片，床邊牆壁上也貼了一張芬蘭歐若拉之旅的海報。他隨口說道：「薇芝很喜歡極光啊？」

趙媽媽開心地笑著：「那孩子說等她賺夠錢，要帶我去北歐十日遊，順便看極光。說什麼人一生中一定要去看一次，開開眼界。」

十日遊？出國旅行？衛懷突然想起另一組重要關鍵字。他忙問：「趙媽媽，您家裡是不是有一口藍綠色的行李箱？」

她點了點頭。「有啊，之前弟弟辦信用卡送的，我出遠門會帶，上次住院檢查也拉著呢。怎麼啦？」

「那是薇芝想帶您去看極光的道具，也是她人生中重要的願望。如果可以的話，方便也讓我看一下嗎？」衛懷誠摯地問：「另外我想問問，薇芝那邊或家裡有沒有音樂盒？是藍白色的旋轉木馬造型。」

趙媽媽搖了搖頭。「什麼音樂盒的，不會有那種東西！她唸書的時候，我就不讓她浪費錢買那種沒用的玩意兒。不過行李箱的話在我房間，我拖出來給你看。」

趁著她去張羅時，衛懷在趙薇芝的房間裡翻翻找找，看能不能發現更多線索。雖然彼此已發展到親密愛人的地步，但此時點點滴滴發掘她的過往，他還是覺得自己不夠了解她。比方他不知道薇芝在國中時曾得過全校跳遠比賽亞軍；她在高中時擔任吉他社社長；她最愛的一本書是《百年孤寂》，上頭密密麻麻寫了批注；她超愛車站旁的一家拉麵店，已有八張集點卡；小學四年級以來，至少有五個男孩送過她情人節卡片……。

衛懷突然心中一緊、喉頭發酸，有種想痛哭的衝動，但他強自忍下了。眼前必須更專注，才能把她完好無缺地帶回來。

他在書架上找到四本日記簿。她從國二開始就有寫日記的習慣，許多日子都寫上一兩頁，也有寥寥數語便結束的。最後一篇在她「有點不安、有點害怕但更多的是期待。台北我來了！」的獨白中落幕。

上大學後，薇芝就放棄了寫日記的習慣嗎？印象中，不曾看過她的日記簿。不過……或許她會換個不同方式來做記錄？

正當衛懷沉思時，手機響起來訊鈴聲。他拿起一看，是宋映貞的訊息：

「調查女朋友還順利嗎？明天早上九點來公司，準備演習吧！」

吳P的心情雜記（二）

曾有不少同行批評過我，都拉起「科學驅鬼」的大旗了，那要玩偽科學就乾脆偽到底，為什麼還要用原住民傳統儀式來開啟結界通道？好歹用個障眼法，比方多擺個發電機還是電磁脈衝什麼的噱頭，看起來不是更到位嗎？

這是外界對我們研究團隊的常見誤解。在經過無數次的實驗後，我們確認，透過古代祭祀儀式來開啟結界通道，這是目前最為經濟簡便的方式，成本甚至不到科學手段的百分之一。其次，我們打著科學旗號來研究結界，是希望有助於人類透過系統化、透明化與數據化來進入「靈學」領域，絕不是用來沽名釣譽或排擠傳統信仰的手段。

我還是要強調一點，我們採用的科學方法與傳統手段，最大的差別在於，當我們遇到無法處理的狀況，比方靈體頑強抵抗不肯離開時，我們可以再繼續尋找其他和平解法，最不希望看到的，就是再有靈體被激烈的手段攻擊，導致灰飛煙滅了。這等同於是祂們的二次死亡。

回到趙薇芝離魂案上，我不想採用玄璣子的提案，純粹是我自己對人不對事，我實在放不下過去的恩怨。但我知道我太太跟天后擔心此案會失敗，有私下跟他聯繫諮詢意見，我也是睜一眼閉一眼，我想有個備案計畫安她們的心，未嘗不是件好事。

當然我自己的心中還是萬分糾結的。跟玄璣子打交道後的隔天早上，我獨自回到C座四〇二室檢查紫外線燈，發現客廳地板中央被貼了六張或門符，朝主臥室方向呈曲線排列。我知道他立意良善，是為了限制趙薇芝的活動範圍，避免更多的遺憾機關被製造出來。只是我不願意領他的情，接受他的協助，好像先父的憾事就能輕易地被揭過一樣。

拆或不拆？當時的我陷入兩難，在原地發呆了十分鐘。但為了不使難度已經超高的任務繼續失控，我最後決定就讓這些符咒留著吧。

有時想想，當個成熟的大人真的很累，跟靈體打交道還比較自在些。

尋找破解機關的線索

隔天早上十點，吳P與宋映貞已經結束了萊茵天廈的例行檢查公事，回到別仙樓，卻還是沒看見衛懷的人影。

「不是跟他約了九點來報到嗎？該不會是睡過頭了？事關趙薇芝的生死耶，還是說他想趁機換女朋友了。」吳P有些惱怒地說道。他們原本打算早上讓衛懷回饋調查結果，改良一下模擬用的遺憾機關，下午三人再跑幾趟演習。但要是人員沒到齊，這些規劃可都白搭了。

剛伺候X用完餐，並讓她繼續保持昏睡的天后回報：「有哦，他九點十分打電話來過，說早上發現一些線索要繼續研究，他先把有用的資料傳到群組了，我們可以先看看。」

宋映貞幫忙緩頰道：「不到兩天的時間，他一邊練解結技巧，一邊還去彰化做訪談，也是難為他了。」

「好啦，先放到雲端，等等我們來看看。希望他也要繼續捍衛別仙樓、胸懷趙薇芝啊。」吳P想起剛剛在車上用手機播的《衛懷脫口秀》開場，不禁現學現賣起來，並與宋映貞相視而笑。

三人把手邊的雜事各自打點得差不多後，便從走廊拖回三把椅子，圍著一台筆電研究起雲端資料。裡頭塞了幾段訪談趙媽媽的影片、數十張實物照片以及一個「先開我」的Word文檔。吳P先點開文檔研究，衛懷的調查報告寫得有些倉促，三人花了點時間才看出條理。

「嗯，這傢伙說，他最有把握的是第一組綁著雨傘的遺憾機關。他認為這可能跟趙薇芝在小學時於夜市走失的意外有關。所以他現在正苦練八分鐘解繩絕技，然後把雨傘拼回原狀，再綁上他找回的傘帶後，這樣應該就可以解除這個機關了。」

三人看完後，先是面面相覷，然後便哈哈大笑起來。

「這個小朋友……他是有多看不起我們的工作啊。」天后自嘲著。

吳P也搖頭：「大概得偷偷把他的氧氣瓶掐斷一次，他才知道我們不是在玩家家酒。」

「好啦，放他第一次去做田調，我們也沒時間去陪他，能做到這地步也差不多了。」宋映貞再次幫忙打圓場。

如果生命中的一大遺憾能夠這麼輕鬆地就被移除，那它就不可能在結界這種極端環境中，支持著趙薇芝堅定地邁開腳步、拓展地盤，最終成為一個支撐結界的節點。

若只是想要撫平當年小女孩的心中傷痛，或許為她找回那把雨傘能發揮些作用。但若想把小女孩的靈魂從結界裡釋放出來，那就得從她現在被困住的環境中來設想，當年埋下的傷痛種子，到底會長成什麼樣的噬人花朵。

「從節點的位置來看，這組雨傘機關應該是第一個被設立的。」吳P試著同理被困結界者的想法道：「會讓薇芝產生這麼強烈的念頭，把過往的走失事件跟當下處境結合在一起，認為是自己生命中的最大遺憾，是因為……」

「感覺被遺棄。」宋映貞斬釘截鐵地說。

三人陷入長考中。畢竟先前的經驗中，每個結界都是因靈體的意志所生，不可能會有類似這種被遺棄的遺憾。要怎麼將其撫平？這絕對不是綁上個傘帶能解決的。

「雖然看起來，這雨傘機關應該是最容易解開的。但仔細想想，我又覺得沒那麼簡單。」宋映貞有些憂心地說，吳P也有同感地點了點頭。

「這先擱著，我們繼續往下看吧！」他說道。

接下來的帶密碼鎖行李箱機關，似乎跟薇芝與母親的共同願望有關。衛懷把他所能找到的相關七位數密碼，列了近二十組出來。其中可能性最高的，是薇芝貼在牆上鼓勵自己、也常掛在嘴邊的「七位數字」：1286734。這是支持母親八年安養院的費用，包括一次看極光的旅行。

「看極光？所以行李箱裡頭的，可能是跟這詞相近的機關囉？」宋映貞說道。不過這仍很難具體猜得出來是什麼機關。衛懷幫忙列出幾組跟極光圈地區相關的動植物、紀念品等資料。

至於最後一組音樂盒機關，也缺少具體的解法。衛懷表示，薇芝從小便想擺個音樂盒在書桌，但母親不喜歡她花錢在這無用小物上，直到她成年有經濟能力後，也始終沒買下手。這在她心中，或許成了一個比 iPhone 還高端的奢侈品。

所幸衛懷在她的雲端日記裡，找到關於音樂盒的記述。她表示自己長大有能力後，反而不想買音樂盒了，或許等到跟未來的另一半攜手達到人生的目標後，再來選購一個給彼此的定情歌音樂盒，會更別具意義。

衛懷列了十來首自己跟她最喜歡的歌，常去KTV必點的有：《寶貝》、《暖心》、《我的歌聲裡》……等等。此外，衛懷提到薇芝會彈吉他，因此音樂盒裡可能會藏有樂曲類的謎題。

「有可能是調整金屬片的音調，來輸出正確的曲子，我們之前也曾碰過兩次類似的機制。不過得確定是哪首曲子才不會浪費時間。」吳P沉吟道。從那音樂盒的設計來看，上層是兼具發條功能的旋轉木馬，下層則是約莫等高的雙門木盒。

簡單來說，很可能是得先解開上層音樂盒謎題，就能打開下層木盒門了。而木盒裡藏了節點錨定鎖，必須再次破解後，才能移開這個節點，算是典型的遺憾機關。只是他跟宋映貞兩人不是音樂能手，碰到這類謎題可有些傷腦筋了。

「她在日記裡提到這謎題跟另一半有關，所以我想這答案可能在衛懷身上，再把歌曲的範圍縮小一點。」宋映貞拍著額頭說：「還好這是音樂盒，應該是一段旋律而已。要是鋼琴或點唱機那可就麻煩了。」

天后嗤笑道：「衛先生的品行要檢討哦……希望小妹真的把他當作未來的另一半。」

吳P呵呵笑著：「我看應該八九不離十。之前薇芝一提到他的脫口秀，那種眼睛發亮的興奮樣，音樂盒裡面的機關，說不定跟衛懷的脫口秀有關。」

「應該讓衛懷專心來解音樂盒機關，勝算才比較高啊。不然光放他一個人在那邊解繩頭，有些浪費人才。」宋映貞面帶憂色地說。

吳P嘆了口氣。「所以，這就是我們要演習的原因啊。練練走位、提高默契，這次要是翻船會出人命的。」

從過往的經驗來看，先前的各種討論、沙盤推演，永遠跟現場的情況不一樣，可是若讓成員們先做過一輪腦力激盪，除了對掌握時間有幫助外，也能有效地提升臨機應變能力。

只不過這次的任務難度顯然更高，每個人的壓力也真的如山大了。

潛藏在往事的夢魘

「捍衛地獄梗，胸懷神回覆！各位還在上班上學的路上嗎？歡迎收聽戀戀新北投之衛懷～Talk秀。人生總會有許多『第一次』的經驗，但未必總是美好的。有的讓你熟能生巧，比如第一次失戀；有的讓你痛不欲生，比如第一次繳稅；有的讓你念念不忘，比如第一次看見好朋友的漂亮女朋友。也有的第一次無比寶貴，你得好好珍惜，比如……」

「小明新婚當天，家裡的狗就衝著新娘小美亂叫，小美笑笑地告訴牠『這是第一次』，但狗聽不懂，繼續朝小美狂吠，小美又說『這是第二次』。當狗再吠第三次時，小美二話不說衝進廚房拿了菜刀把狗砍死了。小明目睹這場景簡直嚇傻了，他衝著小美咆哮道『妳是瘋了嗎？』，小美笑笑地告訴他『這是第一次』……」

「大家是否曾有過第一次到異地探險，拯救親人的經驗呢？你的通勤主播衛懷，明天即將為愛勇闖神祕境界，救出心儀的女孩。由於危險指數幾乎突破天際，這第一次有可能也會變成最後一次。所以很遺憾地告訴各位，衛懷～Talk 秀下週將停更一期，假如運氣好的話。當然，運氣不好可能就永遠停更了。無論如何，感謝各位聽眾至今的陪伴，接下來讓我們進一段廣告，順便幫你的通勤主播衛懷加個油吧！」

衛懷昨晚搭高鐵返回台北，當然車上還是不斷在練習綁結、拆結，十指都纏滿ＯＫ繃了。

儘管回到租屋處時已近凌晨時分，但他仍不打算上床休息，而是打開薇芝的筆電，搜索她的雲端日記與照片。

他在瀏覽十多個日記文檔後，找到行李箱與音樂盒的相關記述，而且還貼了張拍賣網站的商品頁面，正是結界裡那個藍白色旋轉木馬造型的音樂盒。他也對照她上傳雲端的手機照片，全都一一摘錄重點。出乎意料的是，他在薇芝以年度分類的二〇一八網路相簿中，找到一個名為「幼幼衛懷君」相冊。

他好奇地點進去一看，原來是那年暑假她到自己的老家住了一週，在臥室衣櫃裡翻到一本小學時代的相簿。當時她還好奇地詢問為什麼自己的照片那麼少，而且有些還殘破不全？忘記當時自己是怎麼回答的了，但薇芝覺得小時候的他很可愛，於是耐心地用手機將照片全都翻拍，放到雲端保存起來。

雖然跟後天的結界任務無關，但衛懷還是忍不住地一張張瀏覽回味著。在紙本相片被數位化後、搭配不同顏色的底圖背景，有些之前沒怎麼在意的細節，突然變得刺眼起來。

比方說，有些照片似乎憑空消失了，中斷了敘事連續性。如四年級的大隊接力賽跑中，攝影者拍攝了衛懷接棒、起跑、衝刺、休息等照片，中間明顯獨漏了交棒的鏡頭。而幾張多人大合照則是被裁去一角，恰好讓二、三人的頭部消失了，那切口很平整，不像是自然破損或意外撕毀所造成的。

衛懷腦海的某個角落裡起了些波瀾。彷彿有個念頭想掙扎而出、但仍被緊緊束縛著，無法將重要的訊息鋪展開來。當他抽絲剝繭獲得丁點靈感、往那角落靠近一步時，它卻一股腦兒潛入至更深層的意識中，連帶讓那作為敲門磚的靈感一併給吞沒了。

像是一種如鯁在喉的感覺，令衛懷十分難受。

不，正事要緊！他決定不再跟那朦朧靈感大玩捉迷藏，全副心思得用來處理薇芝的事才行。他跑去洗把臉，然後打開桌上型電腦，按照宋映貞的吩咐，將今日的訪談與推想，逐條記錄下來，先整理出一份初步草稿。

他原本想一鼓作氣地把內容都編寫完再上床休息。但今天南北奔波外加訪談拍照，讓他幾乎耗盡體力，於是在他埋頭寫到一半、約凌晨三點左右，他昏昏沉沉地趴在桌上睡去。

不過，儘管大腦累到只想好好深眠，那個惡夢卻仍不肯放過他。在夢裡，他依然身處那黑暗的甬道中，被藍衣男孩拉扯著，跌跌撞撞地向前疾行。跟之前稍稍不同的是，耳邊的嘩啦啦水聲變得更大了，他也聞到了空氣中潮濕的水氣味。

接下來的情節跟過往一樣，小女孩的聲音依然追在後面苦苦哀求，然後穿著藍色小精靈T恤的男孩拉著他快步離開，但後邊有個拿長刀的男人在追趕著。當他們跑到甬道盡頭時，看見了熟悉的情景，然後那男孩突然將他推倒在地，獨自鑽了過去，留他一個人獨自面對那個男人的長刀……。

如之前一樣，衛懷被驚醒過來。他下意識地看了看錶，已經快七點了。想起與別仙樓的九點之約，他心中一凜，趕忙坐直身軀繼續繕打那份才做到一半的草稿。但就在他飛快地打了三行字左右，腦海中一個鮮明意象忽地閃現，讓他的心臟為之一顫。

他像是著了魔般，怔忡當場作聲不得。夢境裡那扎眼的景象、照片裡那違和的缺角、他回憶裡失落的片段……是的，所有的東西忽然就這麼全串連在一塊兒了。

那個穿著藍色小精靈T恤的男孩！他應該也是存在現實裡的人，而且跟自己曾經是朋友……。

衛懷像是發了瘋似地，一骨碌地翻起身來，快步衝到客廳，打開趙薇芝的筆電……該死的Windows開機為何這麼慢，他在心中急吼吼地叫著。等到進入桌面後，他迫不急待地點開網路相冊，找到「幼幼衛懷君」分類，把缺角的那五張合照照片另外下載存檔，然後開個Word檔把記憶中的同學名字逐個列出，記不得的暫時用個英文名代替。接著每張照片都仔細地把人名給標示出來，最後再進行交叉比對，果然……

這些照片裡都少了同一個人！他暫時命名為「Tom」的人。應該也就是接力賽中，他要交棒的那個人。有些合照照片無可替代，出於某些原因，有人不希望衛懷看到那個人，於是故意在有此人的合照上，同時裁去好幾個人，以避免會被衛懷輕易發現。

那個人到底是誰？抹去他的存在又是什麼理由？衛懷煩躁地來回切換那些照片，任意放大各處細節，想從當中找出些蛛絲馬跡。

在一張應該有著九名小孩的合照中，衛懷的右手邊應該站了另外兩人，被齊整地裁去了。

而站在最左側的那個故做老成的小女孩兒，臉上戴了副過大的黑色太陽眼鏡，她半仰著臉擺出的側身姿態，恰好是看向衛懷這邊的角度……。

衛懷連續放大那太陽眼鏡上的倒影，直到快變成格狀像素點為止。儘管太過模糊，但裡頭的男孩身影他一眼就能認出！因為他正穿著那件藍色小精靈T恤，完全就是惡夢中拉著他快跑的那個男孩模樣。

但，無論他怎麼努力回想，他仍然想不起這男孩到底是誰。

諸事不順的預演

下午兩點整，衛懷已收拾好心情，騎著機車前往別仙樓報到。不過當他看到走廊上堆積的桌椅、空蕩蕩的辦公隔間，還以為是自己跑錯了棚。

「哎唷，衛先生，公司還沒被你賣掉，你沒跑錯地方啦。」天后拎著四杯手搖杯飲料，笑呵呵地從後邊招呼著他。

衛懷裝作沒聽出她的嘲諷，跟著一起朝辦公室走：「我還以為你們要搬家了，東西怎麼都堆到外面來。」

不過當他走進辦公室，看到地上被貼滿各種膠帶跟標示，還有三組對應的遺憾機關，瞬間就明白「演習」的用意了。

「你臉色看來有點差，都還好吧？」正擺弄一個亮藍色行李箱的宋映貞朝他問道。

衛懷苦笑：「昨天熬夜寫報告，沒事的，腦袋還很清楚。」

聽到這話，吳P不禁搖頭：「那種報告品質居然還要熬夜？大學生活太糜爛了，欠操練啊。」

衛懷的神色黯淡下來。「不是……是為了其他事，希望之後還能找大家幫忙啊。」

這傢伙居然沒有反唇相譏、跟吳P針鋒相對？宋映貞跟天后有點訝異。不過眼看時間緊迫，吳P回道：「有什麼事都先擱著，後天一早就要進結界了，這次難度可不比以往，能多跑幾次演習就盡量跑吧。」

接下來衛懷先去會議室關心一下X的狀況，看到處於昏睡狀態的祂氣色還不錯，便安心不少。只是吳P等人擔心有失，還是將祂的手腳用束帶捆牢，但固定時間都會幫她解開束縛、按摩推血，免得造成永久傷害。

衛懷看著那美麗沈靜的容顏，心中湧起想親她一口的衝動，但想到內在的祂是錢秀月而非趙薇芝，硬是把這衝動忍了下來。「我一定會把妳好好地帶回家。」他低聲說道。

之後吳P讓衛懷先纏一團戈耳狄俄斯之結，作為第一組遺憾機關的固定鎖。當他們看到衛懷從口袋裡掏出兩把尖嘴鉗，以堪比繩結編織工藝的俐落手法，在十五分鐘內纏繞出八十個結實繩頭時，都開始對這場行動生出些許信心了。

下午三點整，三名無憾小隊隊員進行了第一次演習。雖然各人都很清楚自己負責的工作，但過程中依然是狀況百出，惹得擔任評判的天后屢屢大呼小叫：

「衛懷你的左腳超出陽道了，注意腳步！」

「教授你超時了，快到第三個機關。」

「映貞妳忘了X，回頭處理！」

「再快點、再快點。十五分鐘到啦！」

……

……

第一次的演習，簡直是災難一場。各種走位衝突、動作錯誤、時機失當，全都展示齊全了。甚至連信心滿滿的衛懷，居然也沒在時限內把繩結全解開。「演習是做對的事，不是卯起來示範各種錯誤的，好嗎，各位？」天后給了一個慘不忍睹的評價。

「不好意思，手抽筋了。」衛懷伸直右上臂，不斷揉捏著並一邊道歉。

不過這次演習也算是挑出許多計畫裡的弊病。吳P暫停進度，先來場檢討會議，將各項步驟仔細地進行修正。

「如果……我是說如果，」衛懷發言道：「我們進入結界後，表現不太理想，那麼有沒有可能先退出去，過陣子再重新進來，繼續前一回的進度？」

其餘三人搖頭苦笑。吳P答道：「你以為可以像玩遊戲一樣接關啊？這招沒有用的。一旦離開結界後，我們必須間隔八小時以上才能再試著進入，不然再怎麼祭祀、吟唱，通道就是不會打開。」

宋映貞在旁補充：「就算我們之前解開了部分機關、移除幾個節點，但要是沒完全破壞結界就退出，那麼靈體出於自我防衛的特性，都會試著把這些改動復原，有些設定可能會依照當下祂的想法再更動。像是你好不容易解開一組密碼了，但下次進來密碼卻變了，你之前的田調工夫都等於白做了。」

「還有啊，重複進結界，那些擺出來的祭品都要整套換新的，很燒錢的捏。」天后搖頭道。

吳P清了清喉嚨，正色說道：「……別忘了，最重要的一點，就是這次不比從前。我們除了破壞結界，還有X要處理。」

是啊，如果真要兵行險著，那麼死而復生這種玩法，一輩子頂多來一次就好。再多可就傷身了。

「所以別想太多了，我們只要踏入結界，表現就必須十二分完美。不是十分完美，是十二分！」吳P霸氣地給了個結論。畢竟這關乎趙薇芝的生死，沒有退路可言。看到每張臉上逐漸浮現的覺悟神情，他滿意地點了點頭。

天后向眾人伸出右手，手背朝上。

「幹嘛呢？」宋映貞訝異地問。

「這種時候就要大家把手疊起來，喊喊口號相親相愛啊。電影不都這麼演的嘛，來啊。」天后催促道。

拗不過天后的熱情，眾人逐一放上右掌，錯落地喊著「加油」、「必勝」之類的口號。雖然默契仍不太夠，但大夥兒隨後笑成一團，多少也有點團結一心的味道了。

眼看士氣提升些許，吳P宣布道：

「開始第二次演習吧！今晚大家都在這邊睡，正式行動前我們至少要來演習個二十次！」

聽到這太過豪氣的宣言，現場沒出現電影般轟然應諾的橋段，只有眾人傻眼當場的畫面。

凝氣化形的守護者

活動範圍忽然被限縮在主臥室，以及房門外約五步的方圓內，這讓趙薇芝困惑又憤怒。任她再怎麼移動節點、怎麼衝擊外圍邊界，始終都徒勞無功。

雖然現在已不再感受到來自外界的強大干擾，但一種山雨欲來的預感卻瀰漫在四周，大幅影響著她的心緒，還有整個結界。沒錯，她可以感應到結界也處於躁動不安的狀態下，磁力線輸出很不穩定，景象扭曲的狀況變得更頻繁，時不時還有能量接續不上造成的鳴震——結界裡發出一種彷彿房梁被逐吋壓垮的低沈嗚嗚聲，四面八方跟著發生繁密低頻的震動。

這些異象已讓趙薇芝歷經二個週期無法休眠了。現在的她疲憊不已，只希望能暫時窩身在熟悉的角落。但會不會在自己毫無所覺的這段期間，又有誰想來破壞這唯一的棲身之地呢？

忽然間，她心中有所感應。她拉開哈姆太郎背後的拉鍊，扯出一團棉花，然後隨興地來回揉搓著，最終卻精準地揉揑出一個盤繞的長條形棉絮。當她將其展開的時候，不禁也被嚇了一跳……這不就是自己最害怕的生物嗎？但隨即她又釋懷了。這豈不是正好？自己最害怕的，當然入侵者們也要感到害怕。

接著四周的黑氣開始一絲絲地附著在棉絮上，彷彿將力量灌注在其中，棉絮快速地抖動起來，逐漸融入黑氣裡，實體型態最終消散，轉化成一條長約二公尺的黑霧凝聚帶。

等到停止吸納黑氣後，牠緩緩地自趙薇芝的手心上浮空，在她的四周游移起來，那神態、動作簡直栩栩如生。冰冷的雙眼、錯綜鱗紋以及吞吐舌信一應俱全。

看到有這麼強大的保護者圍繞四周，趙薇芝安心了。她陷入深深的休眠狀態裡。她並不知道，在結界本身的求生欲望支配下，她預支了特殊能力，創造出一個守護者。雖然這份能力並不成熟，但用來對付那些意圖不明的入侵者，已經很足夠了。

在結界的黑暗半空中，一條顏色更深沉、似龍似蛇的活物，在黑霧裡若隱若現，帶起陣陣懾人的殺氣。

結界本身的求生欲望

根據多年來我們跟結界打交道的經驗，我發現，我們要對付的不光是靈體，還有結界本身。箇中道理很簡單，既然結界與靈體相互依存，而我們為了釋放靈體得破壞結界，在這樣的態勢下，結界勢必選擇與靈體聯手，抵擋我們的攻勢好延續本身壽命。

雖然這樣的敘述似乎把結界給擬人化了，但這卻是我最真切的感受。結界，就是個有生命、有智識的全知環境，會盡可能反擊任何不利本身生存的因素。它形成的時間愈長，反擊的強度也愈大。

比方最基本也最常見的，是之前我們提過的靈體特殊能力「致盲迷霧」，結界會主動配合靈體進行防禦。當外人進入結界時，黑氣會加速流動，變得更濃密，用來阻礙外人的視線與行動，並藉此營造出比現實界更極端的環境：例如二氧化碳的濃度升高、溫度大幅下降數十度。這是結界的基本防禦手段。

另外我們也曾碰過會改變高度的出入口，曾讓我的隊員摔斷了腿。如果不是受限物理規則的話，我想每個結界應該都會把通道開在天花板上。還有如對付遺憾機關時老是被家具阻攔、隊員莫名其妙給絆住手腳、房門自動關閉等等的干擾。

讓我印象最深刻，也促使我開始思考結界本身求生欲的，其實是三年前的一次失敗行動。

那是一個近三十年的結界，但我們運氣不錯，順利地開解了四組遺憾機關，就在我丟出震撼彈準備破壞結界時，那震撼彈卻莫名其妙地掉入地板下方，導致爆開後聲光被壓抑而失效。我再丟出備用震撼彈，書櫃卻莫名倒下，蓋住了彈體，結果也失效了。

因為這樣，我們不得不暫時退出結界，但從此也對這個有生命懂自保的所在，更添了一份敬畏之心。

爭分奪秒的無憾行動

「一戰成功，就在今晚！」

「全力以赴，救援必勝！」

「團結一心，不見不散！」

傍晚，無憾小隊的成員們，再次回到了一切風波的原點。四人齊聚在C座四〇二室的大門前，一齊疊掌加油打氣。人人有著堅定不移的眼神、清晰明確的目標，搭配嶄新齊全的裝備，以及歷經二十餘次演練的滿滿自信，向即將挑戰的結界大秀己方肌肉。

沒錯，儘管這次行動將會險阻重重、艱難無比，但他們勢在必得！

衛懷沉浸在高昂激越的情緒中。他熱切的目光看向腕錶：四點五十八分，再過兩分鐘，準時展開救援行動，但他已急不可耐了。就是今晚，他要把薇芝完好無缺地帶回家！

連續一天半的高強度演練，直到今天中午才結束。之後吳P刻意讓大家吃了份高級火鍋大餐，再來睡個午覺。放鬆至三點半後，才帶上裝備驅車前往萊茵天廈。

一小時前，眾人幫忙收回紫外線燈、撤掉六張彧門符，宋映貞把一張新的符紙貼在主臥室門的正上方處。

「為什麼符面是朝內呢？」衛懷看著她獨特的貼法，納悶地問道。

「我再三確認過了，就是這樣貼，沒錯。」宋映貞邊說邊朝他使眼色道。畢竟前兩天她才透過電話跟玄璣子討論了大半小時，確認他的「錦囊妙計」正確用法。雖然她知道吳P不打算過問此事，但她還是得顧慮一下他的心情。

天后的祭祀桌擺在公寓入口處。先前的探路中，已確認結界通道的對應大門，是開在主臥室旁邊的牆壁上，因此無憾小隊打算仍以公寓大門為出入口。

眼看萬事俱備，他們在客廳中央，開始燒化包括傘帶、相片在內的事物，祈禱稍後進結界能夠派上用場。

時間來到五點整。吳P以眼神朝兩人示意，他們堅定地點了點頭，吳P微笑，帶頭踏進結界。衛懷攙扶著X緊跟在後，再來是宋映貞。剛進入結界時又是一陣天旋地轉，但眾人已做好準備，略壓低身子後沒人再摔倒了，這是個好兆頭！

吳P快步往右方陽道移動，朝主臥室裡探頭一看，隨即向兩人比了個OK手勢。表示已確認趙薇芝在主臥室裡沉睡著。搭配彧門符的封鎖效果，薇芝無法移動至客廳、而錢秀月在離開肉身後也無法進入主臥室。第二個好兆頭！

看到情況盡在掌握中，衛懷心情大好。他先讓沉睡中的X靠著客房牆角坐下，然後看向第一組遺憾機關，從防寒衣的口袋裡掏出兩把尖嘴鉗，帥氣地甩了甩雙腕，擺出將大開殺戒的姿勢。沒錯！現在的他就是銳不可擋，不管發生什麼驚天意外、來了什麼天崩地裂，他都要來個鬼擋殺鬼、佛擋殺佛！

就在他一腳踏出陽道，打算突破個人解繩結最佳記錄的時候，眼前繚繞的黑霧裡，猝不及防地迎面竄來一道黑色長影，衛懷還來不及反應，全身就被層層纏繞。他只顧得上喊出聲「靠……」一字，四肢連同頭部已全都動彈不得，胸口被壓迫得快喘不過氣來，接著整個人直挺挺地向後倒下。

吳P跟宋映貞兩人全傻眼了。「別踏出陽道，說不定還有更多條！」吳P朝她喊道，接著仔細觀察那黑影的模樣。

「是薇芝的特殊能力，化氣成形的守護者，是條巨蟒！」

宋映貞心中一驚：「她也才在這裡待了多久，居然發展出特殊能力了？」

吳P指著結界內愈發濃密的黑氣，搖頭嘆道：「看來這個結界的求生欲很強啊。」

踏入結界的第一分鐘，無憾小隊的成員們就陷入空前的混亂中。

我們需要更多的好運道

吳P將噴發器拿在手上，小心翼翼地往陽道外踏出一步。

原本眾人覺得這次任務應該不必帶上這玩意兒。但天后認為，萬一錢秀月的靈體被逼出來後，若仍苦苦糾纏的話，噴發器便是能用來驅離她的道具。

吳P想想很有道理，便預先帶上了一支。天知道要是結界裡有這麼棘手的守護者，他肯定要讓每個人都帶上兩支的。眼下只有一支噴發器、三次噴擊機會，他得省著用才行。

吳P踏出陽道外等了十來秒，確定沒有其他巨蟒來襲後，便示意宋映貞一起往衛懷處移動，兩人一邊解開呼吸管往前噴發壓縮空氣，驅散眼前的重重黑霧。當他們離衛懷三步遠時，吳P扔出兩根螢光棒，總算看清他的狀況。

衛懷被那條巨蟒黑影給捆束個筆直，雖然全身不斷扭動掙扎著，但臉上的神情看似並不痛苦。吳P暫時不急著出手，接上導音索問道：

「你還行嗎？沒把你的骨頭給絞碎了吧？」

「它力氣沒想像中大。但就是纏得很緊，動不了。」

看來這守護者的道行尚淺，力量還比不上真正的蟒蛇，主要的目的還是限制入侵者的行動。吳P心中有了想法，舉起噴發器便朝黑影擊發。一串點點繁星泛著藍色幽光，呈拋物線狀往黑蟒處灑落。那黑蟒似乎也知道這螢光粉深具殺傷力，最外圍的黑影一觸即潰，衛懷身上纏繞的黑氣瞬間消散，轉移到五步開外的半空中重新凝結成形。

兩人趕忙將衛懷拉起身，回到陽道上。「看！」宋映貞打手勢讓其他人看向主臥室方向。經過連番驚擾，趙薇芝已醒轉過來，站在臥室門內看著他們。幸好門上貼有彧門符，限制了她的行動。不然從她眼中兇光畢露的模樣，還真無法判斷現在的她是敵是友。

「怎麼辦？噴發器只剩下兩發了，沒法對付呀。」不過數秒鐘光景，黑蟒已恢復原形，繼續在結界半空游弋警戒，完全沒被噴發器傷及分毫。衛懷憂心地問。「不然這次我們先撤出去，多帶幾支噴發器進來？」他繼續說道。整場行動中，他最擔心的就是趙薇芝的肉體會不會受到損傷。若無萬全把握，他寧可先撤退。

吳P略一沉吟，朝宋映貞伸手道：「把那老東西的彧門符給我二張。」

宋映貞恍然，忙將先前拆下後放口袋的那六張彧門符，取出二張遞了過去。吳P將一張貼在胸前，並端著噴發器往外踏出一步，那黑蟒居然沒有發動攻擊，吳P再試探地向它靠近幾步，那黑蟒似有所顧忌，竟朝後退開，保持一定距離。另兩人見狀大喜，也各取一張彧門符貼在胸前。

誰知當吳P走近第二組遺憾機關旁，卻見那黑蟒以迅雷不及掩耳之勢，呼地盤繞在行李箱上。吳P伸手將第二張彧門符貼在行李箱上，那黑蟒在符咒近身前就倏地退散，但下一刻卻貼地盤繞在行李箱四周，這下子吳P連上頭的密碼鎖都碰不著了。

「唉！」本以為找到解決黑蟒方法的三人，不禁同時暗罵了聲。沒辦法，彧門符的效果雖然出色，但防禦範圍只限一坪見方的平面空間，這守護者很清楚此點。就算無法纏住外敵，它也會盡可能拖累對方行動，確實很難對付。

已經花了二分鐘跟這黑蟒周旋了，不能再白白浪費時間。吳P一咬牙，走回陽道，吩咐衛懷一同扶起X。衛懷本能地掏出一張彧門符就要幫X貼上，但給吳P一把攔住了。

眼看吳P示意一起把X推出陽道外，衛懷頓時明白他的用意，急道：「你是想拿她當誘餌？這身體受得了嗎？」

吳P朝他揚了揚手上的噴發器：「我們不可能知道，所以才要做實驗啊，你還想不想救趙薇芝了？」

衛懷一時間也想不到更好的辦法了，也只好暗罵了聲，一起往陽道外的角落移動。她的身體一出陽道，只見那黑蟒迅疾絕倫地將她重重纏繞，攙扶著她的兩人下意識地退開。

吳P用噴發器對準黑蟒，觀察數十秒後，確認X沒有皮綻骨裂或口鼻溢血的情形後，朝另兩人大喊道：「沒看到煙色要變了嗎？動作快，我們還有機會！」

衛懷抬頭看向天花板上的三彩香煙束，斷斷續續的藍煙有逐漸轉淡的跡象了。他大吼一聲，快步衝往雨傘機關旁，掏出兩把尖嘴鉗火速開工。宋映貞也不敢怠慢，按照原先規劃走向音樂盒機關。

正當吳P收起噴發器、準備要對付行李箱機關時，只聽得身旁隱約傳來一聲呻吟，然後接上一陣尖叫聲。他轉頭一看，黑蟒纏身的巨大壓力驚醒了X。祂一邊試圖掙扎著、一邊驚慌地看向四周求援。吳P蹲下身接上兩人間的導音索：

「錢小姐，冷靜。我們在結界了，正在進行救援。」吳P試著安撫道。

她虛弱地問：「……我身上這是怎麼了？被綁住了？」

吳P輕輕地搖著頭說：「不要掙扎，妳愈亂動、會被綁得愈緊。這是結界的安全機制，妳能幫我們撐著十分鐘左右嗎？妳只要稍稍出力，別讓它纏得太緊就好。拜託了，幫我們的忙，也是幫妳自己，好嗎？」

X遲疑數秒後，點了點頭。吳P總算放下心中一顆大石。雖然他痛恨那個臭老道，但也不能不肯定，他在各方面都幫上了點忙，X也確實被他說服，不再搗亂了。

解開導音索後，吳P戴上磁力手套，火速衝向那組行李箱。三彩香的顏色已開始轉綠，他們必須在十分鐘內搞定一切！

卯足全力團結出擊

這場行動在一開始便因守護者的攪局，使得作業時間驟減近三分之一。但先前多場演練所造就出的熟練度，完全沒讓任一成員有所遲疑，他們誓以更出色的表現來彌補。

此刻，衛懷的腎上腺素已然大爆發。他專心致志地對付著眼前的一團亂結，雙鉗飛舞的速度令人眼花繚亂。雖然結頭都個個密實、彼此纏繞重疊，但他估計數量頂多在五十至六十組間，有把握在六分鐘內全數解開。

儘管吳P起步最晚，但他卻是三人中最快解開首關的權限——行李箱蓋上的七位數密碼鎖。這歸功於他熟背了衛懷所猜測、趙薇芝最可能應用的七位數字，排在第一位的便是「1286734」。這是趙薇芝先前預估的，可支持母親八年安養院與兩人出國看極光的總費用。

毫無阻礙地解開固定鎖後，吳P一把將其上蓋打開，但看到內容物後他卻傻眼了。裡頭是兩個內部泛著暈黃燈光的迷你尖頂帳棚。根據衛懷先前所提供的大量極光旅遊資料，吳P知道這是加拿大黃刀鎮的原住民 TeePee 帳棚，是極光圈內著名的意象之一。但此刻出現在行李箱裡，這用意是……？

卡關最嚴重的則是宋映貞了。她負責音樂盒，原先也猜測固定鎖會採某首歌的主旋律，組合正確後就能進入下一階段。而實際上也的確如此，在音樂盒上有二十一組金屬簧片，各以七段高低對應Do至Si音符，將其排定後再轉動上層木馬便可發音。

雖然宋映貞已根據衛懷的建議，將趙薇芝最喜歡的十二首歌曲主旋律都記下，但扣除了音符數量對不上的七首歌曲後，剩下的五首包括《城裡的月光》、《愛的海洋》等她都試過一輪，卻毫無反應。「歌曲都對不上，主旋律要二十一個音符。」滿頭大汗的她喊道。

這是先前所設定的「求救」訊號。吳P與宋映貞的導音索都與衛懷相連，要是有誰卡關了，就能在第一時間向衛懷求救，看看他能再給出什麼意見。畢竟最熟悉趙薇芝的也只有他了。

這聲呼叫使得衛懷的動作頓了頓。他只剩下二十多個結頭了，這麼一停頓下來，才發覺左右兩臂酸疼不已。他定了定心神，繼續手邊作業，一邊回道：

「試試看《海上的人》？」

「……主旋律三十一字，不符合。」吳P插入發話。

衛懷繼續說：「試試看《小幸運》？但要她不是用主旋律怎麼辦？」

「這首沒聽過。不要瞎猜，先仔細觀察，音樂盒還有其他線索嗎？」吳P說道。

宋映貞強自定下心神，湊近外觀扭曲似「像素化」的音樂盒，試著找出任何蛛絲馬跡。當她一路檢視到後側時，赫然發現在發條機關盒旁的接縫處，有道空隙可以看進盒內。她連忙取下呼吸管，釋出氧氣驅散地霧，然後打亮一支螢光棒照明，她隱約看到裡頭有個長方形白色板子，旁邊還塗了個有點眼熟的紅底標誌。

「紅色底圖，中間是個……三角形？」盯視數秒後，宋映貞明白過來，喊道：「裡頭有個YouTube標誌，所以這機關可能跟衛懷的工作有關？」

衛懷眼前的線團已快被解決，只剩下七、八個結頭了，但他聞言後不得不再次停頓下來。二個多月前他跟趙薇芝的談話，突然縈繞在腦海中。因為談話內容將死亡、遺憾、YouTube這幾組關鍵字全囊括了。

那是某個週末午後，兩人躺在沙發上百無聊賴地滑著手機，趙薇芝看到了某個以《遇見》為背景音樂的抖音短片，某網紅自導自演一位剛得知罹患肝癌僅剩三個月壽命的青年，後悔自己沒把握時間完成夢想，期待時光能重來的故事。雖然十足十的矯情，但似讓趙薇芝心有所感，眼眶都泛紅了。

「嘿，假如你跟他一樣，眼看壽命只剩三個月了，那你最後悔沒完成的夢想是什麼？」趙薇芝問道。

衛懷假意認真地思考了會兒。「嗯……那我最後悔的，肯定是買這支新手機的時候居然沒用分期付款；還有啊，那些有的沒的保險其實都不必買的，大學也不該念的，把錢省下來去環遊世界有多好。」

「問你問題從來都沒講過正經的。」趙薇芝沒好氣地朝他扔一顆抱枕。「正常男人應該都後悔沒早點跟女朋友結婚吧？」

「不要啦，這樣不是害另一半三個月變寡婦嗎？」眼看第二顆抱枕正蓄勢待發，衛懷忙轉移她的火力：「好啦，要是妳三個月後就掛了，那妳最後悔的是什麼？」

「詛咒我啊？」她假裝生氣。

「這不妳先開頭的嘛……沒啦，只是想先了解妳有沒有什麼遺憾，我也好幫妳把握時間實現啊。」

「……還真的有，你得好好努力，我才能不留遺憾。」趙薇芝正色道：「我最希望的就是看到你在 YouTube 上大紅大紫，你一定要幫我實現啊！」

……

……

「是孫燕姿的《遇見》！」衛懷哼起主旋律，宋映貞也跟著調整簧片位置，然後轉緊發條。果然，在二十一組單音音符演奏完畢後，音樂盒的側蓋「啪」地一聲打開了。

「如果沒能親眼看到我功成名就，將會是她生命中的一大遺憾啊。」衛懷真切地感受到趙薇芝的心意了，感覺更不能辜負她。他火速地解開了剩餘的幾個結頭，戴上磁力手套將雨傘拼回原狀，但還沒等他拿起傘帶捆上，那把雨傘卻緩緩地豎立起來並打開了。

眾人頭頂上的三彩香煙束正逐漸轉紅。

鑽規則漏洞換取時間

「映貞，換位！」眼看進入最後關鍵的五分鐘，吳P喊出執行暗號。宋映貞忙撇下音樂盒，快步衝回X身邊。受到彧門符的影響，那隻黑蟒倏地飛離X身體，在附近緩緩游移。X全身仍感酸麻，一時間連手都抬不起來。

「抱歉了，錢小姐。妳的願望都完成了，安心地進入輪迴吧。」宋映貞關上X的壓縮空氣鋼瓶，退開幾步。黑蟒忽地又竄回X的身邊，轉眼間將她纏繞起來。隔著玻璃面罩看去，雖然X早已同意這樣安排，但無法呼吸的她，表情仍是滿滿的驚恐與慌亂。

宋映貞緊盯著她的生理狀況，做好隨時出手的準備。估計再兩分鐘，錢秀月的靈體將會脫離這副肉身，她得盡快將其拖進主臥室展開急救，讓趙薇芝的靈體能完成歸位。

「有誰知道極光的配色？」吳P苦惱地喊道。打開行李箱後，裡頭只放著兩頂被固定住的迷你帳棚。他不解其意，但略微轉動後，他發現左邊帳棚控制行李箱殼的紅、綠兩色佔比，愈往左轉兩色佔比愈大，兩色相交處會出現黃光與粉紅光；右邊帳棚則是控制藍光佔比，會與紅、綠光混合成紫色與青光。

吳P略加嘗試，便知這是個調色機關題，只要讓行李箱呈現出正確的極光色即可破解。雖然色彩學難不倒吳P，但問題是帳棚的轉動是無段機制，能夠微調出十多種變化，加上依各光比例混合出的多種光色，排列組合至少百來種。如果不知道正確的極光色彩排列，他沒把握在三分鐘內搞定。

宋映貞衝回中段陽道，翻找之前燒化的各張照片，她記得裡頭有幾張極光的照片。只是她將那些照片全挑出來後，卻發現張張都是綠色極光，幫不上忙。

「先擱著。」吳P將兩帳棚的轉動規律記牢後，決定暫時放棄這機關，轉而奔向音樂盒。但衛懷喊住了他：「我這裡可能要大家協力，才能把傘移開。」

吳P回頭一看，衛懷站在一把打開的粉紅色傘前，正拉著傘面試圖搬移它，但卻只能略略拉抬一角。傘把牢牢地扣在地面上，顯然雨傘本身就是個節點的錨定鎖。

（先拆一個是一個！）吳P眼看頭上赤紅如血的煙束，暗嘆了聲，快步走到衛懷對邊，發力上抬，只隱約聽得「咔嗒」一聲，傘把似乎有些鬆動了，但傘面的左、右兩邊仍明顯下沉、紋絲不動。

「這是？難道還需要多兩人來抬？」衛懷驚訝地問。

吳P迅速蹲下研究傘把的扣合結構，登時有了想法：「這機關設計的用意，是要表達什麼樣的遺憾？」

「薇芝小時候在夜市裡走失，套用到她被意外留在結界的想法，應該是被遺棄、孤單、拋在後邊之類的遺憾。」宋映貞回道。

「我猜這傘面需要四個人同時往上抬，其中一人非得趙薇芝不可。這樣才能滿足解鎖的條件。」

衛懷下意識地轉頭看向主臥室。全身瀰漫著熾烈黑霧的趙薇芝，臉上高掛著似笑非笑的詭異表情，一直站在門內瞧著他們。衛懷心中突然有種發毛的感覺。

早前他便問過吳P，靈體狀態下的趙薇芝，有無可能成為他們在結界裡的助力？但吳P的回答是不可冒險。他認為，千萬不能將人類的想法貿然地套用到靈體上，因為趙薇芝很可能會變得「六親不認」！

依照結界與靈體的相互依存理論來看，即使是急於想返回現實界的趙薇芝，以靈體姿態長時間地與結界「共存共榮」後，有很高的機率會傾向維護結界，轉而對破壞者進行攻擊。

「現在需要放她出主臥室來幫我們破解這機關，但又怕她出來後失控，那怎麼辦才好？」衛懷問道。

吳P蹙眉苦思，但還沒想出辦法，只聽得宋映貞頹喪地說：「不行了，我們沒時間了！」

兩人順著她的視線轉過頭去，只見錢秀月的靈體漂浮半空中茫然四顧，意味著趙薇芝的肉身已經斷氣。那條黑蟒眼見X已不構成威脅，倏地向最近的行李箱機關飛去，纏繞在箱蓋上。

「糟了，真的來不及了。」衛懷喃喃唸叨著。若照原本的計畫，第十二分鐘的他們應該已破解三組遺憾機關，正準備扔震撼彈破壞結界，然後一邊幫趙薇芝的肉身急救，協助她的靈體歸位。

但看看現在，連一組遺憾機關都破不了，還多了那條黑蟒在攪局，怎麼可能成功呢？衛懷也黯然地搖頭道：「來不及了，我們先救醒薇芝的肉身，撤退出去從長計議吧！」

「不行！你還不明白嗎？趙薇芝設立的結界沒破壞，根本就無法離開。所以你現在在這裡救活她，肯定是錢秀月又上了她的身。我們八小時後再進來，一切又回到原點，可能連關卡設置都換了，你有把握成功嗎？」

「那還能怎麼辦？」衛懷急道。眼看頭頂上的紅煙開始有變淡跡象，宋映貞飛快地衝往趙薇芝的肉身處，想按照計畫將她拖進主臥室裡，但卻給吳P伸手攔住了：

「不要把肉身拖進去。計畫變了，我們先把趙薇芝放出來！」

宋映貞回道：「現在再不急救就來不及了。」

「從現在開始，全聽我的！」吳P命令道：「衛懷，你去把戙門符撕掉，讓趙薇芝的靈體回到客廳。映貞，等薇芝出來，聽我口令，一起把肉身拖進去……」

眼看時間無多，若照常規方式來執行，肯定來不及了。吳P這回已打定主意，哪怕最終要失敗，也要試著按照結界的規則來鑽一次漏洞看看。

這是他的孤注一擲，不顧後果地玩弄結界規則，也可說是人類在造物者眼皮下的大膽作弊。

最終倒數三百秒

接下來整個事態的迅猛發展，令人眼花繚亂。衛懷完全無法理解，在那短短的五分鐘內，到底發生了什麼事。只記得自己跟宋映貞像是兩個超忙碌的機器人般，耳邊聽著吳P的指令、四肢不停輪番動作，拚上老命只求加速完成任務，壓根兒無法好好思考。等到他回過神來後，赫然發現竟能在那麼點時間內搞定這麼多事務，也不禁有些佩服自己了。

吳P的第一個指令，就是讓衛懷移開主臥室門上的彧門符，讓趙薇芝的靈體出來。但就如吳P所預測的，她完全沒有幫忙自己人的意思，反而衝到每個人的面前，試圖發動攻擊，但因為彧門符的阻攔而不得不打住，最後竟轉而去復原行李箱機關了。這讓衛懷心中很是震撼，但無論他怎麼呼喚仍是徒勞。

「別浪費時間了。」吳P正與宋映貞快步地將肉身拖進主臥室，邊對衛懷喊道：「錢小姐一進來，你就馬上把符咒貼回去。」

錢秀月的靈體處於剛脫離肉身的茫然狀態，尚未恢復靈識，只會下意識地跟著肉身走。吳P兩人將肉身拖進臥室後，錢秀月也跟了進去，隨後衛懷貼回彧門符，吳P兩人又將肉身給拖回客廳，錢秀月則被留在主臥室裡頭，站在門內定定地看著眾人。

「你到底要做什麼？」宋映貞被搞得氣喘噓噓，好奇地問道。

「沒時間解釋了，開始急救！快！」

三人將肉身平放客廳中央，按照先前的排練展開了急救。衛懷將肉身旁的壓縮空氣瓶開至最大，開始心臟按摩；吳P的右手搭上肉身的手腕脈門，然後翻轉沙漏開始計時一分鐘；宋映貞盤腿坐在肉身的頭部前方，從側背袋裡掏出陶笛，在笛口處套上特製氣嘴，然後連接二氧化碳鋼瓶的軟管。氣體開始輸送，宋映貞熟練地按壓孔位，現場響起了深沈淒然的招靈曲。

說也奇怪，那表現得像是不干己事的趙薇芝靈體，原本在忙著復原遺憾機關，但一聽見招靈曲後，卻眼神迷茫地往眾人方向走來。像是看著某種不解的事物，站在一旁定定凝視著自己的肉身。

「強心針！」眼看沙漏計時結束，仍然沒量測到心跳，吳P從側袋掏出一支針劑，打上肉身的手臂，接著倒轉沙漏。

衛懷已滿頭大汗，頭盔玻璃內滿是霧氣，不過仍拒絕吳P接手，自己堅持繼續心臟按摩。

就在天花板上的斷續紅煙已變淡、沙漏上端又快清空的時候，宋映貞注意到趙薇芝的靈體忽地消失了，接著肉身開始不斷掙扎，偏著頭痛苦地咳嗽著。

「回來了，薇芝回來了。」衛懷停下手上動作，激動得流下淚來。

接著又像前一次般，眾人突然覺得一陣天旋地轉，忙蹲下身子保持平衡。吳P喊道：「帶上趙薇芝，往主臥室移動！」

三人將全身仍使不上力氣的趙薇芝扶起。衛懷注意到，那條以氣化形的黑蟒消失無蹤了，半空中飄揚著一片白棉絮。而原本客廳外被解除固定鎖的三組遺憾機關，形體都開始變得模糊起來，支撐它們的能量即將消散。當他們進入臥室後，發現錢秀月已抱膝蹲坐在角落，似乎已進入休眠了。

他們讓趙薇芝靠坐牆邊，吳P吩咐：「把彧門符都交給我。」另兩人依令執行，吳P將七張彧門符全貼上床面，並拿起噴發器與震撼彈在手。「就看這一搏了。我們執行任務的運氣一向都很差，希望這次能轉個運啊。」

宋映貞跟衛懷都不解其意地看著他，但現在踏入結界已近十八分鐘了，他沒時間多做解釋，他其實很擔心外邊的天后又在萊茵天廈裡開扔汽油彈。

吳P打出引爆手勢，宋映貞拉下三人的耳罩，然後與衛懷一起抱住趙薇芝，閉上眼面朝牆壁。吳P拉開一枚震撼彈扔到床上，過一秒後迅速地往床面上打出兩發螢光粉，接著轉身抱頭蹲低。

就在無數螢光粉噴散空中，緩緩下落照亮黑暗四周時，床面上一記堪比正午炙陽的白光爆開來，巨響轟隆震撼八方。衛懷忽地感到身上的壓力一輕，明顯感覺到四周環境變得不一樣了，彷彿有人一把掀開了壓在他頭上的透明鍋罩似地。

錢秀月的靈體被喚醒，她茫然地看著眼前的一切，還不知該作何反應。但很快地，她注意到臥室床後邊的牆壁上，開了一個直徑半米的橢圓形開孔，當中水光瀲灩、邊緣處散逸著耀眼白光。

她感覺全身變得輕飄飄地，被那開孔吸引著，不由自主地往那裡飄去。那一邊，給她一種熟悉又親切的感覺，彷彿是在外漂泊多年的遊子，終於要返鄉共度佳節了。

吳P摘下頭盔，對著她喊道：「錢小姐，妳洗刷了令尊的冤屈，安心地走吧，不要再回頭了。」

雖然這一切風波都是由她而起的，但這份橫跨兩世人的意志與魄力，讓人不得不肅然起敬。宋映貞目送著她，同樣認為她是一位可敬又可佩的奇女子。衛懷呆呆看著這堪比電影特效的奇景，半晌作聲不得。

接著，他們聽到了天后激動的喊聲。她拎著一瓶已燃起火苗的汽油彈，從客廳走了過來：「教授、教授，你們出來了，我可想死你們……哇，小妹，妳也出來了，歡迎回到地球啊！」

吳P等三人緊繃的神經頓時放鬆下來，直到這時才覺得全身都快虛脫了。吳P一把拔出汽油彈的引信，跟著坐倒在地板上。「我們急著出來就是怕妳又縱火啊。再來個火燒萊茵天廈，公司可要破產了。」

「不用擔心，這次有高人幫忙，說不用放火，也能幫你們找到回家的路。」天后笑吟吟地指向公寓門外。

只見玄璣子站在門邊，微笑地朝眾人拱了拱手，隨即飄然離去。宋映貞站起身向他一鞠躬。而吳P臉上的表情很是複雜，雖然他之前口口聲聲地說不想承別人的情，但在千均一髮之際，他還是用了對方的法寶脫險了。這……。

「前幾天在羅東，古仁國老家的結界，要是也有彧門符這玩意兒，就不用搞那麼狼狽了對吧？吳教授你該跟他多拿幾張備用啊。」躺平在地板上的衛懷，沒多注意吳P的臉色，就這麼脫口而出。

這意見也太不合時宜了吧！宋映貞有些惱怒地瞪了他一眼。但只聽吳P喃喃自語道：「拿來就用還好意思叫科學嗎？不過倒是可以研究一下，倒底是什麼樣的機能啦……嗯，我看至少有開發五、六篇論文的潛力……。」

聽到他說的這些話，宋映貞的臉上出現詫異神情。但下一秒，她卻又笑開了，笑得格外地甜。

吳P的靈學講義（二十）

趙薇芝的歸魂操作

以下是「趙薇芝離魂事件」中，關於最後五分鐘的補充說明。

當時結界內有三組遺憾機關，都已經解開了第一層固定鎖，但第二層錨定鎖均需要重複試誤，且其中一組雨傘機關甚至還要趙薇芝的靈體來配合，但之後證明當時她根本無法辨識敵我，不可能主動協助。在第十三分鐘時，我已經確定照常規作法繼續下去肯定要失敗。既然如此，乾脆嘗試突破規則來賭一把，就算結局相同，至少也獲得另一種實驗結果。

我的思路是這樣的：經過前一次趙薇芝的意外後，我們發現結界有「抓交替」的規則。那麼我這次依法炮製，先將趙薇芝的靈體歸位後，讓錢秀月被轉為結界的主人，此時結界的邊界將會被重設，而之前由趙薇芝所設下的遺憾機關「有可能」會失效。在結界處於不穩定的過渡狀態時，如果阻隔其他的能量來源，是不是「有可能」直接破壞整個結界呢？

我之前提過，四〇二室除了靈體本身的能量，還有部分來自當年血案的怨念。前一次結界易主的靈體是出現在主臥室的床上，因此我大膽推測，能量原點應該就在那裡。而惑門符跟噴發器已確認可阻斷其能量輸出，此時再配合震撼彈使用，「有可能」達到破壞結界的程度。

當然，因為時間有限，我無法對後半段那些「有可能」的理論值做太詳盡的評估。但我覺得不能浪費這個極罕見的實驗條件——理論上本就不該出現結界易主的狀況。於是我決定兵行險著，試著操弄此規則，但若最終失敗的話我們也不虧，至少能完好無缺地把趙薇芝帶出來。

當然我必須承認，這次行動能夠成功，一定程度上是靠運氣的。或許是無憾行動以來史無前例的好運道。但我認為這樣的經驗無法再複製，未來仍應該嚴格遵照ＳＯＰ破解結界。

關於日後該怎麼防範「前世因果」又使隊員遇險的狀況？在隊員安全能獲得百分之百的保

證前，我將停止派人進入結界的一切活動。目前研究團隊正加緊研究或門符的作用原理，或許可提供我們另一種解決方案。

與父親的兒子和解

萊茵天廈的案子算是告一段落，精疲力盡的別仙樓員工們，連同週末共放了三天假。但隔週週一上班時，個個仍是精神不濟的模樣。中午時分，吳P開車帶著天后回到大學，讓她去協助研究生的實驗。自己則在大學部上完一堂通識課後，獨自把車開回公司，用手機傳訊讓宋映貞下樓會合。

「你早上沒說啊，什麼事這麼突然？又有新客戶要談了？」宋映貞拎著公事包匆匆上車，好奇地問道。

「沒，就感覺心頭悶悶的。上禮拜從萊茵天廈那兒出來就這樣。」吳P聳聳肩，比了一下胸口說：「好像有什麼事還沒解決，卡在這兒難受。」

宋映貞蹙起眉頭，憂心問道：「該不會是上回那結界的後遺症？」

吳P搖了搖頭，沒說話。他將休旅車調了個頭，往高速公路南下路口開去。

「去哪兒呀？」宋映貞問。

「妳沒去過我爸那邊吧，去看看。」吳P回道。

宋映貞與吳P結婚後，每個清明連假不是在公司就是在研究室度過的，從沒安排去祭祖掃墓。之後吳P的母親在北部醫院過世，他將骨灰罈供在慈恩園，這也才成了每年清明節時，兩人固定前往拜祭的去處。

早年她也曾好奇地問過，是否要到公公的墳前上個香、燒個紙錢什麼的，又或者為什麼婆婆的骨灰罈不跟公公的放在一起？但吳P總是以淡漠的語氣回道「沒了」、「就是這樣」，一副不想深談的態勢，宋映貞也只好就此打住。

當然，直到這回的趙薇芝風波，吳P在羅東民宿的夜話裡才透露其心病，她也很能理解他不想對著一個空罈子悼念的想法。也因此她對這趟突如其來的行程，感到十分困惑。

休旅車上了中山高速公路，往南下方向疾駛兩小時後，下了豐原交流道。經過市區後又再爬一段山路，抵達觀音山納骨塔。還好今天非假日，又近下班時分，山頂的停車場還有空位。不必爬那著名的四〇八階好漢坡。

宋映貞下了車，好奇地打量著那五層樓高的黃瓦飛簷主塔，以及矗立塔前的宏偉土地公神像。吳P則是以不勝懷念的目光，將各景物細細打量一遍後，接著深吸一口氣，看向山下的市區景色。「大概有二十二、三年沒來了吧，我不確定大四那年的清明節，我還有沒有跟我媽一起來過。」

由於年代已久遠，加上之前都是吳P母親跟塔方人員打交道，吳P連父親的塔位編號都忘了，甚至直到此刻才想起似乎該置辦點鮮花素果，畢竟這兒的氛圍讓人不得不流俗。正當他努力回憶該找哪個櫃臺洽詢時，塔內走出一位穿著白襯衫、黑色西褲的高個兒男人，年紀約莫三十來歲，臉上掛著燦爛笑容，直直朝兩人迎來。

「是吳教授跟夫人吧？我是小沈，令仙翁的祭祀區在三樓明堂，請隨我來。」來人恭謹地招呼著。

宋映貞聞言大感驚奇，問道：「你們這兒的服務也太好了吧！你是怎麼知道我們的身分？難不成你們這邊還有跟監理所連線，光看車牌就知道來客身分。」

小沈回道：「不是的。是老師今早通知我，未時過後可能有位貴客會來，要我好好接待。」

宋映貞問：「你的老師是誰？這麼神通廣大呀。」

小沈偷眼看了一下吳P，回道：「老師說，他的名字會讓貴客不開心，就別提了吧。」

吳P早料知這答案了，但對這老冤家強塞來的人情不是很受落。眼看小沈似乎言猶未盡，於是故意不滿地哼了聲，低聲罵道：「裝神弄鬼！」然後就自顧往塔內走。小沈連忙趕前帶路。

三人爬上三樓，小沈開了明堂，走過兩長排塔位後，以迎客手勢比向靠邊略低處的位置說：「令仙翁長居在此，老師每年祭日都會親自來祭奠致意的。」

眼看吳P又想出聲諷刺幾句，宋映貞忙攔在前頭道：「好了，小沈，謝謝你帶路，我們在這兒待一陣子。」

「我就在門外，有任何需要請吩咐。」小沈識趣地走出明堂。

這時宋映貞才有空細看那張貼在塔位上的黑白照片。影中人的年紀，看起來甚至比現在的吳P還輕一點。除了兩頰略削瘦外，他同樣有著偏方臉形、濃眉大眼，戴著黑框眼鏡，一臉嚴肅地看著前方。

吳P怔怔地看著照片，低聲說道：「……我都快忘記他的樣子了。他剛過世那陣子，我幾乎天天都會夢到，之後就沒再夢過一次了。」

兩人在塔位前站了良久，吳P頻頻拭淚。最後，他雙手合什拜了三拜，與宋映貞一起走出明堂。在外頭等著的小沈將大門上鎖，跟在兩人後頭下樓。

此時卡在吳P心頭的鬱悶似乎消解了些，看著小沈的嘴臉沒那麼可憎了，於是他主動說道：「好吧，你老師有交代你轉達什麼話，就說吧。」

小沈笑著搖了搖頭：「老師說，如果您願意上三樓，那什麼就不用說了，因為您都已經懂了。」

吳P一愣，垂首想了會兒，冷然道：「你的老師可真愛打禪機啊。」

小沈送兩人一直到休旅車旁。吳P坐進車，又再轉頭遙望三樓塔身一眼，沈吟道：「也許……之後的清明節我們可以跑兩個地方？當然啦，要是太累的話，分兩天跑也行的。」

宋映貞點了點頭。因為她此刻也懂了，一個人的肉體離世後，意志是否還能長存世間，與他的靈體存在與否並無關聯。只要世間仍有人沒斷了對他的思念，他就雖死猶生。

潛藏十九年的夢魇

三個月後，衛懷與無憾小隊的成員們，前往花蓮秀林鄉砂婆礑溪上游的某段流域，這也是當地人稱「水源地」的戲水祕境。吳P將車停在產業道路旁，領著衛懷走下石灘。

放眼望去，山壁下蜿蜒的溪水碧綠清澈，讓這些城市人看得心曠神怡，恨不得能下水暢泳個幾趟。只是一旁插著刺眼的紅色告示，表示此地每年都會發生溺水意外，警告遊客不得戲水遊玩。

但要不是前日冷氣團來襲，氣溫驟降至十五度，否則即使到仲秋時節，這一帶的水域可都是人滿為患呢！

「怎麼樣？很久沒回來了吧？有什麼感覺嗎？」吳P問道。

打從車子開到這一帶，衛懷就感到胸口發熱、腦袋刺痛，彷彿回憶裡的某處角落有什麼東西試圖掙扎而出。他瞇著眼，凝視這充滿既視感的陌生場景，疑惑地搖了搖頭，又點了點頭，相互衝突的微妙情緒充塞胸臆，一時間竟不知該說些什麼才好。

打從離開結界後，衛懷便忙著照顧趙薇芝而無暇分心其他事，吳P等人每週都會過來探望一兩次，並給予多項實用建議，這也才讓趙薇芝在短時間內便恢復如昔。

她像是經歷一場極具折磨身心的大病，在病房內住了近一週，各項生理指數才回復穩定。返家後又經過一個月的調養，室內溫度得保持在二十八度以上，三餐也都盡量多吃些如鮭魚、紅蘿蔔、山藥等陽性類食物，早晚還補上兩瓶熱雞精。這段期間，大夥兒問過她好幾次，是否還記得任何結界裡的經歷？但她總是搖搖頭，告訴大家自己什麼也想不起來了。好像做了一場極為漫長的惡夢，但夢中景象全失了焦，湊得再近也毫無印象。

身體大致恢復後，趙薇芝又去醫院做完整的健康檢查，X光、CT沒發現異常，只有血液中的蛋白質與鉀濃度偏高，但吳P還是希望她未來能多做些戶外活動、多去曬些太陽等，至於是否再進入結界打工？或許這輩子最好連這念頭都不要有，更能長保平安。

最後一次的探望中，衛懷曾問過吳P：「我一直在想，為什麼會這麼湊巧，薇芝她進入結界工作沒多久，就碰上前世有因果關係的靈體，搞出這麼多事來？」

「只要是跟因果扯上關係的，就從來不存在巧合。」吳P搖頭道：「對趙薇芝來說是隔世劫數，對錢秀月來說卻是轉世機遇。趙薇芝的老家在彰化，卻到台北唸書、新北打工，遇到來自花蓮的你。這一路上的選擇，看似出於她的自由意志，但誰知道是不是命運的安排呢？」

衛懷低頭沉思著。他想起趙薇芝曾笑談自己像是無根浮萍，隨風一路「北漂」，然後認識這麼多人。看似無跡可尋的人生，誰知背後是否真有條命運的絲線，最終牽引著她進入萊茵天廈的結界呢？

「所以呢，你有想過她上輩子是錢秀月的哪個親人嗎？難不成真的是錢仕達？」衛懷問道。

「也有可能是她祖父或祖母等直系血親啊。哈哈，不要再亂想了，我的研究還沒到那階段。前世今生這種事，不可能有答案的，也對她的未來沒幫助。」吳P正色說道：「薇芝她經歷過這一切後，對於生死的觀念會改變，也許會開始尋求信仰、也許會捨棄些朋友，金錢觀也會大有不同……。」

吳P看了衛懷一眼，把「感情也有可能生變」這詞兒硬是打住，繼續說：

「你接下來該多花心思的，是她的心理健康。因為結界的那段經歷，會永遠被壓抑在她的潛意識裡，但每當她疲倦、鬆懈或面臨壓力的時候，這些經歷就會冒出來，對她造成干擾，甚至成了每晚惡夢的素材……。」

說到這裡，吳P發現，衛懷看著他的眼光似乎有些異樣。也許是最近他們相處比較熱絡、或是曾並肩作戰，醞釀出革命情感。最終鬼使神差地，衛懷把困擾他多年的那個夢魘，向吳P全盤托出了，包括那位他在老照片中發現的、穿著藍色精靈T恤的男孩。

吳P似乎對這案例很感興趣，問了許多問題後，說會找黃大仙幫忙調查。過了大半個月，衛懷自己都快忘了這件事，此時卻接到吳P來電，想跟他約個時間，表示要跑一趟他花蓮老家。於是今早他到別仙樓赴約，搭上兩輛休旅車中的一輛，中午過後就來到這溪畔了。

這回再沒有其他顧忌，同時也是吳P中斷派人進結界後的首次行動，所以陣仗顯得特別龐大。他將指導學生跟研究團隊都拉來了，八、九人在石灘上來來回回地搬運器材。天后正點了文三彩香，光著腳慢慢沿著溪畔涉水而行，注視著煙束的流動方向。

「你還是一點印象也沒有嗎？」吳P又問。

「我……不知道。」衛懷注視著溪面良久，還是搖了搖頭。「我跟你說過，我的惡夢背景是在一處很長的隧道吧，盡頭還看得到大街。你今天帶我來這兒，是要處理跟我有關的事嗎？」

「是的，當然就是跟你相關，才把你帶來這裡的。不然特地帶你來花蓮一日遊的嗎？」吳P哈哈一笑，接著又轉頭看向那深沉碧綠的溪水。「你想要的答案，就在那下面。」

始終凝望著溪面的衛懷，聞言後悚然一驚，心口彷彿被一記重拳擊中，恐慌的情緒忽地蔓延全身。

真正的答案就在水面下

吳P遞給衛懷一只頗有份量的牛皮紙袋說：「這是黃大仙的調查報告，你回去看看，就會明白當年發生過什麼了。不過為了讓你有點心理準備，我還是先跟你講個大概吧……喂！別開機啊，看清楚行不行？」

石灘上有個研究生沒注意到地面不平整，就打算啟動空氣壓縮機，被吳P大聲喝止了。接下來吳P又對其嘲諷了幾句，研究生羞慚得一臉通紅，其他工作人員紛紛報以憐憫的表情。在經過他身邊時有人安慰他、鼓勵他，當然也有損他幾句的。但很快地，工作氣氛又融洽如常。

衛懷猜測，這個吳教授平日授課、研究的風格大概就是這麼暴躁易怒，所以他的團隊成員們都習以為常了，挨了他的臭罵後才能這麼快恢復過來吧。

「看到了嗎？雖然我的出發點是為他好，避免這笨蛋把自己搞受傷了，可是在這麼多人面前罵他，有可能會對他造成心理創傷，對吧？」吳P隨手拈來這例子說：「要怎麼治療心理創傷？比方佛洛依德會強迫患者去回憶、去面對然後跟它共存；榮格覺得事情過去就過去了，把創傷留給另一個人格背負，讓患者努力往前繼續生活；阿德勒的看法是過去不可能影響未來，所謂的創傷全是藉口，好好鼓勵患者達到人生目標才是正道。」

這不是單純地「上課」，衛懷開始感到吳P在暗示些什麼了，水底下彷彿有什麼東西渴望浮出水面。他保持沈默地聆聽著。

「不過在八〇年代，美國有個心理學家埃文・達克沃思，師承鼎鼎大名的歐內斯特・希爾加德，提出了一個即使是今天看來，也挺驚世駭俗的學說。他主張為了降低患者面對創傷的痛苦甚至是……負罪感，可以採用催眠結合新劇本的手段，在患者的腦海中植入一段虛假的記憶，說服患者其實未曾親歷過這段傷痛，那些不愉快的回憶，都是旁觀他人的經驗罷了。」

「這不就是自己騙自己嘛……」衛懷喃喃地說著。

「當然他的療法在初期頗見效，甚至很多患者都宣稱自己不必再按時服藥，也能平穩情緒、睡得安好。但是騙得了海馬迴，卻沒能騙過潛意識。數年後這療法的副作用逐漸浮現了，患者做惡夢的頻率逐日升高、情緒變得不穩定，很多人出現幻視、幻聽的現象，罹患精神官能症者明顯增多。」

「這裡最值得注意的是，因為記憶跟潛意識的內容相互衝突，患者產生渴望追尋真相的衝動，所以也製造出很多人際關係的問題。一直到九〇年代中期，美國傳出多起與這療法相關的命案，其中有二十多件還是殺害至親的血案，於是這療法就被禁止了。但，九〇年代的台灣，正好是催眠術大行其道的時候，綜藝節目喜歡請大師在現場催眠觀眾，演個洗衣機要個猴兒什麼的。很不幸地，便有些人用催眠當噱頭，引進了這種號稱無痛速效的療法……」

衛懷聽到這裡愣住了，他嘶聲問道：「你……你的意思是……我曾經被催眠治療過？」

吳P點了點頭。「真相雖然被深埋在患者的潛意識裡，但有可能會被現實裡的真人實物觸發而生變，所以這療法之後常得配合搬家、換學校或工作等配套措施。除了避免跟相關人等接觸，相關物品尤其是照片更得銷毀，因為人臉也是最容易觸動潛意識的素材。可是人這一生不可能將這些東西完全摒除，有時可能是一個氣味、一段音樂或一個畫面，都會讓潛意識的真相瞬間浮上表層。」

衛懷張大嘴巴，作聲不得。

吳P沉聲道：「因為我以前也很想找法子去消除那些痛苦回憶，所以研究過這些。當我一聽到你講的那些連續惡夢、被裁角的照片，以及實際存在的夢中人時，我立刻就想到那個催眠療法了。」

「要了解真相也不難，我讓黃大仙去找了你小學時的畢業紀念冊，跟你手上的照片作個交叉比對，找出那個藍色T恤男孩，再問一下當年的情況，一切都水落石出了。」

所以說，九〇年代……小學剛畢業、要升國中的那年暑假，在水源地發生了某件事，這事件嚴重到自己的父母決定採用那個被禁止的催眠療法，導致自己成年後感到極度困擾，時日再長些肯定會進一步影響自己的生活。

重點是，當年到底發生了什麼事？他腦袋裡一片紊亂，毫無頭緒。現在知道這是大腦記憶跟潛意識相互衝突後的結果了，這可白白折磨自己好多年啦。「到底發生什麼事？……」衛懷抱頭低語著。

「你夢中的場景其實都是來自『劇本』，那個拿著刀的男人是死亡的替代形象，而背棄你逃跑的藍色T恤男孩，是用來轉移罪惡感的。夢裡只有那水聲是真的，那是潛意識在試圖翻轉真相。」

衛懷訥訥地問：「……轉移什麼罪惡感？我應該認識那男孩吧？」

「你認識的，而且當天他肯定也在場，這套劇本才有用。」吳P說道：「催眠的目的除了竄改回憶內容外，還加上了保險機制，也就是那名背棄同伴逃走的男孩。他們希望當你某日回想起水源地的部分真相時，會把加害者的形象轉移到那男孩身上。」

「所以說……我是一個加害者？」雖然衛懷仍舊毫無印象，但黃大仙都一五一十地幫他調查出來了：

小學最後一次期末考結束後，學校提早放學，衛懷跟三、四名同學結伴跑來水源地玩水。他們輪流從大石上跳水、然後再游回石灘上。輪到他往下跳的時候，他沒入水底下後沒浮上來，同學們都嚇呆了，紛紛呼喊著他的名字，水性好的也潛入水下找人。五分鐘後，他從大石後方的水面浮出，表情僵硬地告訴同學自己是在開玩笑的，想嚇嚇他們。

隔月初的畢業典禮結束後，衛懷主動揪團要大家再去水源地玩最後一次。那天離校時是中午，豔陽高照的時候，這回有七、八人加入。然後在那個跳水大石上，當輪排人數只剩衛懷與另一位女同學時，他再次藉口開玩笑，忽然把女同學推往大石後方的溪中，自己則裝作沒事似地跳下水、游回石灘，過數分鐘後才驚慌地告訴同學，那位女同學一直沒浮上來……。

為什麼衛懷能待在水下五分鐘不必換氣？為什麼他要把女同學推落水？之後又發生了什麼事？也許這些都是當年父母親不想讓他面對的細節。「你真的可以嗎？你真的知道發生了什麼嗎？」他的臉上浮現痛苦的表情，對著吳P問道。

「當然。我們也找到當年催眠你的那個人了。」吳P邊說邊走往溪畔，當年那顆跳水大石就在溪水中央。此刻天后已涉水到大石的後方，找到了一處可疑水域。三彩香的藍色煙束在那水面上，縈繞出一個方圓約二十多公尺的不規則橢圓形狀。

「不必擔心，我們之所以決定讓你面對真相，是因為我們現在就可以來解決你心中的遺憾，從此不需要再繼續抱著罪惡感活下去了。」

衛懷心情複雜地看著他，囁嚅道：「……我可以一起下去嗎？」

「當然不可以！薇芝的教訓還不夠嗎？我先去探查一下，這可是無憾小隊第一次水下作業啊。」

「安全嗎？水下是要怎麼預置陽道啊？」

吳P笑了笑，把潛水衣換面讓他瞧了眼。前胸、後背的內裡，都用摻硃砂的防水膠，畫上一道龍飛鳳舞的符文。「這三個月來，我撥了些資源研究符文，有點進展了，這玩意兒成本超低又不受電磁波影響，難怪用了幾百年都是同一套。」

衛懷主動幫他著裝。這身行頭跟先前用的不同，看起來比較像是深潛作業的潛水員。兩人攙扶著走到及膝的水中。

「謝謝。」衛懷真心誠意地道謝。「薇芝跟我，對你們萬分感謝。」

吳P有感而發道：「看了你的過去，我才發現我們兩人其實很像。我們的人生都被迫轉了彎，因為影響我們選擇的，都是來自我們生命中的最大遺憾啊。」

衛懷無言以對。是啊，直到這時他才恍然大悟，原來自己選擇「脫口秀」這個行業，是為了把歡笑帶給每個人，包括自己。他總愛把那些痛苦萬分的經歷，轉化成引人發噱的笑哏。因為只有強顏歡笑，才能把那些不堪回首的往事，繼續埋藏在腦海裡的最深處吧。

吳P扭開空氣瓶開關、打亮頭燈，彎身潛入水下的結界。也許，在某個不見天日的地方，正潛藏著兩個人都想發掘的真正答案呢！

鏡小說
044

滯留結界的無辜者

作　　者：天地無限
責任編輯：郭湘薇、林芳如
責任企劃：劉凱瑛
整合行銷：何文君
主　　編：劉璞
副總編輯：林毓瑜
總 編 輯：董成瑜
發 行 人：裴偉

裝幀設計：高偉哲
內頁設計：Ancy Pi
內頁排版：宸遠彩藝有限公司

出　　版：鏡文學股份有限公司
　　　　　114066 台北市內湖區堤頂大道一段 365 號 7 樓
電　　話：02-6633-3500
傳　　真：02-6633-3544
讀者服務信箱：MF.Publication@mirrorfiction.com

總 經 銷：大和書報圖書股份有限公司
　　　　　242 新北市新莊區五工五路 2 號
電　　話：02-8990-2588
傳　　真：02-2299-7900

印　　刷：漾格科技股份有限公司
出版日期：2021 年 3 月 初版一刷
I S B N：978-986-99502-9-9
定　　價：400 元

國家圖書館出版品預行編目 (CIP) 資料

滯留結界的無辜者 / 天地無限著. -- 初版.
-- 臺北市 : 鏡文學, 2021.03
面 ; 14.8×21 公分 . -- (鏡小說 ; 44)
ISBN 978-986-99502-9-9(平裝)

863.57　　110000725